漫時光

滿級綠茶穿成小可憐

下

春刀寒 著

高寶書版集團

目錄
CONTENTS

第二十五章　開啟武俠副本

林非鹿提前幾天找欽天監的人卜了吉凶，查了黃曆，今日宜出門，宜遠行！

她許久沒有起這麼大早了，興奮得幾乎整晚沒睡，天濛濛亮時好不容易睡了一會兒，還做了一個非常複雜的夢。夢見自己跟周芷若和趙敏搶張無忌，最後沒搶到，拿劍怒砍張無忌一隻手臂……

就很迷。

這次出行，除了隨身保護他們的無常兄弟，是不帶下人隨侍的。松雨哭了一宿，替她梳洗時眼睛腫得睜不開，林非鹿好說歹說，才沒讓她哭著鼻子送她出宮。

林非鹿揹著包袱，拿著古仔，覺得自己渾身上下連頭髮絲都透著俠女的氣質。走到宮門處時，無常兄弟已經駕著馬車等在那了。

兩人體格看起來並不是那種五大三粗的壯漢，中等身材不胖不瘦，笑起來有點敦厚。兩個人長得一模一樣，林非鹿分不清誰是誰，最後建議道：「一會兒你們各去買幾件衣服，小白以後只穿白衣，小黑以後只穿黑衣，怎麼樣？」

兩人同時回道：「但憑公主吩咐。」

連聲音都一樣，林非鹿服氣了。

馬車一路行到齊王府，林非鹿人還沒進去，聲音已經到了，跟春季回歸的鳥雀似的充滿歡喜：「大皇兄，我們準備出發啦！」

林廷從裡頭走出來，穿了一身藍色長衣，越發顯得人如白玉。只不過這一次服毒傷了身子，面色難掩孱弱病氣。他已收拾好了包袱，沒什麼好帶的，不過幾件換洗的衣裳。

小廝一路將他送到府門口，抹著眼淚交代他千萬要照顧好自己。

林非鹿跟著他蹦到門外，無常兄弟站在馬車旁朝他行李：「拜見齊王殿下。」

林廷笑道：「出門在外，今後不必再多禮。」

兩人又同時道：「是。」

林廷朝林非鹿投來迷茫的眼神，林非鹿秒懂他的感覺，趕緊掏出一錠銀子遞給他們：「事不宜遲，快去買衣服！」

兩人領命而去，很快就回來了，這下黑白分明，總算一目了然。

馬車搖搖晃晃朝城外駛去。

林非鹿和林廷坐在馬車內，你看看我，我看看你，最後不約而同笑出來。

她做了個伸展的姿勢，語氣裡都是愜意：「好開心呀。」

林廷點點頭：「我也很開心。」他頓了頓，輕聲說：「很久沒有這麼開心過了。」

林非鹿從包袱裡摸出兩塊點心，遞給他一塊，邊吃邊問：「大皇兄，我們現在就要開始闖蕩江湖了，避免身分暴露，還是為自己取個藝名吧？」

林廷：「不是奧特曼和小怪獸嗎？」他認真詢問：「我叫小怪獸？」

林非鹿笑到方圓百里公雞打鳴。

邊笑邊說：「你才不是小怪獸呢！你是小仙男！」

林廷意識到什麼，神情有些無奈，等她笑完了才道：「林是國姓，自然不能再用。不如用妳母族的姓，如何？」

林非鹿頓時反駁：「不行！他們不配！」她想了想，美滋滋說：「我要叫黃蓉。」

林廷還記得她講過的那個故事，噗哧笑出來：「那我呢？」

林非鹿說：「黃蓉的大師兄叫曲靈風，那你就叫黃靈風吧！」

林廷念了一遍，笑道：「倒是個風雅的名字。」

稱號一換，林非鹿頓覺自己渾身上下透出了丐幫幫主的氣質，兩三下把點心塞嘴裡，蹭過來道：「哥，我們先去打聽打聽最近江湖上有沒有什麼熱鬧盛事吧？什麼武林大會之類的。」

林廷自然什麼都依她：「好，不過該去哪裡打聽？」

林非鹿興奮道：「當然是去找丐幫啊！丐幫弟子遍布江湖，沒有他們不知道的事！」

林廷：「……那丐幫弟子，該去何處尋找呢？」

林非鹿對他擠了下眼，半跪著掀開馬車車簾。此時馬車已經駛出京城，行走在官道上。路兩旁偶爾有行人經過，多是些住在城郊的山戶。

走了一段路，看見路邊有一衣衫襤褸的乞丐在乞討，林非鹿頓時大喊：「停車！」

駕車的是小黑，穩穩當當將馬車停下，恭敬詢問：「小姐，發生何事？」

林非鹿拽著林廷下車，直奔那小乞丐而去。

小乞丐突見兩位衣著華麗的貴人過來，頓時捧著自己缺口的碗迎上來，討好道：「貴人打賞點吧。」

林非鹿扔了塊碎銀給他，在他千恩萬謝中笑咪咪地問：「我問你，你可是丐幫弟子？」

那小乞丐正拿起那塊碎銀放在嘴裡用牙咬，想也不想便點頭：「是的是的，小的確為丐幫弟子。」

林廷一臉愕然。

林非鹿激動極了：「那我問你，最近江湖上可有什麼大事發生？」

小乞丐看了她兩眼，將碎銀揣進髒兮兮的懷裡才說：「小的一向只在這條道上要飯，不是很清楚啊。」

林非鹿不氣餒：「那你的上級在哪？什麼香主舵主九袋長老之類的。」

小乞丐抓了抓腦袋，顯然完全聽不懂她在說什麼。但又怕自己回答不出來，碎銀會被拿回去，只好道：「您往前再走二十里，那裡有一個城隍廟，裡面乞丐多，輩分也高，您去那裡問！」

林非鹿鄭重點頭，坐回馬車上吩咐小黑前往城隍廟。

在車上的時候，她簡單地把丐幫的英雄事蹟講了一遍，重點講述了喬峰以及洪七公兩代幫主的傳奇人生。

聽得林廷一愣一愣的，最後不無嚮往道：「沒想到丐幫竟是如此俠義之幫，若能見到此代幫主，定要與他把酒言歡。」

林非鹿得意洋洋：「黃蓉就是洪七公的弟子，後來也當過一段時間的幫主哦。」

林廷忍俊不禁，朝她作揖：「嗯，見過黃幫主。」

林非鹿的武俠虛榮心得到了極大的滿足，開心到小腳腳亂蹬。

馬車很快行至城隍廟，如小乞丐說的一樣，這裡的確乞丐多，廟宇早已破敗，顯然成了乞丐們遮風擋雨的聚集地。

林非鹿一過去，周圍的乞丐立刻圍了上來，有的遞碗有的伸手，都是髒兮兮黑漆漆的，散發著難聞的味道。

小白和小黑往她身前一擋，一副不好惹的樣子，乞丐們才畏懼地往後退了退，林非鹿便出聲問：「你們這裡誰是老大？」

大家你看看我，我看看你，最後一個五大三粗皮膚黝黑的乞丐往前走了走。他長得壯，力氣也大，平日這塊地方都是他說了算。只見他弓腰笑道：「正是小的，貴人找我有何吩咐？」

林非鹿問：「你在丐幫中是什麼身分？」

壯乞丐「嘶」了一聲，說：「怎麼著也該是個幫主吧？」

林非鹿：？？？

就你？也配？

小白見公主有些生氣，頓時用佩刀指著那壯乞丐冷聲道：「不准嬉皮笑臉，給我好生回答！」

壯乞丐連連求饒：「大俠饒命大俠饒命，小的只是為了混口飯吃，要……要不，這位小姐中意的話，小的把幫主之位讓給她也是可以的，只要你們每日賞兩個饅頭，不不不，一個就夠了！」

林非鹿：「……」

她轉頭一看，林廷笑到全身發抖，站都快站不直了。

見她看過來，笑著喊：「黃幫主？」

林非鹿：「……」

要氣哭了。

回到馬車上之後，林非鹿不說話了，揣著手埋著頭在那生悶氣。

林廷戳戳她的髮髻，忍著笑意安慰：「小五乖，這些人定不是真的丐幫弟子，我們才剛出京城，再走一段時間，說不定就能遇到了。」

林非鹿用手捂著臉嚶嚶道：「不必安慰，我已經明白電視劇都是騙人的。」

馬車一直行至傍晚，才來到一處可供歇腳的小鎮。此時已經遠離上京繁華，四周透著市井煙火氣息。林非鹿本已不對自己的武俠副本抱期待了，誰料吃飯的時候卻聽鄰桌兩個走貨商說起近來金陵城的大事。

「金陵現在人多，我們去那裡擺攤，準能賺大錢！」

「雖然人多，但也危險，聽說黑白兩道的人都去了不少，太混亂了。」

「富貴險中求嘛！何況他們都是為了陸家那本劍譜去的，跟我們有什麼關係，我們只管賣我們的貨！」

林非鹿黯然一整天的神色頓時恢復了光彩。

林廷一見便知她的意思：「想去嗎？」

她瘋狂點頭。

林廷笑道：「那明日便出發吧。」

翌日一早，四人出發前往金陵。林非鹿和林廷久居皇宮，對江湖上的事瞭解甚少，並不知道金陵其實就是江湖人士最常聚集的都城之一。

那裡的繁華程度並不比京城低，而且因為天高皇帝遠，江湖氣息十分濃厚，比京城還要開放自在得多。

馬車行了兩天，到第三天時，便要走水路了。

無常兄弟把馬車換成了銀子，然後四人去棧邊坐船。

過去的時候，棧邊恰好停著一艘船，撐船的是名婦女，戴著斗笠披著蓑衣，招呼他們：「過河嗎？」

林非鹿說：「我們要去下游，安春渡那裡。」

船娘說：「可以，一兩銀子，上船吧。」

林非鹿美滋滋地跟林廷說：「還挺便宜。」

這船不大不小，坐他們四個人剛好合適，林非鹿趴在船邊欣賞了一會兒河心景色，轉頭就看見一隻羽翼纖長的白鳥停在船頂上。她還沒來得及細看呢，只見那船娘伸手一招，不知道甩了什麼東西出去，那白鳥就吧唧一下摔下來了。

水是順流，船娘收了長篙，走過來把那白鳥撿起來，自語道：「今晚吃烤白鷺。」

林非鹿騰地站起來，幾步蹭到船娘身邊，激動道：「大俠好身手！敢問大俠是隱姓埋名的江湖人士嗎？師出何處？可有門派？」

船娘手上提著鳥，轉過頭看著她，陰沉沉說：「把隨身財物都交出來，不然就扔你們下江中餵魚！」

林非鹿：？

五分鐘後，船娘被小黑按在地上。

河匪踢到了鐵板，怎麼也沒想到這兩個其貌不揚甚至有點敦厚的護衛身手這麼厲害，連連求饒：「貴人饒命！這船不好控制，若把我扔下河就沒人送你們上岸了。」

林非鹿：「妳，下河去餵魚。」

林非鹿想了想也是這個道理，吩咐小黑：「看好她，等上岸之後押送官府吧。」

林廷蹲在一旁捧著那隻白鷺，神情有些難過。這船娘還是有點本事的，白鷺脖頸處扎著的暗器只漏了個尖在外面，其餘全部深入白鷺體內，是救不活了。

最後只能嘆著氣把白鷺扔進水中。

怎麼也沒想到坐個船居然也能遇上劫匪，不知是他們運氣太好還是太巧。

林非鹿唉聲嘆氣：「我澈底醒悟了，這根本不是我想像中的武俠世界。」

唯一相似的地方可能只有「江湖險惡」……

初入江湖的興奮感完全被打擊了，從現在開始，她要摒棄掉以前從小看到大的武俠小說，重新探索這個陌生的副本！

一個時辰後，船行至安春渡。

這個渡口十分熱鬧，河面船隻多了起來，岸上用以水陸中轉的城鎮叫做飛鳳城，聽說這裡以前出過一任皇后，也不知道是真是假。

一上岸，小黑和小白就把船娘綁起來了，想把人送交官府。

這人打劫業務這麼熟練，也不知道害過多少條人命，按照大林律應該直接問斬。但不知為何，越是接近官府，船娘的表情就越是輕鬆。

林非鹿本來打算讓小黑把人送過去就行，他們先去找落腳的客棧。見船娘這副表情，便跟著一起去了。

行至當地府衙，門口兩個衙役模樣凶神惡煞，手按著佩刀一副隨時是要拔刀的樣子：「來者何人？」

林非鹿笑吟吟說：「兩位大哥，這是我們剛才抓到的河道劫匪，特地送至官府交由你們辦理。」

兩衙役對視一眼，其中一個說：「知道了，人帶到這就行，回去吧。」

林非鹿做出好奇的神情：「府衙大人不升堂審問此人犯過何罪，殺過幾人，再如何定罪嗎？」

衙役頓時怒道：「話多！衙門辦事何時輪得到妳來多嘴？還不快滾！」

林非鹿「嘶」了一聲，若有所思地點點頭，看看旁邊一臉得逞笑意的船娘，笑著問衙役：「我知道了，你們官匪一家吧？」

那衙役登時拔出佩刀：「竟敢在衙門胡言亂語，我看妳是敬酒不吃吃罰酒！」

刀剛拔出來，就被旁邊的小黑一腳蹬回去了。衙役被他踹倒在地，難以置信竟有如此「狂妄」之人，還沒來得及出聲，林非鹿已經走到鳴冤鼓前拿起鼓槌大力敲了三下。

鳴冤鼓一響，府衙必須上堂，兩名衙役忌憚她身後的黑白護衛，一邊往裡跑還不忘放狠話：「你們竟敢藐視府衙大鬧公堂，府衙大人決不輕饒！」

林廷低聲嘆道：「沒想到在父皇治理之下，竟還有這種官匪勾結的事。」

林非鹿心說你還是太單純，這樣的事我在電視劇裡看得多了。

幾人走到公堂之上，兩旁站了一排拿著殺威棒的衙役，均是一副凶神惡煞的模樣看著他們。

可能是頭一次見到這麼膽大包天的刁民，穿著官服的府衙大人很快過來了，一坐下便猛拍驚堂木，怒道：「堂下何人，還不速速跪下，報上名來！」

林非鹿還沒說話，旁邊小白便冷笑道：「跪你？你也配？」

林非鹿：「……」

短短幾天相處，小白已經被她影響如斯了嗎？

府衙大怒，重重一拍驚堂木，吩咐兩旁衙役：「刁民膽大妄為，先給本官打上二十大板！」

說罷，兩旁衙役便要來拿人，林廷被衙門這副辦事態度氣得不輕：「如今衙門便是這樣審案的嗎？不審犯人反審報官之人？誰給你們這樣大的官威！」

府衙大人可能有點近視，站起身往前探了探，瞇著眼看林廷半天。

他不是蠢人，看出堂下一男一女滿身貴氣，恐怕來歷不凡，也不敢亂來，揮手止住衙役，試探著問：「那你倒是說說，你是何人，為何報案？」

林廷便將方才船上的事說了一遍，衙役聽完，裝模作樣問跪著的船娘：「本官問妳，這位公子所言可有假？」

結果船娘說：「大人，民婦冤枉，民婦不過跟幾位貴人開了句玩笑，他們便二話不說將民婦毆打一頓，押送至此，求大人為民婦做主啊！」

林非鹿與林廷：「……」

林非鹿拉了下還想辯解爭論的林廷，「別跟他們廢話。」她把自己的公主印佩交給小白，略抬下巴：「拿上去給那老東西看看。」

小白腳尖一點便飛身上去，在府衙驚恐大叫聲之中將印佩伸到他眼前。

然後府衙叫不出來了，唰一下跪下了。

他不僅跪下，還動作十分俐落地跪著從上面挪到下面，跪挪到林非鹿面前連連磕頭：「下官……下官有眼不識泰山，衝撞了五公主殿下，請五公主恕罪！」

船娘終於笑不出來了。

府衙拿出這輩子最快的速度判了船娘死罪，船娘被拖下去時還在掙扎大喊：「大人！大人你不能這樣對我！我平時可沒少孝敬你啊大人！」

府衙嚇得臉色慘白，哆哆嗦嗦跟林非鹿說：「五公主，這這這……這賊人胡言亂語，汙蔑朝官！公主千萬不要聽信她一面之詞！」

林非鹿很和藹地笑了下：「好的。」

府衙冷汗涔涔掉，繼續哆哆嗦嗦說：「公主駕臨鄙縣，下官不勝惶恐，下官這就為公主安排下榻之處，公主需要什麼儘管跟下官說！」

他小心翼翼看了旁邊的林廷一眼，「這……這位公子……」

林非鹿很貼心地介紹：「這是齊王殿下。」

衙役雙眼一翻，差點暈過去了。

最後林非鹿沒讓府衙替他們安排住處，處理完船娘的事便自行離開了。府衙還沒緩過來，暗中保護的侍衛便來了一人，拿著禁衛軍的權杖，將府衙耳提面命警告了一番。

林非鹿知道暗衛會幫她善後，也不擔心，在街上買了個可以隨身攜帶的小本子，找到客棧之後，將衙役的名字記在本本上。

林廷笑問：「這是做什麼？」

林非鹿像個反派一樣：「這就是以後令人聞風喪膽的死亡筆記，誰得罪了我，我就把他的名字寫上去，回京之後交給父皇！」

林廷被她的神情逗得笑個不停。

自從離京之後，他笑的次數越來越多了。

林非鹿心裡好開心，拉著林廷的袖口說：「哥，我們就這麼一路走，一路懲惡揚善替天行道好不好！」

林廷眉眼溫和地點頭：「好。」

她眼睛笑得彎彎的：「那我們下去用飯吧，在這休息一晚，明日繼續出發！」

飛鳳城作為水陸中轉地，相當於現代的交通樞紐，地段還是很熱鬧的。他們住的客棧是城中最好的酒樓，一樓用飯二樓住宿，走到樓梯口一看，底下已經座無虛席，只剩下一個空桌了。

林非鹿眼見門口有人走進來，直接飛身從二樓跳下去，先把位子占了，然後眉飛色舞地朝樓上的林廷揮手。

她不過是占了個位子，但在別人眼中，卻是看見輕靈秀美的少女縱身一躍，青衣飛舞，身姿綽約靈巧，又見她回頭一笑，眉眼恍如三月桃花，明豔得晃眼。

林廷走下樓梯坐過去，林非鹿正招呼店小二點菜，方才剛進門的一行人朝她走來。

她心道，不是吧，搶不到位子就來找她麻煩？

無常兄弟對視一眼，往前走了兩步，作勢要攔，走到跟前的那名男子卻只是笑著朝她作了一個揖：「姑娘、公子，你們只有兩人，可否讓在下併桌？」

男子長相俊朗，手持佩劍，舉手投足不失風度，應該也是富貴出身。

林非鹿問林廷：「哥，可以嗎？」

她是無所謂。

林廷一向與人為善，自然不會拒絕：「請便。」

那男子笑容越深：「這位原是兄長，失禮了。在下官星然，不知兩位名諱？」

林非鹿自然是報上自己的藝名。

本以為自己說出名字對方會有所反應，沒想到這位黃姑娘還在專心致志地點菜，官星然不由有些失望。

他身後跟著的那名護衛見他坐下，便出門去了。沒多會兒，門外又進來一行人，是一名衣著華麗的女子帶著兩名丫鬟，被護衛引過來時，臉上本來笑盈盈的，一看到旁邊的林非鹿，笑意頓時淡了。

她施施然走到官星然身邊坐下，半是撒嬌半是不滿問：「官公子，我們為何要和陌生人同桌？」

官星然道：「只剩這一張空桌了，多虧了黃姑娘和黃公子同意併桌。二位，這是雀音姑娘。」

四人互相打了招呼，算是認識了。林非鹿這趟帶林廷出來，本就希望他能多認識一些人，多結交一些朋友，也就不排斥官星然的熱情。

邊吃邊聊了會兒天，得知他們也要前往金陵，官星然便相邀：「不如同行，也有個照應。」

林非鹿看向林廷，詢問他的意見，見他沒說話，便婉拒：「我們還要在此逗留一段時間，就不拖延二位了。」

沒想到官星然很熱情地說：「沒關係，我們也不著急趕路，黃姑娘若是有什麼需要官某幫忙的，儘管開口。」

林非鹿：這個人不會是看上我了吧？

旁邊雀音的臉色已經很難看了，對林非鹿的惡意只差沒寫在臉上。

她知道官星然素來風流，這一路看得緊，沒想到在馬車上等他找個酒樓的功夫，就不知道從哪冒出來這麼個勾引人的小狐媚子，把他的眼睛全都勾過去了！

接收到雀音厭恨的目光，林非鹿回給她一個非常無辜的眼神：妳瞪我幹什麼？妳瞪他啊！我幹什麼了嗎？

本來以為是個正人君子，沒想到是個風流成性的渣男，林非鹿沒了跟他結交的心思，吃完飯就上樓去了。

傍晚正打算上街溜達溜達，一出門就遇到了雀音。

她喊了兩聲「黃姑娘」，林非鹿才反應過來她是在喊自己，笑著問：「雀音姑娘，有事嗎？」

雀音走過來，瞇眼將她上下打量一番，語氣陰陽怪氣的：「黃姑娘，我見妳氣質不凡，想來也是富貴人家出身，飽讀詩書，應該不會不知道勾引有妻之夫是十分無恥的行為吧？」

林非鹿：「我？勾引誰？」

雀音：「妳今日與官公子相談甚歡，眉來眼去，難道不知我與他指腹為婚，早已訂下婚事嗎？妳就算能嫁入玉劍山莊，也不過是妾，想來以黃姑娘的出身，不會甘心為妾吧？」

林非鹿：「……」

啊？

雀音生氣極了：「妳不必再裝傻，妳這樣的女子我見得多了，就算現在得官公子青睞，也不過以色侍人，遲早會被他厭惡，下場淒慘。我可是好心警告妳，若是識相，趁早從他身邊消失！」

林非鹿一言難盡：「妳哪隻眼睛看到我勾引他了？」

雀音怒道：「他眼珠子都快落到妳身上了，妳還說沒勾引他？」

林非鹿：「他眼珠子落在我身上，那妳收拾他去啊，找我幹什麼？長得美是我的錯？」

雀音：「妳還敢狡辯！真是不知廉恥！」

莫名其妙被罵成狐狸精的林非鹿：好的，我要讓妳看看什麼叫真正的不知廉恥。

於是翌日早上，林非鹿按照之前的計畫，繼續前往金陵。官星然本來還打算拖延幾天等她一起，見她不再逗留，自然是高高興興一路同行。

林廷皺了下眉，但看林非鹿沒反對的樣子，也就隨她去了。之前他們的馬車賣了還沒買，官星然便邀請她跟自己同坐。這馬車寬闊又舒適，雀音也坐在裡面，一見林非鹿彎腰進來，鼻子差點氣歪了。

林非鹿朝她露出一個非常友好的笑。

馬車緩緩行駛，林非鹿朝對面一直看著她的官星然一笑，軟聲問：「官公子，聽雀音姐姐說，你是玉劍山莊的少莊主？」

官星然笑容自得，「是，黃姑娘若是得空，可以前去做客。」

林非鹿甜甜一笑：「好呀，我長這麼大，第一次出遠門，好多地方都沒去過呢。」她十分悵然地看向雀音，「真是羨慕雀音姐姐，已經見過這世上許多風景了。」

雀音覺得自己的笑有點撐不住：「黃姑娘，妳叫我姐姐不太合適吧？」

林非鹿眨眨眼：「我年方十三，雀音姐姐難道不比我大嗎？」

雀音：「……」

賤人！妳罵我老！

雀音感覺自己被氣到心臟疼，不由得垂眸捂住心口。

官星然不愧是風流老手，見狀立刻關切地問：「雀音姑娘，妳哪裡不舒服？」

雀音淚眼漣漣偏頭看了他一眼，努力擠出一個堅強的笑，我見猶憐道：「可能是心疾犯了，不礙事。」

官星然便從懷中掏出一個白瓷瓶，倒出一顆藥餵給她：「快服一顆蓮心丹吧。」

雀音感動道：「如此珍貴的丹藥，官公子不要再浪費在我身上了。」

官星然說：「給妳吃怎麼叫浪費呢？」

林非鹿：「……」

你們演戲呢？

話是這麼說，雀音還是把藥吃了，她趁官星然不注意，轉頭看了林非鹿一眼，眼中盡是得意與挑釁。

林非鹿臉上露出一抹失落的悵然。

雀音心中更高興了。

官星然收好藥瓶，轉頭看見對面少女的神情，不由得柔聲問：「黃姑娘，妳怎麼了？」

林非鹿抿唇搖了搖頭，抬眸看了他一眼，又看了看雀音，小聲說：「官公子，你對雀音姐姐好好哦……蓉兒也想遇到像你這樣的男子。」她委屈兮兮地皺了下鼻頭，「可惜都沒人喜歡蓉兒。」

雀音：！！！

啊啊啊賤人！

官星然完全被這位可愛漂亮不做作的蓉兒姑娘迷住了。

他昨日本就是見色起意，一走進酒樓便見少女飄然而下，回眸一笑彷若人間仙子，才會要求與她併桌以此套近乎。以他玉劍山莊少莊主的身分，風流倜儻的樣貌以及不凡的身手，江湖上少有女子不動心。

此時聽她這麼說，當即心神激蕩道：「蓉兒姑娘如此可愛，怎會有人不喜歡？除非對方眼盲心也盲！」

在一旁被氣成河豚的雀音：我看你的心就挺盲的！

林非鹿靦腆一笑，偏頭看見身邊的林廷正眼神複雜又好笑地看著她，偷偷朝他擠了下眼。

林廷眼中笑意越發明顯，暗自搖了下頭，隨她玩去了。

對付雀音這種人，林非鹿都不用怎麼發力，隨口兩句話就能婊到她心疾復發。這一路逗著她，為平淡的旅途增添了不少樂趣，還怪好玩的。

中午在林間歇腳休息的時候，林廷低聲說：「妳不喜歡他們，我們不跟他們一路就是了，妳還故意去氣那姑娘做什麼。」

林非鹿吃著風乾的牛肉氣鼓鼓說：「她昨天罵我不知廉恥。」

林廷一向溫和的神情頓時有些氣憤，他皮膚本就白，一生氣脖頸染上的紅格外明顯，低怒道：「真是豈有此理，分明是那官星然不守禮數。我還未同他們計較，她倒敢反咬一口！」

林非鹿見他真的生氣了，趕緊順毛：「哎呀沒事，我逗她好開心的，你不覺得她生氣的樣子很像一隻炸毛的鸚鵡嗎？」

林廷被她的比喻逗笑了，搖了搖頭，摸摸她的腦袋：「玩夠了便罷，那官星然不懷好意，不必與他多做糾纏。」

林非鹿笑咪咪點頭：「好噠。」

行至傍晚，一行人到了距離金陵城只有半日距離的銀州城。金陵和銀州一衣帶水，中間隔著一條金銀河。因靠近金陵，此地不甚繁華，江湖氣息十分濃厚，一路過來時策馬佩劍的江湖人士明顯多了起來。

林非鹿從官星然口中套了一下午的話，對這個世界的武俠江湖終於有了大概的印象。

金庸老爺子寫的那些東西自然是沒有的，但也分黑白兩道，三教九流，江湖上屹立著幾大家族幾大門派幾大山莊，以武為尊。他們還有一個江湖英雄榜，每年都會更新，上榜的都是江湖上武功造詣最高的大佬。

官星然說了一串名字，林非鹿一個都沒聽過，但她敏銳地捕捉了到一個姓：紀。

官星然說：「好幾年前，霸占英雄榜第一的一直是劍客紀涼，紀大俠被稱作天下第一劍客，一手劍法使得出神入化，每年前去討教的人全都折服在他劍意之下。只可惜近幾年來紀大俠銷聲匿跡，他曾經常居的蒼松山也人去山空。有傳言說他比武時重傷身亡，也有傳言說他徹底隱居不問紅塵，英雄榜上他的名氣便漸漸沒落了。唉，不知官某此生還有沒有機會領教紀大俠的劍意。」

林非鹿心道，不會吧？自己隨隨便便一碰，就碰到了天下第一劍客？

小漂亮未免太厲害了！

自己也算是領教過第一劍客劍意的幸運兒了？

林非鹿覺得下次再見到小漂亮，一定要仔細問一問！順便看能不能偷學點紀大俠的劍法，那可就賺到了。

她不過是在套話，但在雀音眼中，這就是小婊砸和未婚夫眉來眼去相談甚歡，完全沒將她放在眼裡。她生了一下午的悶氣，馬車一進城找到落腳的客棧，雀音便直接下車，不理官星然的招呼，頭也不回地走了。

官星然嘆道：「又鬧小脾氣。」

林非鹿一臉自責：「官公子對不起，都是因為蓉兒雀音姐姐才生氣的。蓉兒不是有意的，你們不要因為我吵架好嗎？」

官星然：「跟妳沒關係，蓉兒姑娘千萬不必自責！」

林非鹿甜甜一笑，然後毫無心理負擔地轉身走了。

趕了幾天路她也挺累的，用過晚飯便直接回房睡覺了。外頭發生了什麼一概不知，一覺睡到天亮，林非鹿一邊梳洗一邊盤算今天怎麼毫無痕跡地甩開官星然。

等她梳洗完畢下樓吃早飯的時候，發現好像根本不用甩？

官星然根本沒出現。

林非鹿怡然自得坐在窗邊喝粥，吩咐小白去準備馬車。

吃到一半，官星然身邊那個護衛回來了一次，只是行色匆匆，很快又出去了。

林非鹿問守在一旁的小黑：「他們怎麼了？」

小黑為了保證主子安全，隨時注意著周遭發生的一切，自然知道發生何事，回稟道：「與他們同行的雀音姑娘不見了，昨晚出門之後便沒回來，官公子正在尋找。」

林非鹿差點被噎住：「昨晚就不見了？怎麼回事？是不是走了啊？」

小黑回道：「官公子打聽過了，雀音姑娘並未出城，是在這城中消失的。」

林非鹿看著面前的白粥，開始沒胃口，結結巴巴問林廷：「哥，我是不是逗得太過了啊？」

林廷想了想，吩咐小黑：「幫著去找一找吧。」

等小白準備完馬車回來，小黑便出門去尋人了。

林非鹿雖然婊人家，可也沒想過婊出人命來。

江湖兒女，怎麼這麼不禁婊啊……

出了這種事，她自然不可能一走了之，一直跟林廷在客棧等消息。快到中午，便看見官星然神色匆匆回來了，一看見她，臉上湧上一抹喜色，走過來道：「黃姑娘，我還以為妳走了，妳是專程等我嗎？」

林非鹿：「……找到雀音姑娘了嗎？」

官星然臉上浮現一抹古怪的神色，支吾了一下才道：「她……她出城離開了。」說完又殷切地看著她：「黃姑娘，我們也啟程出發吧。」

林非鹿信他才有鬼。

好在小黑緊跟著進來，過來耳語了幾句，林非鹿臉色變了變，再看向官星然時就有些真實的氣憤了：「你說雀音姑娘出城了？我怎麼聽說她現在被人扣在城中呢？」

官星然的臉色變了又變，一會兒紅一會兒白的，好半天才支吾著說：「黃姑娘，妳初入江湖，不懂不與朝廷為敵的規矩。扣住雀音的是平豫王，官某實在無能為力。」

林非鹿罵他：「那不是你的未婚妻嗎？對方是王爺你就不救啦？你還是男人嗎？」

官星然被她罵得無地自容，強撐著說：「平豫王是當今陛下的皇兄，銀州城是他的封地，得罪他十分不明智，又何必挑起江湖與朝廷之間的紛爭。」

何況玉劍山莊在銀州城還有生意，若是開罪了平豫王，這生意就別想做了，斷了山莊的經濟來源，他爹還不扒他一層皮。

林非鹿冷笑了聲：「說得那麼冠冕堂皇，不就是膽小怕事。」她站起身，招呼小黑：「走，去看看。」

官星然急急道：「黃姑娘，那平豫王平生最好美色，凡是他看上的女子全部擄入府中，妳這不是自投羅網嗎！」

林非鹿沒理他。

跟林廷一起出門後，才小聲問：「平豫王是誰啊？」

她不知道也正常，林廷解釋道：「平豫王是先皇的第九子，雖是九子，但因是先皇醉酒後臨幸一名宮女所出，所以一直未得封號。後來父皇登基，大赦天下，才封了他郡王，又將他封至銀州城。」

皇子分封，都是封一片州府。平豫王只封了銀州城，可見林帝只是隨便打發他。

沒想到在這裡當起了土皇帝。

小黑早已探了路，將兩人帶到平豫王府。這府門修得十分低調樸實，院牆卻高，林非鹿擔心叫門會打草驚蛇，便打算帶著小黑先溜進去探探情況。

林廷有些不放心：「若是暴露，平豫王為了掩飾罪行對妳動了殺心怎麼辦？」

林非鹿說：「暗衛不是跟著嗎，一炷香我若是沒出來，你就帶人……」，她頓了頓，側著耳說：「哥，你聽裡面是不是有聲音啊？」

緊閉的府門內隱隱有打鬥聲傳出來。

林非鹿小跑兩步走上臺階，把耳朵貼在門縫上，聲音清晰了不少。

確實是在打鬥，動靜還不小。

她轉頭道：「裡面打起來了！我們趁機進去看看！」

林廷不會飛，只能眼睜睜看著她和小黑從院牆翻了進去。

光天化日翻牆是很顯眼，但整個平豫王府的人馬都聚集到了一處，林非鹿帶著小黑輕輕鬆鬆摸了進去，順著打鬥聲一路尋過去，卻見一座極盡奢華的庭院。裡頭酒池肉林，奢靡華侈，更有無數衣不蔽體的女子，簡直是一幅活生生的春宮圖。

因為打鬥，這些女子瑟瑟發抖縮在邊上，院中酒宴樂器掀了一地，侍衛正在圍攻一名紅衣女子。

她一人對上幾十名護衛卻絲毫不懼，一把寬刀舞得虎虎生風，直逼躲在簾帳後被護衛圍著的平豫王而去，口中喝道：「淫賊！今日必取你狗命！」

平豫王驚恐尖叫：「來人！來人！把她給本王亂箭射死！」

身旁一人道：「王爺，若是放箭，這些美人可都沒命了。」

平豫王大怒：「本王的命都快沒了管她們做什麼！全部射死！」

紅衣女子聽聞此言，刀法越發凌厲。但架不住人海戰術，一直突圍不出去，侍衛很快拿著弓箭圍過來，林非鹿趕緊領著小黑跳進去，大聲道：「住手！」

平豫王眼見又跳進來兩個人，頓時崩潰道：「今日刺客紮堆來的嗎？」

林非鹿大喊道：「九王叔，別來無恙啊。」

平豫王愣了愣，透過人群往外看：「誰？是誰？誰喊我王叔？」

林非鹿仍大聲道：「我與太子哥哥途徑銀州城，本想來拜訪九王叔，卻沒想王叔這裡如此熱鬧。」

平豫王驚呆了：「什麼？什麼？太子殿下來了？」

他趕緊撥開人群往前看了看。

他當年在生辰宴上見過林非鹿，雖然她如今長大了，但五官還是能尋到當初的模樣。

平豫王失聲道：「五公主？」他趕緊對周圍侍衛道：「都放下！把弓放下！不可誤傷五公主！」

紅衣女子還在奮力廝打，林非鹿帶著小黑走過去。平豫王一身肥肉，一笑起來兩個眼睛都看不見了，連連道：「五公主，實在是失禮了。今日府中來了刺客，待我把這刺客拿下，再好生招待妳和太子殿下！」

林非鹿穿過重重護衛走到他跟前，朝小黑使了個眼色。

小黑瞬間領會，佩刀一拔，架在平豫王肩上將他挾持了。

平豫王被這個反轉搞傻了，哆哆嗦嗦問：「公主，這是做什麼啊？」

林非鹿也不跟他笑了，淡聲說：「叫你的人住手。」

刀鋒挨著脖頸，能感受到一絲冰涼的痛感，平豫王立刻大叫：「住手！都住手！」

院子的打鬥終於停下來。

紅衣女子將一人踢到池中，回頭看向林非鹿，臉上閃過一抹疑惑。

林非鹿笑咪咪朝她招手：「女俠，過來說話呀。」

第二十六章　紅衣女俠

紅衣女子手持寬刀，身段挺直，黑髮用一根木簪高束在頭頂，垂下半截馬尾，氣質俐落。聽到亭內的少女喊她，並未上前，寬刀橫於身前，一副警惕的模樣。

她剛才雖在打鬥，卻沒漏聽這少女跟平豫王的對話。

那淫賊口口聲聲喊的是「五公主」，這兩人分明是一家，不知是在演什麼戲給她看。

紅衣女子不為所動，林非鹿猜到她心中所想，一臉正直道：「女俠，我跟他不是一夥的。」

平豫王急了：「五公主，妳說的是什麼話？我、我可是妳皇叔啊！」

林非鹿轉頭，眼神冷幽幽的：「閉嘴，老淫賊，就你也配？昨晚被你抓回來的那個黃衣女子在哪？」

平豫王結結巴巴地說：「我……我不知道公主所言何意。」

林非鹿：「小黑，先斷他五根手指。」

平豫王尖叫一聲：「在柴房在柴房！她不聽話，我讓人把她關起來吃吃苦頭。快，恁白，還不快把人給公主帶上來！」

他身旁那個侍衛領命而去，很快把雀音帶了過來。

雀音一路哭著，一直求他們放過她，待帶至跟前，看見滿院打鬥過後的狼藉，再一看林非鹿帶著侍衛挾持了平豫王，頓時失聲道：「黃姑娘！」

她現在不覺得林非鹿面目可憎了，她只覺得，天啊這是什麼人美心善的仙子下凡來救她於深淵之中啊！

平豫王被她一聲「黃姑娘」喊愣了，又定定看了一會兒林非鹿，以為是有人冒充五公主。

林非鹿直接拿出太子玉佩在他眼前一晃：「看得夠清楚嗎？」

平豫王雙腿一軟。

他雖是個閒散王爺，但暗地裡支持太子一派，這些年也提供了不少銀錢給太子一派，視太子為尊。

此時一見那玉佩，哪還敢橫，連連求饒：「五公主，我真的不知道這位姑娘是妳朋友，我什麼都沒做呢，妳把人帶回去便是了。都是一家人，何必打打殺殺。」

林非鹿瞄了他一眼，吩咐小黑：「叫暗衛來。」

小黑從袖口裡摸出一個哨子，哨音奇特，不過片刻，一隊穿著深紫衣衫的人便從牆外湧入，直奔林非鹿身前，下跪行禮：「公主。」

林非鹿這才讓小黑收刀。

平豫王豈能不認識暗衛，發軟的腿踉蹌了一下，被身旁兩個護衛扶住了。

林非鹿笑咪咪道：「九王叔，得罪了，人我帶走了，就此別過。」

平豫王努力朝她擠出一個笑，「恭送公主殿下，有時間常來玩啊。」

林非鹿朝外走去，經過雀音身邊時，見她還呆呆站著，拉了她一把：「走啊。」

雀音猛地回神，臉色精彩極了，嘴唇動了又動，才低嚅道：「黃……五公主殿下……雀音、雀音不識，冒犯了公主……」

林非鹿說：「別的沒什麼，就是想提醒妳一句。」

雀音一下子站直身子，緊張地看著她。

林非鹿說：「妳那個未婚夫可以不要了。」

雀音連連點頭：「公主說的是！」

她等了官星然一夜，以他的功夫和在銀州城的人脈，不可能找不到她。可等來等去，卻只等來了黃姑娘。她並不是傻子，黃姑娘都能知道她在這，官星然能不知道？

他卻沒來，想是不願得罪平豫王，棄她於不顧了。

這一夜雀音備受折磨，甚至差點失身，經過這麼一遭，總算澈底悟了。

林非鹿不再管她，小跑幾步走到紅衣女子身前。離得近了，才看清這俠女的樣貌。不過是二八少女的年紀，雖穿了身紅衣，眉目卻透著冷冷的清秀，眼睛生得極其漂亮，眼眸澄澈，似有雪光。

林非鹿笑著說：「看吧，我真的不是壞人。」

紅衣女子還是一言不發，卻緩緩收了刀。她知道今日殺不了平豫王了，倒是不莽撞，跟著林非鹿朝外走去。

平豫王在後頭喊：「五公主！那刺客……」

林非鹿挽著紅衣女子的胳膊笑吟吟回頭：「哪裡有刺客？我怎麼沒看見？」

平豫王不說話了，只能眼睜睜看著紅衣女子殺了他上百精衛後平安離開。

出到府外，暗衛便自行消失。林廷等在門外，見人平安出來，總算鬆了口氣。這兩人既為兄妹，可見這位也是皇子，雀音臉色慘白地朝他行了一禮，林非鹿便跟小白說：「你送雀音姑娘先回客棧。」

她這頭吩咐人，回頭一看，紅衣女子已經離開了。

林非鹿趕緊追上去：「女俠！女俠留步！」

她回過頭，神情並無不耐，很認真地詢問：「何事？」

林非鹿笑咪咪的：「敢問女俠芳名？」

紅衣女子說：「我叫硯心。」

林非鹿覺得這名字有點耳熟。

想了半天，猛然反應過來，這不是昨日官星然提到的那個江湖英雄榜上，排名第十的名字嗎？

當時官星然還嘆說：「硯心是英雄榜上最年輕的高手，如今不過十七歲，已單挑勝過三門四派的傳承人，刀法造詣尤其高。她是千刃派掌門的嫡傳弟子，聽說是掌門從繈褓中撿回來的孤兒，從小便研習千刃刀法，是個武癡。」

林非鹿難掩激動：「硯心？妳就是千刃派的那個小師妹？」

硯心奇道：「妳認識我？我們以前見過嗎？」

林非鹿說：「我聽說過妳，妳的刀法很厲害！」

硯心笑了一下。

她一笑，屬於少女的氣息濃郁起來，左臉頰邊露出一個淺淺的酒窩，透出幾分天然的嬌憨。只不過這笑很快消散在她清冷的眉間，她朝她抱了下拳：「公主謬讚。」

天啦，英雄榜上的人物被她遇上了。

林非鹿心底那簇武俠小火苗躥高了不少，她抿唇道：「硯心姑娘，妳為何要刺殺平豫王？」

硯心眉眼一橫：「此人強擄民女，作惡多端，我既知曉，自然不能袖手旁觀。今日沒能殺他，是我學藝不精，改日必再取他性命！」

林非鹿說：「他是皇室，妳若殺了他，定會被朝廷通緝。」

硯心冷笑一聲：「我有何懼？」

林非鹿默了默，從懷裡掏出自己那個小本本，「話雖如此，但何必為了這樣一個人讓自己惹上麻煩，我們用法律制裁他不好嗎？」

她不由分說拽住硯心的手腕：「跟我來。」

硯心愣了一愣，沒甩開她。

她甚少跟人接觸，每次下山都是直奔比武切磋而去，打完就散，絕不糾纏。千刃派位於秦山之中，她自小長在山上，滿門都是喊打喊殺的師兄弟，她又醉心武學刀法，性子其實十分單純。看待世間萬物的目光十分直白，好便是好，壞便是壞，黑白分明。眼前的少女雖是公主，但明顯跟平豫王不是一夥的，還救了一位姑娘出來。可見是個好人！

硯心任由好人林非鹿把她拉到街邊的一個茶攤坐下，招呼小二上茶之後，順帶要了支筆。

林非鹿將平豫王的名字寫到死亡筆記上，後面還跟了幾筆他的罪行。

硯心便問：「這是何意？」

林非鹿深沉道：「我這一路行來，凡是看到作惡多端迫害百姓的朝官，便將他們的名字記在上面，待回京之後呈給父皇，讓他一一降罪。」

硯心不由道：「公主俠義仁心，令人佩服。」

林非鹿把小本本收好，笑吟吟的：「所以硯心姑娘也不必再冒險去殺他。」

她見硯心還要說什麼，立刻道：「殺人雖能解氣，但難保他死後，又有第二個這般作風的人冒出來。惡人猶如蝗蟲，殺之不盡，不如從源頭解決問題。待我回稟父皇，降下罪來，這些人便會知道哪些事能做哪些事不能做，有時候，威懾比殺人更有用。」

硯心想了想，接受了這個說法：「公主說的在理，那我暫時饒他一命。若將來威懾不夠，再取他性命也不遲。」

兩人相談甚歡，那邊林廷也從小黑口中知道了府中發生的一切，見他走過來，林非鹿熱情介紹道：「哥，這是硯心姑娘。」

既是公主的兄長，那自然就是皇子。

硯心抬眸打量，卻見這位皇子跟自己想像中滿身威儀貴氣的皇子不太一樣。

他一身藍衫，身姿頎長，舉手投足十分溫雅，卻難掩孱弱之態，五官極其俊秀，眉眼溫柔世間罕見，只可惜臉帶病容，唇色略白。整個人給她一種白玉之感，彷彿稍不注意磕著絆著便會碎了。

硯心不懂那些繁文縟節，便只抱拳，算作招呼了。

林廷也回了一禮，對林非鹿道：「妳今日鬧了平豫王一場，他日後應當會有所收斂。不過此人行事荒唐，未免夜長夢多，我先修書一封傳予父皇，將之罪行言明，再由父皇定奪。」

林非鹿連連點頭：「還是哥哥思慮周全！」

硯心仰頭喝盡杯中茶，拿著刀站起身來：「公主、殿下，若無其他事，就此別過了。」

林非鹿趕緊問：「妳接下來要去哪呀？」

硯心道：「金陵。」

林非鹿開心極了：「我們也要去金陵，不如同行？」

硯心習慣獨來獨往，一時之間有些遲疑。

林廷看出她的顧慮，溫聲笑道：「硯心姑娘不必多慮，舍妹好武，只是敬佩姑娘刀法。姑娘若不願意，也無需勉強。」

硯心看了林非鹿一眼。

少女噘著嘴眨眨眼睛，模樣無辜又可愛，見她看過來，雙手握成拳頭抵住下巴，軟乎乎又甜糯糯地喊：「硯心姐姐，拜託拜託。」

從小跟著一群打赤膊練霸刀的師兄弟長大的直女硯心，頓時就不行了。

既要同去金陵，自然要先回客棧拿行李。

硯心性格很隨和，完全沒有那種傳說中高手的古怪脾氣和癖好。林非鹿說要先回客棧，她便跟著一起。林非鹿說到時候一起坐馬車，她也說沒問題。

反正很好說話的樣子，不動武的時候，是個真誠又單純的姑娘。

林非鹿一路行來，對金陵發生的大事並不是特別瞭解，此時便問道：「硯心姐姐，金陵到底發生了何事？為什麼大家都要往那兒去？」

硯心解釋道：「此次江湖人士齊聚金陵，是為陸家保管的那本《即墨劍譜》。前不久有消息傳出，陸家長子在與人比武時使出了即墨劍法，陸家歷來只有保管之權，陸家長子擅自偷學即墨劍法，引起武林眾怒，此番前去便是叫陸家給出說法。」

林非鹿疑惑道：「那本劍譜不是陸家所有嗎？」

硯心搖搖頭：「不是，那是即墨大俠的獨門劍法。當年即墨大俠遭人暗算逃至金陵，被陸家所救。臨死前將即墨劍法交由陸家保管，並留下將來誰能剷除赤霄十三寨便由誰傳承即墨劍法的遺言。」

經過硯心一番解釋，林非鹿終於瞭解了其中的彎彎繞繞。

即墨吾乃是當年江湖上鼎鼎有名的獨行劍客，義薄雲天，德高望重。而赤霄十三寨則是一群占山為王的土匪強盜。當年即墨吾為救人與十三寨結下仇怨，十三寨的人便趁他不在時砍殺了他的妻兒。

從此兩方不死不休，即墨吾在世時，曾一人一劍破一寨，重創十三寨元氣。

只可惜十三寨的勢力非常龐大，專門收留江湖上無處可去人人喊打的惡人。僅憑即墨吾一人，根本無法將其剷除。

所以當他重傷不治過世時，便留下遺言。

誰能剷除十三寨，誰就是即墨劍法的傳承人。

這些年來，江湖正派確與十三寨發生過幾次交鋒。但十三寨皆是一群亡命之徒，打起架來命都不要，而名門正派多有顧忌，哪敢真的跟他們拚命，所以一直沒能將之澈底剷除。

陸家身負遺命，本該妥善保管大俠遺物。誰料陸家長子陸邵元卻偷學了即墨劍法，那大家肯定不幹了。

有些是真的前去討要說法，有些則是想渾水摸魚，將即墨劍法占為己有，所以金陵城才會黑白齊聚，如此熱鬧。

林非鹿聽得熱血沸騰，覺得雖然這江湖跟自己想像中的不太一樣，但同樣很精彩！她問：「硯心姐姐，那妳是去做什麼的？」

本來以為像她這樣的女俠定然是去討公道的，結果硯心說：「這次年輕一輩的高手齊聚金陵，正是切磋比武的好時機，我自然不能錯過。」

林非鹿：「……」

還真是個武癡啊。

回到客棧，小白已經將馬車備好了。

官星然竟然還沒走。

自早上林非鹿離開，他一直坐立難安，想去救，又覺得不過徒勞，就這麼來回糾結的時候，竟然看到雀音回來了。

官星然驚呆了，急忙迎上去，還沒說話，對他一向溫柔順從的雀音就甩了他一個大大的白眼。

不管他說什麼，雀音都不理他，回到房間梳洗一番，竟是直接帶著丫鬟準備離開了。

官星然一路跟出去，最後問她：「妳回來了，那黃姑娘呢？妳總得告訴我黃姑娘在哪吧？」

雀音這才回了他一句話。

她說：「就你，也配提黃姑娘的名字？癩蛤蟆想吃天鵝肉，吃屎吧！」

官星然被罵傻了。

不過一夜時間，到底發生了什麼，為什麼會變成這樣？

所以他才一直沒走，想等林非鹿回來問個清楚。此時見人回來了，頓時激動迎上去：「黃姑娘，妳可算回來了！官某實在是太擔心妳了。」

林非鹿瞄了他一眼：「你就靠嘴擔心啊？」

官星然有些訕訕，還想說什麼，林非鹿直接抱著硯心的胳膊說：「姐姐，他糾纏我！」

硯心冷眼一掃，官星然看清她手中那把寬刀，以及刀柄上雕刻的千刃派的標誌。

千刃派只有一個女弟子，就是掌門的嫡傳弟子，如今江湖英雄榜上排名第十的武癡硯心。

官星然臉色一變，在硯心面無表情的掃視中灰溜溜走了。

等他走了，硯心轉頭認真道：「此人腳步虛浮，內力渙散，可見只是個花架子，心思沒用在正道上。江湖上這種人比比皆是，萬不可被他們蒙蔽。」

她也不過是個十七歲的少女，說教起來倒是像模像樣。

林非鹿笑咪咪的，抱著她的胳膊把腦袋蹭在她肩頭：「知道啦。」

硯心沒了方才的老成，有點不好意思地笑了笑。

她還沒跟人這麼親近過，少女蹭著她撒嬌的樣子，很像秦山上那隻毛茸茸的小狐狸。抬頭時，恰好對上旁邊林廷的視線。

他方才只是在看小五撒嬌，覺得可愛又好笑，突然與硯心的目光對上，便頷首一笑，眼若春水，盡是風華。

硯心不僅沒見過林非鹿這樣的軟萌妹子，更沒見過林廷這樣的溫柔侵到骨子裡的少年，一時之間被他笑得耳根有點紅，趕緊移開了視線。

硯心之前都是一人一刀一馬走江湖，現在林非鹿搞了個馬車，她便把馬交給小黑，跟著林非鹿一起坐馬車。

兩人坐在馬車內等了一會兒，林廷才回來，手裡各提著一串用繩子串起來的油皮紙。

林非鹿坐馬車時喜歡吃零食嗑瓜子，他每次都會提前去買。如今多了一位姑娘，便多買了一份，上車之後一包拿給林非鹿，一包遞給硯心。

硯心有些意外：「給我的？」

林廷笑起來：「嗯，給妳的。硯心姑娘看看是否喜歡，若是不喜歡，下次我再換別的口味。」

硯心看了看他，低頭解開繩子。

幾包油皮紙，裝了各式的點心、果脯、蜜餞、瓜子，都是小姑娘愛吃的。

硯心沒吃過這些。

山上那群每天練刀的爺們，哪知道買什麼好吃的零嘴給小姑娘。她從小到大沒吃過，如今行走江湖，心裡只有刀法，更不可能流連市井。還是第一次有人把這些東西送到她手上。

硯心撿起一塊果脯放進嘴裡，安靜又認真地吃完了，又嚐其他的。把油紙包裡所有的零嘴都嚐了一遍，才有些開心地跟林廷說：「我喜歡。」

他眉眼柔軟，聲音溫潤：「硯心姑娘喜歡就好。」

欸，聲音真好聽，比自己那些每天天不亮就在練武場上喊號子的師兄們好聽多了……不是！

硯心趕緊低下頭，默默在心裡對自己的師兄們道了個歉。

馬車行駛得不快不慢，渡過金銀河到達金陵時，太陽已經落了一半。

還未進城，便見四周車馬來往，絡繹不絕，進到城內，更是喧囂起伏，熱鬧非凡。他們來得算遲的，城中客棧早已滿了。尋了一圈，天快黑了還沒找到落腳的客棧，小二建議他們去城郊小樹林過夜。

林非鹿倒是無所謂，她還挺想體驗一下古代露營的，但顧忌林廷的身子，只好去敲響了縣衙的大門。

於是一炷香之後，一行人住進了府衙別院。

府衙還帶著他的大小老婆過來拜見，臨走前特地道：「齊王殿下、五公主，下官治理的金陵城夜晚尤其熱鬧，兩位殿下有空可以去逛一逛，喜歡什麼儘管挑！」

林非鹿最喜歡逛夜市，於是用過晚飯之後，便拖著硯心和林廷出門了。

江湖約定聲討陸家的日子就是明天，所以此刻該來的都來了。

貨販門自然要抓住商機，如今的金陵城比以往任何時候都要熱鬧。因多是江湖人士，脾氣大，動輒拔劍弄刀，一路行來，林非鹿已經目睹了好幾起打架鬥毆事件。

不過他們周身倒是清靜。

全耐有硯心在。

她那把刀就是最顯眼的標誌。

沒有人敢不長眼往她身邊撞。

林非鹿一路蹦蹦跳跳跑在前面，這裡摸一摸那邊看一看，林廷和硯心跟在後面。

街邊叫賣起伏，有個小販正在吆喝：「買棉花糖囉，祖傳的手藝，不甜不要錢。」

林廷往前走了幾步，發現硯心沒有跟上來。

他回過身，看見硯心正看著插在木樁上的大朵棉花糖，神情有些疑惑。

林廷走過去，問她：「硯心姑娘，怎麼了？」

硯心回頭看了看他，抿了下唇，才抬手指著棉花糖，有些不解地問：「棉花也可以吃嗎？」

林廷笑了出來。

硯心耳根不由得有些泛紅，她低聲說：「我沒吃過的，見笑了。」

說話時，林廷已經走向攤販。小販熱情地問：「公子，要一朵棉花糖嗎？」

林廷點點頭，付了錢，小販說：「您自己挑！」

他長得高，略抬手，便摘下了插在最上面的那朵最大的棉花糖，然後轉身走回來遞給硯心，溫聲道：「棉花糖不是棉花做的，是將蔗糖融化打絲，捲成棉花的形狀，妳嚐嚐看。」

硯心看了他一眼，慢慢伸手接過來。

那麼大一團，湊到鼻尖時，聞到濃濃的甜香。再輕輕貼在唇上，立刻融化成了糖汁。

硯心用舌尖舔了下唇，甜甜的。

林廷笑著問：「好吃嗎？」

她點了點頭，雖然耳根紅紅的，但聲音十分誠懇：「多謝。」

於是整個金陵城的江湖人士，便看著英雄榜上排名第十的武癡硯心，一手拿著她那把遇強則強從不怯戰的寬刀，一手握著一朵跟她氣質完全不相符合的棉花糖，一路面無表情從城東舔到了城西。

翌日一早，林非鹿精神抖擻前往陸家看熱鬧。

陸家也是傳承已久的武學世家，在江湖上屹立多年，名望很高。否則當年即墨吾也不會把劍譜託付給他們。

只是當年託付遺言的陸家家主已經過世，人心莫測，一代又一代，懷揣絕世劍法，生出異心也是人之常情。

自從消息走漏，陸家便知大事不妙。匹夫無罪，懷璧其罪，江湖各路本就因為即墨劍法一直盯著他們，只是各方牽制，才沒有出手爭搶。如今發生這樣的事，劍譜肯定是留不住了。

這段時間以來，他們一直在尋找合理解決此事的辦法。

一大早，陸家門外的練武場上便站滿了人。

林非鹿來得早，早就占好了一個視野開闊的好位置。她掏了把瓜子分給硯心一半，一邊嗑一邊問：「妳說陸家這次要怎麼做才能平息眾怒呀？」

硯心回道：「劍譜定然是要交出來了。」

林非鹿又問：「那交給誰呢？」

硯心看了四周密密麻麻的人群一眼：「這就是大家今天來的目的。」

有多少人是真的因為陸家違背即墨大俠的遺言而憤怒呢？

不過是想將那本絕世劍譜占為己有罷了。

林非鹿回想昨天硯心三言兩語描繪出的那位俠肝義膽的即墨大俠，心中不由有些感嘆。嘆完了，看見硯心還捏著那把瓜子沒嗑，便問：「硯心姐姐，妳不喜歡吃瓜子嗎？」

硯心說：「喜歡的，只是……」

她也不是不好意思當眾吃東西，昨晚她當街吃棉花糖就沒什麼心理負擔。只是嗑瓜子的聲音實在太響了，在場又都是習武之人，耳力過人，剛才林非鹿在旁邊嗑得啪啪響，都引來好幾道憤怒視線了。

這麼嚴肅的場合，妳還心安理得地嗑瓜子，合適嗎？

林非鹿不是江湖中人便也罷了，她作為英雄榜上的人物，還是要收斂一下的。

林非鹿了然點頭，理解她的大俠包袱：「那我拿著吧，萬一妳一會兒要跟人交手，總不能把瓜子當暗器撒出去。」

硯心被她逗笑了，正要還給她，旁邊林廷伸出手來，溫聲說：「給我吧。」

硯心以為是他要嗑，也沒多想，便將手中的瓜子全部放進他掌中。

他的手指很長，指根白皙，一看就不是舞刀弄槍的手。但手掌卻比她的大，她握滿了手的瓜子放在他手中時，看起來只有那麼一小撮。

林非鹿對江湖好奇得很，硯心便將在場她認識的高手一一指給她看。

過了片刻，硯心的袖口突然被輕輕扯了扯。

她轉過頭，看見林廷將剝好的瓜子仁用一方乾淨的藍色手絹包著，遞了過來。

飽滿香脆的玉色瓜子仁躺在他掌中的手絹上，手絹四個角垂下來，隨著風微微飄揚。

他溫聲說：「吃吧。」

春日的陽光剛冒出雲端，他的眼睛裡好像有萬里晴空，清澈又溫暖。

硯心又開始覺得耳根發燙，她默默接過來，看著他手指說：「多謝。」

林廷笑著：「不客氣。」

太陽逐漸籠罩這片人山人海的練武場，站得久了，許多人心中生出煩躁來，四周開始躁動不安。

正當林非鹿以為就快打起來的時候，陸家緊閉的大門突然開了。

一位燕頷虎鬚的中年走了出來。

硯心偏過頭低聲說：「這就是陸家如今的家主。」

陸家家主一現身，四周立刻群情激憤，全在責罵陸家背信棄義卑鄙無恥。

陸家主也不還嘴，任由他們罵，一雙眼睛沉沉掃過在場之人，等聲音漸漸小下去，才開口道：「各位，陸某知道你們今日齊聚所謂何事。這件事確實是陸某教子無方，辜負了即墨大俠的信任。陸某深感慚愧，已重罰犬子。不過各位也當知曉，犬子只習得即墨劍法第一式，此生絕不再使此招。今日，陸某便當著大家的面，將《即墨劍譜》，轉交他人。」

底下頓時一片譁然。

陸家這麼爽快，大家之前準備的說辭都沒用上。

但陸家既然說要交出來，那些對即墨劍法勢在必得的人立刻站了出來。

全都是江湖上有頭有臉的名門正派，每個人都覺得自己才是重新接手即墨劍法的不二人選。有長篇大論的，也有說要比武論輸贏的，現場一時十分混亂。

林非鹿看著看著，突然覺得沒什麼意思。

這跟爭皇位有什麼區別？

都是利慾薰心，為了爭搶那個唯一的東西大打出手。

她轉頭去看林廷，不知道是不是因為陽光照射的原因，他的臉色顯得有些白，濃密的眼睫搭下來，垂眸不知道在看哪裡。

硯心站在他們之間，發現林非鹿擔憂的目光，便也轉頭去看林廷。

他像是在走神，總是溫和的眉眼微不可察地輕皺著，沒了往日的笑意。

硯心突然很想伸手幫他拂開眉頭。

她捏了下手指，湊過去關切地問：「你身體不舒服嗎？」

林廷過了好一會兒才反應過來她在跟自己說話，彎唇笑了下：「無礙，只是覺得有些吵。」

他的臉色和唇色泛白，看起來確實不太妙。

硯心眉眼一橫。

她轉過身，右手往後一撈，拔出自己揹在身後的那把寬刀，面無表情往前一擲。

隔著這麼遠的距離，那把寬刀破風而行，猶如利箭，「蹭」一聲插進陸家主身後的房門上。

現場頓時安靜下來，正在打嘴炮爭論的兩名高手驚訝地看過來。

無人不識千刃寬刀，無人不知武癡硯心。

全場視線聚焦，嗑瓜子的林非鹿默默放下自己的手。

女俠妳做什麼？妳要搶劍譜也不用這麼明目張膽吧！

有人沉不住氣問道：「硯心姑娘，這是何意？」

硯心說：「你們太吵了。」

她看向陸家主，帶著少女音色的嗓音十分沉著：「陸家主既然已有決定，何必看著各位前輩爭來爭去，不如直接說出你打算交付的人選吧。」

聽她這麼說，現場的目光又齊刷刷移到陸家主身上。

剛才他們一聽說《即墨劍譜》要易主，便迫不及待爭搶起來，一時之間沒能察覺陸家家主的言外之意。此時被硯心點醒，都不安地看著陸家家主。

卻見陸家主笑了一下，遠遠朝硯心抱了下拳。

然後朗聲道：「陸家身負即墨大俠遺志多年，有負所托，今日，便在整個江湖的見證之下，將《即墨劍譜》，轉交給紀涼大俠，從今以後，陸家與即墨劍譜再無瓜葛。」

此言一出，眾人皆驚。

紀涼？他沒死？也沒隱居？

林非鹿被這個轉折驚得瓜子都掉了。

只見陸家主身後那扇門緩緩打開，一抹高瘦冷清的人影走了出來。

走到門口時，毫不費力將插在門上的那把寬刀拔了下來，然後隨手一擲。

寬刀便再次回到了硯心手上。

硯心朝他抱拳行禮，「多謝紀前輩。」

紀涼一現身，剛才還在爭搶劍譜歸宿的幾大家族和幾大門派都萎了。

天下第一劍客可不是虛名，敗在蒼松山上的人不計其數，紀涼這個天下第一的名頭，不是江湖給的，是他一劍一劍比出來的。

當著眾人的面，陸家主從懷裡掏出一本劍譜，恭恭敬敬遞到紀涼眼前。

紀涼隨手接過，塞進懷裡。

沒人敢從紀涼手上搶東西，但這劍法誘惑太大，素來一派的幾大家族互相使了個眼色，便有人站出來道：「我輩素來敬佩紀大俠風采，但這劍譜乃是即墨大俠臨終所托，哪怕是陸家也無權隨意轉讓。就這麼交予紀大俠，恐怕不妥吧？」

周圍頓時一片附和聲。

不過一些真正討要說法關心大俠遺志的人倒是很贊同：「紀前輩劍法出神入化，自成一派，如今武功已臻化境，是這世上最不可能練習即墨劍法的人，交予他保管，的確不失為一條良策。」

兩派各執己見，都有話說，現場頓時又爭論起來。

直到紀涼隨手一抬，將幾柄染血的權杖扔了出來。

眾人定睛一看，竟是赤霄十三寨幾大寨主的權杖。

陸家主這才興奮開口：「即墨大俠遺言，誰若滅赤霄十三寨劍譜便歸誰。前些時日，紀大俠憑一己之力取五寨首領性命，算是滅其一半！如今劍譜必須易主，除了紀大俠，還有誰比他更有資格嗎！」

你名門正派這些年數次圍剿十三寨，殺的都是些小貓小狗，連寨主一根毛都沒傷到。如今紀涼僅憑一人便殺五大寨主，你們有什麼資格跟人家爭？

為劍譜而來的那些人看著這幾柄權杖，再看看紀涼冷若冰霜的臉，都知道此事無望了。而那些打著歪門邪道主意的人，也沒有勇氣從紀涼那搶東西，紛紛歇了這心思。

本來以為要大戰幾天幾夜才能解決的事情，居然不到一上午就完美解決了，在場好多人都感覺自己還一頭霧水。

不過紀涼現身，算是破了之前的傳言。

他不僅好好活著，而且武功修為大有精進，能單槍匹馬取五大寨主性命，這江湖上又有幾人能做到。就算有這能力，也不敢輕易與十三寨為敵，看看當年即墨吾的下場不就知道。

不過紀涼無妻無兒，孤家寡人，就算跟十三寨結下仇怨，好像沒什麼可怕的。

一時議論紛紛。

林非鹿自從紀涼出場整個人已經驚呆了。

紀涼真的是小漂亮的紀叔！

她有點激動，又有些說不明道不清的情緒。想打招呼，又覺得紀大俠大概是不會理她的。

事情一解決紀涼就消失了，林非鹿想找他也不知道該去哪找，而且她也沒辦法跟林廷解釋自己怎麼會認識天下第一劍客，只能忍住心中翻湧的情緒，先回府衙了。

林廷一回來便回房休息了，他的身子還是太虛，風璃草的毒雖然都排乾淨了，但毒性造成的傷害仍未痊癒。

硯心等他離開後才問林非鹿：「齊王殿下受過傷嗎？」

林非鹿搖搖頭，想了想還是告訴她：「他中過毒，身子不太好。」

硯心眉頭鎖起來：「什麼毒？何人所下？」

林非鹿說：「是風璃草……」

她話沒說完，抱歉地笑了笑。

硯心以為此事涉及皇家祕聞，便沒多問，只是認真道：「秦山之上有一天然藥泉，對於療傷排毒十分有效，你們接下來若無別的事，可隨我一起回山。」

林非鹿高興起來：「好呀！早聽聞秦山風景秀美，正好去見識見識！」

硯心此番下山就是為了找人切磋，精煉刀法。但事有輕重緩急，林廷既然身子不好，當務之急還是為他治病要緊。

幾人一合計，便決定明日啟程，前往秦山。

林非鹿沒想到這次遊歷江湖還能遇上這樣的機遇，藥泉在千刃派門派之內，外人入派都難，更別說使用裡面的藥泉。若不是遇到硯心，林廷的病恐怕還要拖下去。

善良的人果然是有好報的！

因著明日要趕路，林非鹿收拾好行李早早就睡了。

金陵城的熱鬧一直持續到很晚才漸漸安靜。她在睡夢中翻了個身，突然感到一陣冷意。

不，不是冷意，是令人顫慄的劍意。

林非鹿一下子清醒了，睜眼時，猛地喘出一口氣。

就在她喘氣的同時，那股包裹她的劍意頓時消失。

借著窗外朦朧的月光，林非鹿看到屋內坐著一人。要不是這劍意無比熟悉，她差點就要尖叫了。

雖然但是，紀大俠你叫醒人的方式也太另類了吧！

林非鹿哆哆嗦嗦從床上爬起來，擠出一個笑：「紀……紀叔……」

紀涼在黑暗中站起身，他站在原地，從懷中摸出什麼東西，一言不發地朝床上扔來。

林非鹿手腳並用去接。

待看清他扔來的是什麼之後，整個人顫慄了。

林非鹿欲哭無淚：「紀叔，你給我這個幹什麼啊？想讓我被全江湖追殺嗎？」

紀涼冷冰冰說：「沒人知道在妳這。」

林非鹿試探著問：「是讓我幫你保管嗎？」

紀涼：「不是，是給妳的。」

林非鹿：「……」

她看著書上「即墨劍法」四個字倒吸了一口涼氣。

全江湖爭搶的絕世劍法，就這麼輕而易舉的，落在自己手上了？

林非鹿抓抓腦袋，百思不得其解：「為什麼給我啊？」

難道紀大俠看出自己骨骼清奇乃是百年難遇的練武奇才？

紀涼看了她好一會兒沒說話，彷彿心情十分複雜。林非鹿等得都快又睡著了，才聽到他十分冷漠的聲音。

他說：「那小子送妳的生辰禮物。」

第二十七章　宋國新君

睏懨懨的林非鹿瞬間清醒了。

她十四歲的生辰快到了，就在下個月。

小漂亮離開已有半年，這個時代沒有通訊，又隔著國與國之間的嚴防密控，她想打聽有關他的情況都打聽不到，更別說傳信問好。有時候一個人靜下來，也會擔心他的安危。

以往每一年生日，他都會送她別出心裁的禮物。

那些禮物或許並不貴重，但全部符合她的心意，她喜歡什麼，他一向都是最清楚的。

本來以為今年生日來自小漂亮的專屬禮物就要落空了，沒想到峰迴路轉，他居然給了她這麼大一個驚喜。

試問，哪一個心懷武俠夢的人，不希望得到一本整個江湖競相逐之的絕世劍譜呢！

哪怕不會練，搞來收藏也是極好的啊！

林非鹿看著手中的《即墨劍譜》，頓時心潮澎湃，這感覺就像岳不羣得到了《辟邪劍譜》，東方不敗得到了《葵花寶典》，張無忌得到了乾坤大挪移！

紀涼看著床上兀自激動的少女默了默，然後面無表情道：「東西送到，我走了。」

林非鹿趕緊喊：「紀叔等等！」

紀涼的身影已經掠到視窗了，堪堪折回來，透出些許不耐煩：「還有何事？」

林非鹿問：「殿下還好嗎？」

紀涼惜字如金：「好。」

林非鹿手腳並用從床上爬起來，拎起床邊的單衣披上：「紀叔，你還會去見他嗎？能不能幫我帶封信給他啊？」

紀涼：「……」

林非鹿感覺他有點想一劍砍死自己。

她攥著領子往前蹭了兩步，水汪汪的眼睛可憐兮兮地望著紀涼，眼尾在銀月之下泛著一絲紅，聲音溢出哽咽：「分別多月，我一直擔心殿下的安危，紀叔，求求你了！」

紀涼：「……寫快點。」

林非鹿迅速去拿紙筆。

滿心的擔憂，在握起筆之後，反而不知道該怎麼說出口了。

她想了想，覺得自己收到回信的幾率等同於零，問他如今怎麼樣也得不到回答，便只將自己的情況說給他聽，未免紀涼等得不耐煩，她寫得很快，寥寥幾行，最後在末尾畫了一個可愛的笑臉。

想了想，又去自己包裹裡拿了一隻竹編的小蝴蝶出來。

這是她今天逛街時買的，她每次看到什麼好看有趣的小玩意都會買下來。目前手邊暫時沒什麼珍貴的回禮，送隻小蝴蝶意思意思一下吧。

她用信紙捲著小蝴蝶一起遞給紀涼，還囑咐：「紀叔，千萬別弄丟了哈。」

紀涼一言不發，把東西往懷裡一塞，面無表情跳窗走了。

林非鹿跑到窗前，熱絡地對著空無一人的夜色揮了揮手，才戀戀不捨地把窗戶關上，然後飛撲上床，抱著那本即墨劍法在床上翻了好幾個滾。

小漂亮怎麼能這麼深得她心！

她激動得一個晚上沒怎麼睡，翌日出發前往秦山時，在馬車裡打瞌睡。

這件事不足為外人道，就算林廷和硯心她也瞞著了，只是每晚睡覺的時候偷偷在被窩裡拿出來翻一翻看一看，雖然看不懂也練不會，但還是興奮得彷彿擁有了全世界。

秦山山脈延綿千里，千刃派就坐落在秦山某一座山峰之中。

林非鹿第一次來武林門派做客，還以為氣氛會十分嚴謹，說不定上山的路布滿了重重陷阱機關。沒想到一到山腳下，就看見鱗次櫛比的村落和農田。時值春季，正是鋤田栽種的時候，農戶們忙忙碌碌，又十分熱情。

有個魁梧黧黑的壯漢正站在田裡插秧，遠遠就朝她揮手：「小師妹回來啦！」

林非鹿問：「這也是妳千刃派的師兄嗎？」

硯心點頭：「嗯，師兄們平時練功之餘，會下山來幫農戶幹活。」

林非鹿才知道，千刃派上千弟子的吃食都是山下這些農戶提供的，山上山下形成了十分友好的生態圈。

入山之後，陽光被參天古木遮住。走了足一個時辰有餘，千刃派的大門終於在眼前開闊起來。

為了遷就林廷，她們走得很慢，山下的弟子早就跑上來將硯心回門派的事情稟報了。山中管事知道她帶了朋友回山，提前把住宿安排好，等林非鹿一到，便有人帶著他們去住處。

硯心一回來先去拜見掌門，並說明了要使用派中藥泉的事。

千刃派掌門就是她的師父，自將她撿回來，便視作女兒一般教導，對她幾乎是有求必應，自然是同意了。

派中少有外人做客，如今這一對兄妹氣質非凡，兄長溫潤俊朗，妹妹輕靈秀美，一年四季與刀為伍的魁梧漢子們覺得稀奇極了，跟他們說話時的聲音都不敢過重，怕嚇到小師妹的朋友。

特別是那些操心小師妹下半生幸福的師兄們，他們以前覺得小師妹一心練刀性子無趣肯定找不到良人，沒想到這次居然拐了個這麼溫柔俊朗的公子上山，一定要好吃好喝招待著，千萬不能把人嚇跑了！

千刃派弟子對於刀法的鑽研跟硯心如出一轍，是以整個門派的派風十分淳樸，沒那麼多勾心鬥角彎彎繞繞。

態度熱情友善，環境優美清靜，林非鹿對這個度假地點十分滿意。

硯心倒是有點擔心他們在這裡住的不習慣，畢竟她是知道這兩人的真實身分的，豈可與皇宮相提並論。

林非鹿安慰她：「我就喜歡這種練武的氣氛，至於我哥，他只要有動物陪著就開心。」

硯心奇道：「動物？」

林非鹿點頭：「對呀，我哥喜歡動物，動物也喜歡他。」

硯心若有所思。

翌日練過早課，她掛著一圈繩子，揹著一個大竹簍進山了。

林非鹿吃過早飯沒找到人，便拿著自己的劍跑到練武場上去，跟千刃派弟子一起練劍。

雖說刀劍不同，但招式套路卻有異曲同工之妙，她這些天已經在山上混熟了，一口一個大哥哥，一笑兩個小梨窩，把這些魁梧大漢們喊得面紅耳赤，每次她過來練劍，大家都會主動指導她劍法。

這簡直就是她夢寐以求的武俠生活啊。

直到接近傍晚，硯心才來到林廷暫居的院子。

林廷很喜歡山中的清靜，每日看看書散散步泡泡藥泉，不僅身體好了很多，心情也輕緩了許多。

聽見敲門聲，他放下書本起身去開門。一打開門，便看見硯心渾身沾滿草葉站在外面，連髮尾都染著細碎枯葉，像剛從草叢裡鑽出來一樣，懷裡抱著一個大竹簍。

林廷失笑道：「硯心姑娘這是怎麼了？」

她抱著竹簍走進院中，打開上面的蓋子，轉頭認真地問：「這些你喜歡嗎？」

林廷走過去一看，才發現竹簍裡竟然裝滿了小動物。

有兩隻兔子，一隻松鼠，一隻小狐狸，一隻野雞。

這些動物都被繩子捆住了雙腳，各自用布袋裝著，只露出一個腦袋在外面，都快在裡面互啄起來了。

林廷頓時哭笑不得，趕緊將動物們全部放出來。也不知道是不是硯心留給牠們的威懾力太大，現在一解脫，全部往林廷身後躲，那松鼠更是扒著他的腿一路往上爬，爬到他的肩頭坐下後，兩隻小爪子緊緊抓住他的衣衫。

硯心覺得神奇極了，這些動物見著人就躲，自己費了好大的功夫才抓到，牠們怎麼好像一點都不怕林廷呢？

她往前走了兩步，想摸摸坐在他肩上的那隻松鼠，結果松鼠頓時吱吱亂叫起來。

硯心有點尷尬地退回去了。

林廷笑著搖了下頭，把那隻松鼠拿下來抱在手上，摸摸牠的腦袋，半責備半安撫似的說：「乖一點，不要亂叫。」又笑著對她說：「要不要再試試？」

硯心看了看他，伸出手，慢慢在松鼠頭上摸了一把。

這次牠果然不動也不叫了，硯心摸了兩下，感覺這小松鼠在瑟瑟發抖，又默默把手收回來，然後問他：「你喜歡嗎？」

林廷眼睛裡都是溫柔笑意：「喜歡。」

她也笑起來，眼睛彎彎的，沒了往日的故作嚴肅，只有屬於少女的嬌憨。

門外哼哼響了兩聲，樹葉一陣沙沙，像是有什麼在撞樹。

林廷好奇地看過去：「還有什麼嗎？」

硯心默了一下，轉身走出去，然後牽了一頭青面獠牙的野豬過來。

她試探著問林廷：「這個……你也喜歡嗎？」

林廷噗哧一聲笑出來了。

那野豬還在哼哼，但迫於硯心的威懾不敢亂動，林廷居然在一頭凶猛的野豬臉上看出一絲委屈。

林非鹿練完劍回來，遠遠看見門口一隻野豬，高興地蹦過來：「哇野豬！今晚有烤野豬肉吃了！」

林廷與硯心：「……」

兩人對視一番，不約而同笑起來。

山上的日子就這麼愉快地溜過去了。

林非鹿幾乎沒感受到夏日的氣息，夏天就結束了。林廷的身體經過這幾個月在藥泉的浸泡，果然康復了很多，臉上漸漸恢復氣色，越發顯得唇紅膚白，俊朗非凡。

最重要是他的精神狀態好轉了很多，一點點變回曾經那個溫柔愛笑的少年。

也是時候離開這個山中桃源了。

雖然千刃派的弟子們一直熱情地留他們繼續小住，但林非鹿還記著去五臺山探望皇祖母的事，只能遺憾拒絕，並保證今後有時間了一定常來。

之前是硯心帶他們上山，這次還是她送他們下山。

她似乎有很多話想說，到最後卻只是抱了下拳，說了四個字：「各自珍重。」

林非鹿熱絡地邀請她；「硯心姐姐，有機會來京城找我們玩啊！京城也有很多高手，到時候找來陪妳切磋刀法呀！」

硯心看了林廷一眼，點頭說好。

兩人上了馬車，她還站在原地沒動，山風兀自撩著她的紅裙飛揚。

車簾突然被掀開，林廷探出頭來，溫聲喊她：「硯心姑娘。」

硯心抬眸看去。

他眉眼溫軟地笑著：「院子裡的動物，妳先幫我照顧著可好？」

硯心說：「好，那你什麼時候再來？」

林廷目光溫柔地看著她：「快則兩月，慢則半年，我總會來的。」

她一直沉靜的臉上，緩緩露出一抹開心的笑。

馬車漸漸駛離秦山，來時還是春天，去時卻已經生出淺淺的秋意了。從秦山到五臺山，路途挺遠的，林非鹿不急著趕路，當做遊山玩水慢慢晃悠。

在山中待了幾個月，倒是挺想念紅塵繁華的。

林非鹿打算先進城置備一些秋衣，臨近傍晚終於到達最近的一座城鎮。找了落腳的客棧，一行人先去一樓用飯，一坐下便聽四周議論紛紛，言語間都提到什麼宋國新君。

林非鹿跟林廷對視一眼，湊到一旁問：「這位大哥，宋國發生何事了？怎麼我聽大家都在討論？」

那人轉頭看見是個年輕少女，便耐著性子：「妳竟不知？上個月宋國新君即位了。」

宋國國君去年病重，宋驚瀾就是因為此事逃離大林，難不成是國君病逝了？

聽她這麼一說，那人像看傻子似的看她：「什麼病逝？是被那新君直接殺了！新君不僅弒父，還殺了本該繼位的兄長，才坐上了皇位。聽說手段尤其狠毒，登基之後把不服他的朝官全部處死，還把其他皇子全部囚禁起來了。聽說自他登基後，宋國刑場地上的血就沒乾過！」

林非鹿和林廷同時變了臉色。

新君手段如此殘暴，宋林兩國的和平必然會被打破。

林非鹿更是惶然不安，擔心起宋驚瀾的安危，又轉而安慰自己，有紀涼在，他不可能出事的吧？

林廷開口問道：「這新君手段如此厲害，不知是宋國哪位皇子？」

那人嘆道：「這說來就更稀奇了，竟是當年被送到我們大林當質子的那位七皇子，叫做宋驚瀾，妳說可不可笑？」

正在瘋狂擔心的林非鹿：？

短短不到一年的時間裡到底發生了什麼？

為什麼她的小漂亮變成了大魔王？這個心狠手辣弒父殘暴的新君真的不是同名同姓嗎？

不僅林非鹿目瞪口呆，林廷受到的震驚也不小。他算是大林皇宮中少數沒有欺辱過宋驚瀾的人，兩人的交集雖不多，但每次打照面都是彬彬有禮，宋驚瀾給他的印象一向是溫文爾雅的。

竟然是假像嗎？

這人在大林蟄伏多年，不聲不響，回國不到一年卻能在奪嫡之爭中勝出，可見不僅有手段更有謀略心機，曾經在大林平平無奇的表現原來都是藏拙。

如今他成了宋國的皇帝，剛繼位便用鐵血手段整頓朝綱，跟之前那位沉迷美色的宋帝全然不同，看來式微孱弱的宋國要重新崛起了。

旁邊的食客見兩人震驚到一時說不出話來，不由有些得意，想當初他剛聽聞這個消息的時候，不也是這副表情嗎？

他用筷子夾了顆花生米放進嘴裡，搖晃頭腦地感嘆：「放虎歸山囉。」

林非鹿緩緩從不敢置信中回過神來，轉頭看了林廷一眼。

林廷嘆了聲氣，低聲說：「先吃飯吧。」

林非鹿哪有胃口。

只喝了兩口熱茶，新衣服也不想買了，直接回房休息。

她泡了個澡，天剛黑就躺上床去，一閉眼，腦子裡閃過的都是去年暮秋他們分別的那晚。

那個時候，她就覺得小漂亮跟平時有些不一樣。

無論是捏住她後頸的手指，還是眼底似有若無閃過的幽冷，都不像她認識的那個溫柔的殿下。

她不是不知道他一直有所謀劃，她只是不想參與到古代權謀紛爭中，所以不想不問假裝不知道，過自己的小日子就好。

林傾和林廷的爭鬥這些年她都看在眼裡，當然知道奪嫡有多難。按照她的認知，小漂亮就算回國，能當一個享盡富貴平安無恙的王爺就不錯了。

誰知道他一直以來謀劃的居然是皇位？

一個十多年都待在敵國的質子，是憑著什麼樣的手段和謀略，才能隔著千山萬水布置國內的一切，最後成功上位？

想想就覺得可怕。

不僅這一切可怕，這個人也讓她覺得可怕。

弒父弒兄，斬殺朝臣，囚禁皇子，就用那雙為她刻過木雕、畫過武功祕笈、擁抱過她的手嗎？

她要崩潰了啊！

林非鹿用枕頭捂住腦袋哀嚎了兩聲，又爬起來摸出懷裡的即墨劍法。

這個不遠千里送到她手裡的生日禮物，是他的心意，也是他對她的獨一無二。

讓她有時候在半夜醒來，也會默默笑起來。

她喜歡這種被他放在心上珍重對待的感覺。

今後，是不是都不會有了？

皇帝啊，九五之尊，萬人之上，他只要擁有全天下的一切，他一句話就會有無數人前仆後繼。

他會有後宮，後宮會有三千佳麗。

林非鹿一時之間竟然不知道自己更害怕他弒父弒兄的所作所為，還是更生氣他就要有數不盡的後宮妃嬪了。

她盯著那本《即墨劍譜》看了一會兒，生氣似地把劍譜砸向床角。

獨自生會兒悶氣，又默默爬過去把劍譜撿起來，拍一拍捋一捋，重新放回懷裡。

這一夜註定是個難眠夜，她翻來覆去輾轉反側，天濛濛亮好不容易睡了一會兒，又做了好幾個亂七八糟的怪夢，日出之後，林廷便來敲門：「小五，起身了嗎？」

她在床上懶洋洋應了一聲。

林廷道：「今日天氣降了，有些冷，我們一道去買些秋衣再出發吧。」

她這才有氣無力地爬起來，梳洗之後出門，林廷看著她有些憔悴的臉色擔憂地問：「沒睡好嗎？」

林非鹿想了想，問：「哥，我們跟宋國會打起來嗎？」

林廷一愣，無奈笑道：「妳就是因為這個沒睡好？這些用不著妳來操心。」頓了頓又道：「以我對父皇的瞭解，只要宋國不主動出兵，父皇是不會開戰的。」

以前宋君是個昏庸軟弱之輩，林帝都瞻前顧後，更別說如今換了手段強硬的新君。一旦開戰，三國鼎立的和平局面就會被打破，何況如果林宋兩國交戰，雍國必然不會作壁上觀，這是個不安分的好戰族群，到時候還不知道會攪出多少事來。

林廷說完，想到什麼，又遲疑道：「不過……宋國新君來勢洶洶，宋國今後只會越來越強大，想要拿下他們，其實現在是最好的時機。」

趁他病要他命，新君即位，還搞出這麼多事，宋國正直內亂，此時開戰，說不定有出其不意之喜。

就看林帝怎麼權衡了。

林廷夾了個水晶餃給一臉悵然的妹妹：「別多想，吃飯吧。」

林非鹿點點頭，聽話的吃起飯，但還是覺得食之無味。吃完飯，一行人便出門去置辦秋衫。

開始買衣服，林非鹿終於恢復了興致。老闆一見她就知道是大顧主，十分熱情地推薦店內新款，不停地叫店內伺候的丫鬟幫小姐試衣服。

林非鹿一口氣選了十套，一套一套試，幫她試衣的丫鬟模樣生得清秀，嘴跟抹了蜜似的，把她從頭誇到腳，就差沒誇出花來。

林非鹿說：「好了，這位金牌銷售，都包起來吧。」

丫鬟笑咪咪的，低頭幫她繫好腰帶，突然將什麼東西塞到她懷裡。

林非鹿好歹是習武的，反應極快，一掌將丫鬟推開幾步，「妳做什麼？」

丫鬟還是那副笑著的樣子：「小姐身邊護衛嚴密，恕奴婢只能用這種方式將陛下的回信送到。」

林非鹿已經在摸自己防身的刀了，聽她這麼說，手指突地頓住。

她直愣愣看了丫鬟一會兒，問：「什麼回信？」

丫鬟朝她行了行禮，笑著說：「自然是陛下的回信。之前小姐一直待在秦山之上，奴婢實在進不去千刃派，只能在山下等候。昨日小姐終於下山，但護衛森嚴，奴婢難以接近小姐，聽到小姐要置辦秋衫，特地在此等候。今後小姐若是要給陛下回信，只需認準金衣紡的牌子，將信交至此處，自有人接信。」

林非鹿心臟砰砰跳了兩下，終於反應過來。

是宋驚瀾回信了。

她的心情一時間十分複雜，看了周圍一眼，「這……這是你們宋國的暗哨？」

丫鬟笑道：「我們是正經的生意人，金衣紡在各地都有分鋪，新衣款式暢銷各國，引領京都貴女時尚，小姐儘管放心。」

林非鹿：「……」

我信了你的邪。

她抬手摸摸懷裡的信，又往裡塞了塞，莫名有些刺激的興奮，換好衣服出去後跟丫鬟說：「這些都包起來吧，多少錢？」

丫鬟笑著說：「陛下說，這些衣服是蝴蝶的回禮。」

林非鹿：「……」她默了一下，深沉問：「如果這店裡所有的衣裙我都要了呢？」

丫鬟：「小姐請便。」

林非鹿說不上來是高興還是意外，只覺得，自己在小漂亮那裡，好像還是沒有變。

林廷已經逛了一圈回來了，又買了不少她愛吃的東西，站在門口問她：「小五，選好了嗎？」

林非鹿回頭應了一聲，跟丫鬟說：「就我選的這些，包起來吧，謝謝。」

逛完街，小黑小白提著大包小包回到客棧，準備馬車。林非鹿則回到房間，上鎖之後偷偷摸摸拿出懷中的信。

比起她上次潦草匆忙的問候，宋驚瀾的這封回信明顯從容很多。

是她熟悉字跡，篇幅並不長，就像她告訴他自己發生了什麼好玩的事一樣，他也在信中寫到他回國之後的生活。全然沒提奪嫡凶險，三言兩語，說的都是他從容清閒的日常，好像他只是換了個地方，過的還是跟在翠竹居中一樣的日子。

林非鹿一邊看一邊在心裡罵：騙子！以為我不知道你當皇帝了嗎！

信的最後一句，是他問：「吾甚思公主，公主思吾否？」

透過這句話，好像看見他提筆坐於窗前，嘴角噙笑的模樣。

林非鹿摸了下發燙的耳朵，若無其事把信折起來，夾進了即墨劍譜裡。

小白準備好了馬車，一行人出城繼續前往五臺山。林非鹿穿著新衣服吃著零嘴，隨著馬車搖搖晃晃，腦子裡迴盪的都是他那句「公主思吾否？」

我很想妳，妳想我嗎？

林非鹿把脆花生咬得嘎嘎作響，心說，是江湖不精彩嗎？我為什麼要想你？我才不想你！你也別想我，去想你那後宮三千佳麗吧大豬蹄子！

林廷在旁邊翻一本淘來的古書，見狀不禁笑問：「怎麼了？不好吃嗎？」

林非鹿說：「好吃！」

林廷笑著摸摸她的腦袋：「妳又在這裡自己跟自己生什麼氣？誰惹著我們小五了？」

林非鹿看了他一會兒，洩氣似的垂下頭，悵然道：「算了。」

他是納三千佳麗還是八千佳麗，跟她又有什麼關係，她又不嫁給他。

她調整好心態，重振精神，看著林廷手邊另一包零食問：「哥，你怎麼買了兩份？」

林廷翻著書，若無其事笑了笑：「習慣了。」

林非鹿：「哦——買給硯心姐姐的吧。」

林廷笑著拿書作勢要打她，林非鹿哈哈笑值著躲過去了。

就這麼一路笑笑鬧鬧，半月之後，一行人終於抵達五臺山。

早有暗衛上山通知太后，一到山下，林非鹿便看見太后身邊的柳枝嬤嬤帶著幾名侍衛等在那裡，當即跳下馬車笑著跑過去：「嬤嬤，妳怎麼親自下來啦？」

柳枝是看著她長大的，對這位五公主也喜愛得緊，行了禮笑咪咪道：「公主可算來了，太后念叨了好久呢。」

又朝走過來的林廷行禮：「齊王殿下，身子可好些了？太后一直惦記著你呢，五臺山清靜，來了可要好好養身子。」

林廷笑著應是。

一行人便朝山上行去。

五臺山作為佛山，又是太后晚年修佛之地，一應設施自然十分完善，一路行來山壁兩側雕著無數佛像和佛窟，山中大佛石像更是宏偉高大，雕刻精湛。

山中空氣清新，充斥著淡淡的檀香味，自然風光也極為秀美，清靜中透著令人心情舒緩的禪意，跟秦山又是不同的風格。

一上到佛寺前的平臺，便看見太后被人攙扶著等在那裡。

這麼多年過去，太后老了很多，以往總是挺直的背脊不由得彎曲下來，是一位年逾古稀的老人了。

林非鹿遠遠喊了聲「皇祖母」，朝她飛奔過去，跑至身前，太后笑著張開手，一把摟住自己的親親孫孫，「可算來了。」

又將走過來的林廷拉到眼前細細打量，最後嘆了句：「瘦了。」

林非鹿說：「大皇兄這幾個月還胖了些呢，之前更瘦！」

祖孫三人說笑著，不遠處掠過一群大雁，攪動了山澗繚繞的白霧。

五臺山上的日子跟千刃派比起來，更清靜悠閒。

畢竟沒了那群從早到晚喊著號子練刀的魁梧壯漢，只有每日行走無聲低語念經的僧人。

林非鹿睡了一段時間的懶覺，就開始跟著太后去佛堂上早課，聽高僧講經。信不信仰是一回事，但聽著他們低緩舒適的經聲，心情確實會平靜很多。

特別是林廷，雖然這幾個月江湖散心讓他情緒好了很多，但對於在那場奪嫡之爭死去的人還是心存愧疚，如今來到五臺山，他大多數時間都跪在佛像前祈經。

高僧說，常誦往生咒可以超渡亡魂，消除孽障。他心中所有的不安和愧疚，都能在佛像前得到慰藉。

他跟高僧走近了，林非鹿就有點擔心，生怕高僧來一句「我看殿下很有佛緣不如皈依佛門吧」，林廷的性格本來就很佛系，林非鹿生怕他看破紅塵剃度出家。

雖然但是，硯心小姐姐還等著他回去呢！

不過這自然是她想多了，高僧就算再厲害，也不敢出言引導皇子出家。

觀察一段時間，林廷的確沒有出家的念頭，林非鹿放下心來，開始滿山逮猴子。

這一路玩得太開心，差點忘了對林瞻遠的承諾。等從五臺山離開時，便要回宮了，提前抓隻猴子養著，有林廷在身邊，一定很好調教，到時候帶進宮也不擔心不好養了。

好在這個時代的野生猴子不是保育類動物，林非鹿沒有心理負擔。本來以為上躥下跳機靈的小猴子會十分難抓，誰知道帶上林廷這個動物磁鐵在山中逛了兩圈，居然有隻小猴子主動從樹上蕩下來，好奇地打量起眼前的兩個人。

林廷蹲下身，拿出提前準備好的蘋果，小猴子就直接跳到他手上，抱著蘋果啃起來，林廷把牠抱在懷裡，牠完全不反抗，看表情還有點怡然自得。

林非鹿看得目瞪口呆，最後不得不朝林廷豎起大拇指：「不愧是迪士尼公主。」

林廷笑著逗小猴子，聽聞此言轉頭問：「什麼公主？」

林非鹿打了個哈哈，又興奮道：「大皇兄，我們幫牠取個名字吧，就叫空空怎麼樣？」

林廷失笑搖頭：「妳在五臺山待了這麼些時日，悟性倒是提高了很多，釋安大師知道了應當會很高興。」

林非鹿：？

什麼悟性？

我說的是孫悟空的空。

有了空空，林非鹿在五臺山上的日子多了不少樂趣。不愧是佛山的猴子，十分有靈性，通人性，養起來也很省心。

山中的氣候比山下變換更快，林非鹿那十套秋裝輪流著還沒穿遍，山上好像突然就入冬了。

太后一邊陪著她烤火一邊說：「等真正入冬下了雪，才叫冷呢，不過雪景甚美，到時候可得好好賞賞這雪景。」

林非鹿是喜歡下雪的，打雪仗堆雪人滑雪已經成了她和林瞻遠每年冬天必不可少的活動。只可惜今年不在宮中陪他，傻哥哥大概又要哭鼻子了。

她早早選好一處滑雪寶地，無論是坡度和位置都極其適合滑雪，還提前準備了滑雪用的工具，萬事俱備，只等下雪了。

日子總是因為期盼而變得更美好。

臘月的一個早晨，林非鹿一覺睡醒，睜眼就聽見窗外飛雪滑落樹枝的聲音。

她鞋都來不及穿，飛奔過去推開窗。

入目的是漫山遍野皚皚白雪，本就清靜的五臺山因為這場雪越發顯得寂靜無聲。只可惜這種寂靜很快被林非鹿的大呼小叫打破。她裹上自己的斗篷，抱著自己的木盆，一路直奔滑雪場。

山中的宮人知道公主期待著滑雪，昨晚雪積下來後紛紛把其他地方的積雪運到這裡來鋪開，是以這道陡坡的積雪要厚很多，林非鹿一滑到底，歡笑聲順著飛雪飄出去好遠好遠。

一直玩到中午，她才興致不減地回去，剛進屋，就看見太后跟林廷坐在一起低聲說著什麼，林廷手上還拿著一封信，兩人的神情有些沉重。

林非鹿臉上的笑漸漸退去，不安地問：「皇祖母、大皇兄，發生什麼事了？」

太后抬頭看來，和藹一笑：「小五回來了？好玩嗎？柳枝，看看公主衣裙濕了沒。」

林非鹿緊張到不行：「到底發生什麼了啊？你們別瞞著我。」

林廷笑著搖了下頭：「不是什麼大事，何必瞞著妳，妳自己看吧。」

她趕緊跑過去接過信。

這一看，才知道發生了何事。

林帝最終還是對宋國用兵了。

就像林廷之前分析的那樣，與其看著宋國逐漸坐大，不如趁其不備，主動出擊。

不過這個用兵，並不是全面的出兵打仗，只是林帝先行小規模的試探。

兩國的邊界一直有一片「自由區」，這部分領土不屬於宋林兩國任何一方，但又因為互通兩國貿易的商販，形成了一座不亞於府州規模的商貿城。雖然危險，但又十分繁華。

商業如此發達，稅銀自然是一筆不小的收入。

但又因為不屬於各方，所以不需要交稅，如此良性循環，導致這裡的商區越來越繁榮。

林帝這次用兵，便是想將這片「自由區」納入大林版圖，今後便可對其徵收稅收，充盈國庫。

按照之前那位宋帝的作風，這塊本就不屬於宋國的領土他可能直接就讓出來了，根本不會跟大林爭。

但宋驚瀾不是他父皇。

大林剛有動作，宋國邊境的軍隊便直接整隊壓至自由城邊緣，擺明是要跟大林爭這一塊地方的所有權。

信是半月前寄出的，按照時間來算，兩軍現今應該有過交鋒了，就是不知道結果怎麼樣。

不過這一次試探也算讓林帝瞭解到這位宋國新帝的態度。

林非鹿看完信，一時之間心情十分複雜。打仗對於她而言實在是太遙遠了，不管是以前在現代，還是這些年的古代生涯，她從沒想過有一天戰爭會發生在自己身邊。

不過好在這次只是小規模的試探交鋒，遠遠不到兩國對戰生靈塗炭的地步。

就像林廷說的，其實不是什麼大事。

她有些悵然地在火爐前坐下來，「也不知道誰贏了。」

林廷安撫道：「等消息便是了。」

因為這件事，林非鹿期待已久的滑雪都提不起什麼興致，每天抱著空空坐在上山的那條必經之路上翹首以盼，等人送信上來。

一月之後，新年的前兩天，最新的戰報信件終於送到。

宋林兩國為爭奪自由城的所屬權，數次交鋒，最後打成平手，誰也沒能得逞，各自退守領土，自由城保住了它的自由。

這在林非鹿看來是最好的結果，對宋國而言，可能也算不錯的結果。

但對大林來說，就真的是噩耗了。

平手對大林而言等同於輸。

因為他們沒能碾壓曾經被他們輕視的孱弱之國。

那個聽聞林帝震怒就戰戰兢兢送來質子的宋國，那個兵微將寡荏弱難持的宋國，那個大林根本就沒放在眼裡視其為囊中之物的宋國。

抵抗住了大林的用兵，顯示出了他們不同以往的強悍。

林非鹿突然想起很多年前，奚貴妃教訓她的那番話。

她說，宋國孱弱是當今皇帝荒淫政事所致，他們曾經稱霸中原，大林高祖與宋軍交戰也曾敗於淮野，雍國妄圖侵占淮岸卻被宋軍斬三萬精兵。

當過狼的人，不會真的變成狗。

一旦這個曾經的中原霸主坐上一位善謀心狠的君王，狼的靈魂就會重新甦醒。

真不可思議，那個人竟然會是在夏日跟她一起吃冰棒，冬日一起烤紅薯的小漂亮。

林非鹿抱著空空一路小跑回去，把信交給林廷。

他看過之後也是嘆息：「今後這幾年，恐怕不會太平了。」

這一年的新年就在這樣的憂思中到來了。

太后這些年上了歲數，懶得再來回折騰，有好幾年沒回宮過年了，都是在五臺山上過的。一個孤寡老人，有宮人陪著，也覺得淒清。

這一次終於有兩個孫孫相伴，太后高興極了，早早就吩咐宮人下山置辦年貨，務必要讓兩個乖孫孫感受到熱鬧的氣氛，過個好年。

林非鹿也是第一次在宮外過年，還帶著太后一起剪窗花貼對聯。佛門清淨之地，煙花炮竹是放不了了，宮人買了很多祁天燈回來，大年夜吃過團圓飯，林非鹿和林廷便攙著太后一起去山門前放祁天燈。

林非鹿本來還有點擔心在山中放祁天燈會引起山火，不過這一夜下了很大的雪，宮人們提前試了一盞，祁天燈飛到半空便被大雪澆滅了，倒是解了她的擔憂。

太后也說：「意思一下就行，不用飛太高，只要心誠，上天會聽到的。」

三人各自拿了一盞祁天燈，在紙上寫上心願，然後在風雪中放飛天空。

雪中忽明忽暗飄搖的祁天燈顯得朦朧又美，林非鹿不由想起七夕那一夜，她和宋驚瀾在樓塔頂上看祁天燈的畫面。

那一天她離星星很近，離他也很近。

飛雪兜頭澆下來，山風呼嘯，祁天燈被吹得左右搖晃，沒飛出多高，火光就漸漸暗下來，快要熄滅。

林非鹿趁著它完全熄滅前，趕緊雙手合十閉上眼睛，虔誠許願。

雖然這個願望聽起來很矯情，甚至在她曾經生活的地方只是隨口一句玩笑一個梗。

但此時此刻，她還是虔誠地一字一句許下願望：希望世間和平。

哪怕是為了自己今後的生活更好，拜託不要打仗吧，拜託讓這樣的和平一直維持下去吧。

身旁林廷拉著太后的手，柔聲說：「皇祖母，要一直身體安康。」

太后笑呵呵的，眼裡卻有淚光：「當然，哀家還要看著你成婚生子呢。」

林非鹿睜開眼，看到幾盞祁天燈最終熄滅，被風吹著飄向了山谷。

過完年，林非鹿又在五臺山上待了幾個月，畢竟大雪封山，進出不方便。一直等到開春雪化，山中的樹木抽出新芽，兩人才同太后道別，啟程回宮。

算算時間，他們出宮遊玩也快一年了，林非鹿還是挺想蕭嵐和林瞻遠的。

她有點擔心林廷的狀態，回京一路上小心翼翼觀察著，發現他並沒有對回京的抵觸情緒。其實如果可以的話，她是希望他不回去的。

但林廷身為齊王，就算不參與奪嫡，也有屬於他的職責。

馬車一路搖搖晃晃，回到京都那一日，城門口的迎春花開得正好。

第二十八章　公主及笄

京城並沒有因為年前那場與宋國的交戰受到影響，車馬行人繁華依舊，林非鹿轉頭看林廷，發現他明顯也鬆了一口氣。

馬車先將他們帶到齊王府，收到消息的小廝管家們早就候在府門口，一見林廷下車，都抹著淚迎上來。林廷笑著安撫一番，將行李交給他們歸置，回府換了身衣服，才跟林非鹿一起進宮。

宮裡也早就得到消息了，林廷先去拜見林帝，林非鹿則先回明玥宮。

遠遠就看見青煙攙著蕭嵐，松雨帶著林瞻遠等在路口，一見到她，林瞻遠大喊著「妹妹」跑過來。

跑近了看見她懷中抱著的空空，頓時又叫又跳：「猴子！小猴子！」

林非鹿笑咪咪地問：「哥哥更想我還是更想小猴子呀？」

林瞻遠想也不想回道：「想妹妹！」他抿了下唇，有點想哭的樣子，委委屈屈的說：「好久沒有看到妹妹，想妹妹。」

林非鹿笑著抱了他一下：「我也想哥哥。」

林瞻遠有點不好意思，嘟囔著：「娘親說，男女授受不親，但還是給妹妹抱一下吧。」說完，又好奇地看著她懷裡的小猴子，遲疑著伸出一根指頭來。

林非鹿摸摸空空的頭，用商量的語氣說：「空空，給哥哥抱一下好不好？以後哥哥餵很多香蕉給你哦。」

空空叫了一聲，主動朝林瞻遠伸出兩條細細的胳膊，把林瞻遠高興壞了。

蕭嵐走了過來，她喊了聲「母妃」，蕭嵐淚如雨下。她從來沒跟女兒分開過這麼久，思念之情自不必說，一年未見，她的個頭又躥高了一些，膚色也比之前在宮中時紅潤了不少，像個大姑娘了。

幾個人哭成一團，林非鹿安慰都安慰不完：「好啦好啦，我趕緊回去換身衣服梳洗一下，還要去給父皇請安呢。」

一行人擁簇著朝明玥宮走去，林非鹿匆匆梳洗一番又前往養心殿。

養心殿的宮人們見著她都笑臉洋溢，「五公主一去一年，可算回宮了，陛下總念叨著呢。齊王殿下正在裡面回話，公主快進去吧。」

林非鹿走進殿中，看見林帝半倚在軟榻上，屋中燃著暖爐，熱氣騰騰，林廷坐在下方的椅子上，父子倆正笑吟吟地聊天。

她興高采烈喊了聲「父皇」，林帝不由坐直身子，「朕的小五可算回來了，快過來讓朕好好看看。」

林非鹿笑嘻嘻跑過去，抱著他的胳膊撒了會嬌，林帝摸摸她的腦袋，已顯老相的臉上不由有些悵然，「不過一年時間，朕好像突然老了，小五也變成大姑娘了。」

林非鹿說：「父皇才不老呢，父皇正當壯年！」

林帝笑呵呵的：「就妳嘴甜。方才正跟妳大皇兄說呢，春後妳便及笄了，宮外府邸朕已替妳擬了幾座宅子，改日妳去挑一挑，選好了，挑個吉日賜匾修繕，待妳生辰一過，便可出宮獨居。」

林非鹿倒把這件事忘了。

林廷笑道：「父皇說，是老四幫妳選的宅子，他開年便一直在忙這件事，比妳自己還上心呢。」

林景淵去年已封了景王，賜了宮外府邸，還訂了門婚事，是左都御史的嫡女牧停雲。這都御史官至二品，都察院與刑部、大理寺並稱三法司，是朝中重臣，很得林帝看重。都察院中又分左都御史和右都御史，之前想求娶林非鹿卻被奚行疆暴揍的冉燁就是右都御史的嫡子。

林非鹿沒想到一年時間，連林景淵都有妻子了，又驚又喜：「等會兒我就去找四哥，當面道謝！」

三人又聊了聊這一年來遊歷江湖的趣事，林非鹿把自己那本死亡筆記交給林帝，上面不僅記了自己遇到的朝廷蛀蟲，還有道聽塗說的一些不平事，希望林帝都能嚴查。

之前平豫王的事林廷早已傳信告知，林帝對這位皇兄本就沒什麼感情，不過是礙於皇家臉面才封他為郡王。

如今聽說他竟在府中搞什麼酒池肉林，過得比自己還荒淫，早已派了官員前去調查，最後事情屬實，削了平豫王的爵位，收回金陵封地，將之貶為平民了。

對於這種人來說，這樣的懲罰可能比殺了他還可怕。

林帝一邊翻小本子一邊笑道：「朕的小五不僅是小福星，還是小青天呢。如此優秀，朕都不知這天下何等男兒能配得上朕的五公主。」

他話裡有話，林非鹿知道自己躲了兩年的催婚恐怕又要來了，趕緊說：「確實沒人配得上！讓我獨美！」

林帝哈哈大笑：「妳這丫頭。」

聊了會兒天，林非鹿熱得直冒汗，眼見都入春了，天氣也不是特別冷，林帝養心殿的火爐卻依舊燃得旺。她不動聲色打量了幾眼，周圍伺候的宮人包括林廷在內都面色潮紅，只有林帝怡然自得，偶爾還伸出手烤一烤。

不多會兒，有宮人端上一杯水來，提醒：「陛下，該服藥了。」

林非鹿一驚：「父皇生病了？」

林帝搖搖頭，笑道：「只是一些進補的丹藥。」

林非鹿：「丹藥？」

她蹭的一下走過去，看著彭滿打開一個盒子，盒子有一顆赤紅色彈珠大小的丹藥，林帝就著水把那丹藥吃了。

林非鹿皺眉問：「哪來的丹藥啊？太醫院弄的？」

彭滿笑道：「是一位道長，遊至京城，陛下與他論道三天，道長說陛下真龍天子乃有道緣，便專程留在京中為陛下煉製丹藥。」

林非鹿簡直服氣了。

這是又要重蹈唐太宗雍正等帝王的覆轍？這些皇帝到了老年都這麼糊塗嗎？

林帝年近五十，他年輕時勤於政事，太過操勞，如今上了年紀，有些力不從心，服過丹藥之後恢復了不少精力，讓他彷若找回年輕時的狀態，因此對這位道長十分推崇。

林非鹿本來想勸幾句，但林帝剛愎自用的性子到了老年愈發自負，認定的事根本聽不進勸，何況這丹藥效果的確十分顯著。她才剛質疑了那道長兩句，見他眼底漸露不悅，便自覺閉嘴了。

不多時有朝臣覲見，林非鹿和林廷便告退離開。

走出養心殿，林非鹿感覺透了口氣：「熱死我了。」

林廷拎著袖子替她搧搧風，語氣有些擔憂：「父皇的身體好像不如以前了。」

林非鹿說：「怎麼我們只走了一年，父皇就開始吃丹藥了？那能是什麼好東西，太醫也不勸勸。」

林廷道：「既然父皇在服用，大概確有效用，妳也不必過於擔憂。何況父皇的性子妳該知道，今後還是不要再提此事，以免他對妳不喜。」

林非鹿不知道該怎麼跟他解釋丹藥等同於慢性毒藥，畢竟她對這個也沒研究，又不能拿歷史上死於丹藥的那幾任皇帝來舉例，只能悵然地嘆了聲氣。

林廷和她一同朝外走去，行至路口，便見對面走來一人。

林非鹿抬眼一看，立刻興奮地跑過去：「太子哥哥！」

林傾方才在想事，聽到聲音抬頭一看，沉肅的臉上頓時展開一抹笑：「小五回來了。」

他視線一轉，看到對面的林廷，笑意淡了一點，卻還是溫聲招呼：「大哥，身體可好些了？」

林廷頷首一笑：「好轉許多，多謝三弟關心。」

兩人客客氣氣的，沒有之前的爭鋒相對，卻也沒了少時的溫情。

林非鹿說：「太子哥哥，我晚點再去東宮看你和嫂嫂，我帶了禮物給你們！」

林傾收回視線，看她時眸色柔和很多：「好，我先去拜見父皇。」

三人告別，直到林傾走遠，林非鹿有些擔憂地看了林廷一眼，見他眉眼低垂溫溫和和的樣子，心底不是滋味，低聲道：「大皇兄，太子哥哥還是很敬重你的。」

林廷沒回答，轉而說起另一個話題：「方才在殿中，我詢問父皇大林與宋國的情況，他道兩國各有倚仗，大林需練兵，宋國需強國，三國鼎立的局面暫時不會打破，也不會有戰事發生。」

他看著不遠處紅牆之上搖曳的花盞，笑了下：「三弟沉穩，二弟穩紮軍中，四弟也開始學著議政，這朝中沒有需要我幫忙的地方，我可以安心離開了。」

林非鹿一驚：「離開？你要去哪？」

林廷笑起來：「有人還在等著我。」

林非鹿知道他說的是誰，遲疑問：「那貴妃娘娘那邊……」

林廷溫聲道：「我自會同他們一一道別，再向父皇請辭。若和平被打破，朝中需要我時，我會再回來。」

林非鹿想，這對於他而言，或許是最好的歸宿了。

哪怕如今阮氏已倒，但他在朝中一日，太子一派仍會視他為眼中釘。不如閒雲野鶴，自在逍遙。

林非鹿鄭重其事地拍拍他的肩，堅定道：「不管大皇兄做什麼，我都會永遠支援你的！」

林廷笑著搖頭：「這話可不能亂說。行了，妳去找四弟吧，我也該去拜見母妃了。」

林非鹿乖巧點頭，跟他分別後下意識想往嫻妃的長明殿去，走到半路才反應過來，林景淵現在已經出宮封府了，又改道出宮。

林景淵的景王府是他經過層層考察篩選出來的，不僅地理位置很好，府中的一應修建都是按照他的喜好來修。林非鹿來到府門前，一眼就看見立在門口的兩座威武雄壯的石……

石書？

林景淵你是不是有病？人家門口都是石獅子你門口為什麼立著兩本書啊？

你什麼時候這麼熱愛讀書了？

林非鹿站在那兩本高大的石書前愣了好久，沒猜透林景淵的腦迴路。

守在門口的侍衛一開始沒認出她來，見她徘徊門前，有些警惕，直到她走近，侍衛認出來是五公主，趕緊行禮。

剛踏進府門，聽到通報的林景淵疾步走出來了，一見她便滿臉興奮和喜悅：「小鹿！妳終於回來了！」

林非鹿彎眼一笑，甜甜喊：「景淵哥哥。」

林景淵雖已長成風流倜儻的少年，但行事作風還如以往一樣，拉著她的手腕便往裡走，「可算回來了，我帶妳參觀我的府邸！妳都不知道我花了多少心思，絕對算得上京中前十的府宅！」

林非鹿問出自己最關心的問題：「景淵哥哥，你的府門外為什麼立著兩本石書？正常不都是立石獅子嗎？」

林景淵一本正經：「既然是作鎮宅辟邪所用，自然要用這世間最凶猛的東西，我覺得書比獅子可怕多了，當然要立書！」

林非鹿：？

林景淵還為此自得：「還常有人來膜拜呢，京中獨一份，再找不出第二家。」

林非鹿：「……」

是的，畢竟這京中也找不到第二個像你這樣的不學無術之徒了。

不過他這府邸確實修得好，林非鹿去過林念知的公主府和林廷的齊王府，都是正統的建築格局，景王府倒是有別出心裁的美感，亭臺樓榭九曲迴廊錯落有致，給人一種很生動感覺。就像林景淵這個人一樣，永遠充滿了出人意料的朝氣。

參觀完府邸，林景淵又叫人上了她愛吃的茶點，開始詢問他們這一年的江湖旅途。林非鹿便一邊吃點心一邊講遊歷的趣事，聽得林景淵心動無比，連連說自己下次也要跟她一同遠行見識見識。

最後林非鹿吃飽喝足，終於問到正事上：「景淵哥哥，聽說你訂婚啦？」一說到這個，林景淵的臉色頓時沉下來，一臉的不高興：「別提這事。」

林非鹿奇道：「怎麼？你不喜歡嫂嫂嗎？」

林景淵差點跳起來：「什麼嫂嫂！妳不要亂叫！她還沒過門，怎麼就是妳嫂嫂了？何況我娶不娶還不一定呢！」

看他氣呼呼的模樣，林非鹿趕緊順毛，問了半天才知道，原來這門親事是嫻妃和林帝幫他定的。當時呈上來的十多名少女，他一個也沒看上，嫻妃把京中年齡合適的小姐們挑了個遍，他還是不同意。

最後嫻妃和林帝冒了火，直接拍板了左都御史的嫡女牧停雲，下了賜婚的詔書，定了今年夏日完婚。

因為這個，林景淵跟嫻妃置了很久的氣，到現在還冷戰著呢。

林非鹿喝了口茶，斟酌問道：「你不喜歡牧姑娘那樣的？那你有喜歡的人嗎？若是有，我就陪你去向嫻妃娘娘和父皇說情，總有辦法幫你退了，娶你喜歡的。」

結果林景淵說：「沒有。我也不知道我喜歡什麼樣的，反正他們選的我都不喜歡。」

林非鹿：「……」

懂了，孩子是到叛逆期了。

她道：「這麼說，你也不知道牧姑娘是什麼樣的了？你既沒見過，又不瞭解，怎麼就斷定自己不喜歡？」

林景淵悶悶道：「京中這些貴女還能是什麼樣？不都一個樣！大門不出二門不邁，知書達理賢良淑德，笑都不露齒的！」

林非鹿：「……」

知書達理賢良淑德不是褒義詞嗎？怎麼在你這跟罵人一樣？

林景淵又說：「何況那還是左都御史的嫡女，那左都御史生得一臉凶相，審訊犯人都不用動刑，光靠臉就能嚇得犯人招供，他的女兒能是什麼樣！說不定也是個母老虎！」

差點忘了，這是個愛軟妹的。

林非鹿安慰道：「若品性相貌不好，父皇也不會指給你，想來是不錯的。」

林景淵不高興地問：「妳到底哪頭的？」

林非鹿：「我當然是景淵哥哥這頭的啦！要不然這樣，我去幫你打探打探，看看牧姑娘到底是什麼樣的人。」

林景淵煩躁道：「不要！管她是什麼樣的人，強迫我的我就是不樂意！我定會想辦法把這婚退了。」

這人性格裡的小霸王屬性還是沒變，認準什麼就是什麼，不愧是跟林帝最像的兒子。

林非鹿見他這樣，也就沒再說什麼，兩人吃了會兒茶點，便出門去看林帝擇的那幾座宅子，早日選定，也好提前布置。

這幾座宅子都是林景淵選的，選好了之後呈報給林帝批准。他對林非鹿的事一向是放在心尖上的，每座宅子都有各自的優勢，且前身乾淨，格局很大。

林景淵首推的就是離他最近的那座府宅，也不知道是不是想五妹住的離他近一點，把那宅子誇得天上有地下無一樣。

林非鹿假裝沒察覺他的意圖，依著他的心思笑道：「那就這座吧，我回去稟明父皇，景淵哥哥若是有空，幫我設計一番呀，我很喜歡你府中的布局。」

林景淵高興極了：「有空！我超閒的！」

林非鹿：「是嗎？我怎麼聽父皇說你已經開始上朝議政了？景王殿下可要好好參政別偷

鬧哦。」

林景淵笑著戳了下她腦袋。

回京這段時間，林非鹿每天到處拜訪送禮，她幫每個人都選了自認為最合適的禮物。看到他們收到禮物時臉上歡喜的笑，自己也很有成就感。

如今朝中局勢穩定，阮相告老還鄉，阮氏一族徹底放棄了奪嫡的心思，倒也算及時止損，比起歷史上那些經歷血流成河才能抽身而出的家族已經幸運很多。

林傾的儲君地位徹底穩固，但他不是冒失的人。如今只需恪守本分收斂鋒芒，耐心等候，那個位子遲早是他的。在這之前，完全不必引起林帝對太子的忌憚，何況林傾心中孝順，也做不出來那樣的事。

林廷心無牽掛，一一道別後，便向林帝請辭。

他身為齊王，在朝中還擔著官職，此次請辭，就算是澈底告別官場了。

依照林帝的意思，只要阮氏沒落收手，林廷作為齊王還是能在朝中參政的。畢竟自己這個長子博學多才心懷天下，是有真才實幹的。

但林廷去意堅決，林帝考慮到他的鬱疾，也不好強留，只能應允了。

林非鹿本來想再留他一個月，等過完自己十五歲的生辰再走，但想到秦山之上還有一位紅衣姑娘在等著，便也沒有多說。小白小黑有經驗，確定好日期，便還是他們送林廷離京前往秦山。

臨走的前一天，林景淵在自己府中設宴，算是為大哥送別。宮中這些兄弟姐妹，包括林傾在內，都來參加了。

林景淵向來會搞這些，景王府一整日歡鬧不斷。

而總是冷清的齊王府外，在臨近傍晚時，來了一位紅衣少女。

少女牽一匹黑馬，揹一把寬刀，長髮用一根木簪高挽於頭頂，露出半截白皙修長的脖頸。臉上神情冷漠，眼神卻單純，好奇地打量著眼前這座府邸。

門口的侍衛見她久久徘徊，身上又帶著刀，對視一眼，警惕地握著佩劍走過來：「妳是何人？為何在此駐足？」

硯心朝他們抱了下拳：「兩位壯士，我來找人，齊王殿下可在府中？」

她風塵僕僕，不像京中貴人，但林廷手底下的侍衛，不像旁人那樣狗仗人勢耀武揚威，只是公事公辦道：「殿下如今不在府中，妳想見殿下，可有拜帖？」

硯心搖搖頭。

侍衛便道：「那妳便先去京兆尹那裡登記，留下拜訪名帖，屆時自有人核實，三日之後妳再去京兆尹處領拜帖。」

硯心根本不知道京中規矩這麼多，但她明白入鄉隨俗，來到天子腳下，自然要遵守這裡的規矩。

朝兩人道謝後，便一路問路找到了京兆尹府，說明來意後又逐層審查，等她做完登記出來時，天都黑了。

硯心想著，既要三日後才能領拜帖見到林廷，那就先找個客棧住下來吧。她牽著馬一路走過長街，入夜後的京城尤為熱鬧，她穿行其中，邊走邊看，突然看到前方拐角處有賣棉花糖的。

那棉花糖比她在金陵見到的還要大，看起來香甜極了。

硯心有些開心，打算買一朵回客棧再吃。剛往前走了幾步，便看見燈影搖晃的街角有道熟悉的身影負手踱步走了過來。

林廷方從景王府出來，今日飲了些酒，就沒讓人送，打算散步走回去，透氣醒酒。長街人來人往，他隨意一抬眸，看見不遠處牽著馬的紅衣少女。

春夜月色朦朧，長街的花燈卻明亮，連她頭上那根木簪都照得清晰。林廷頓在原地，看了好一會兒，終於笑出來。

他抬步朝她走來，走到她面前時，才確定這不是一場夢。

「硯心姑娘，怎麼來了？」

硯心看到他，眼裡的笑明顯起來：「我來接你。」

她手邊的馬兒低下頭蹭林廷的胳膊，他抬手摸了摸馬兒的頭，語氣溫軟：「不是去了信，我定然不會失約的。」

硯心耳根有些紅，語氣還是認真：「我也想小鹿了，想來見見她。」

林廷牽過她手中的韁繩，「她知道妳來了一定也很高興。走吧，先回府。」

硯心說：「可是我的拜帖還沒拿到。」

林廷愣了下：「什麼拜帖？」

硯心便將今日在府門口侍衛說的話重複了一遍。

林廷聽完，忍不住笑起來，「所以妳便去了京兆尹？」

硯心點頭。

他看著眼前的姑娘，笑著搖了下頭，抬手摸了摸她被夜風吹亂的髮梢：「傻丫頭，那是針對外人的規矩，妳不用。」

齊王府門口的侍衛還記得硯心。此刻見她與自家王爺一起走回來，看起來親近熟悉的樣子，有些慌張。

不過他們下午的態度並不惡劣，林廷自然沒有責怪什麼，將黑馬交給他們之後，便帶著硯心進府。

除了宮中幾位公主，從來沒有女眷來過齊王府，府中管事和下人乍見來了位姑娘，還是王爺親自帶進來的，無不驚訝。林廷吩咐管事去安排住處，又讓廚子做菜上來。

千刃派雖然大，但無論是環境和建築都透著天然的野性，跟京中奢華精緻的府邸完全不一樣。

原來這就是他的家嗎？

硯心一邊吃飯一邊默默打量，林廷見她略顯拘束的模樣，溫聲道：「把這裡當自己家就好，不必拘謹。」

旁邊伺候的下人們眼皮一抖，心裡激動：我們要有王妃了嗎！

林廷替她夾了一塊櫻桃肉，又說：「我原是計畫明日離京，不過妳既來了，便多留幾日。明日我派人進宮通知小鹿。」

硯心點頭說好。

翌日一早，收到傳信的林非鹿飛奔出宮了。

硯心的到來對她而言簡直就是天大的驚喜，一進齊王府，便朝硯心撲過去給了她一個熊抱。

硯心雖只比她高一點，但力氣卻比她大得多，任由她掛在自己身上毫無負擔，笑著抬手摸摸她的後腦勺，「好久不見。」

林廷在旁邊笑道：「還不下來。」

林非鹿朝他噘了下嘴，乖乖從硯心身上下來，但眼睛還是笑咪咪的，挽著她問東問西，又帶她上街去吃京城最好的美食。

她真是恨不得讓全宮的人都知道自己交了一個江湖英雄榜上排名第十的高手朋友，先在宮外玩了一圈，逛遍了景王府和公主府，又向林帝請了旨，邀請硯心參觀皇宮。

之前她擔心讓硯心等太久，才沒提出讓林廷多留一月陪她過生日的話來，如今硯心來了京城，林非鹿便乾脆讓她和林廷都留下來陪她過生日。

十五歲及笄之年對於女子來說是十分重要的日子，硯心和林廷自然是同意了。

公主府擇定之後，林景淵包攬了建築師的工作，帶著人井井有條地幫她規劃府邸。林非鹿有了裝潢新房的興奮感，每天都拉著硯心陪她逛街添置新房。

四捨五入，這就等於在北京擁有了一套占地面積幾百畝的四合院呢！

知道她喜歡養花養動物，林景淵專門幫她設計了一片花田和動物舍院，明玥宮的花圃她沒動，內務府來來回回用新培育的花草幫她把府中的花田填滿了。

正值春季，百花爭豔姹紫嫣紅，煞是好看。

林非鹿把自己養的那些小動物運出宮那天，林瞻遠哭得稀哩嘩啦的。

他透過這些時日蕭嵐和青煙幾人的解釋，已經知道今後妹妹就要住在宮外，不住在這裡了。本來就很難受，現在小動物們也要離他而去，越發接受不了。

抱著空空扯著林非鹿的衣角抽抽咽咽地說：「妹妹不要走好不好？」

林非鹿握住他的手，哄他：「妹妹不是走，只是搬了一個新家，哥哥今後跟我一起去新家住好不好呀？新家有更多的花花和動物哦。」

林瞻遠愣愣的，睫毛上掛著淚，懵懵地問：「我也可以去嗎？」

林非鹿笑道：「當然可以呀，哥哥以後就跟我一起住在那裡啦。」

他高興地笑了起來，笑完之後，又想到什麼，轉頭看看旁邊的蕭嵐：「那娘親呢？」

林非鹿說：「娘親當然是要跟父皇一起住在宮裡啦，夫妻是不可以分開的哦。以後哥哥成婚了，也不可以跟嫂嫂分開呢。」

蕭嵐笑起來，抬手抹了抹淚。

按照林瞻遠的年紀，今年也該出宮建府了。但誰都知道不可能放他一個人出宮，可隨著年齡增長，他也不能一直住在明玥宮裡。

林非鹿便去向林帝請了旨，要將林瞻遠一起接出宮，跟自己同住。

這是最好的辦法，林帝自然是同意了。

蕭嵐雖捨不得這一對兒女，可這是祖制，況且她如今也無需再擔心什麼。

她最初希望他們平安快樂長大的願望已經實現了，她不是個貪心的人，今後只要兒女平安遂順就足夠了。

林瞻遠得知自己今後也要出宮居住，還是跟妹妹一起，頓時開心起來。

雖然有些捨不得娘親，但小孩子嘛，還是更喜歡總跟他一起玩送他新奇禮物的妹妹，而且妹妹說今後還是可以經常看望娘親，稍微糾結了一下就全然接受了，開開心心收拾起自己的小包袱。

眼見林非鹿及笄之日逼近，林帝命禮部擬了一頁封號上來，等林非鹿選定之後，會在及笄那日下旨冊封。

林非鹿盤腿坐在養心殿上的軟榻上一邊吃點心一邊挑。

古代這些封號都透著一股端莊嫺熟的氣息，她挑了半天，覺得「永安」這個封號的寓意最好，而且還挺好聽的，便高興地指予林帝：「父皇，我選好了！」

林帝一看，沉吟道：「永安？寓意倒是極好，妳既喜歡，那就這個吧。」

林非鹿笑吟吟地點頭，頭還沒點完，林帝又從旁邊拿出一疊畫像遞過來：「再挑挑這個。」

林非鹿：？

畫像上都是適齡的男子，這一幕非常眼熟，不就是當年自己幫林念知挑駙馬那一幕嗎？

林非鹿難得有點驚慌，吞了口口水，觀察一下林帝的神色，見他笑吟吟看著自己，只能先埋頭把畫像看了一遍。最後一張居然是奚行疆，林非鹿手抖了一下。

看完之後，林帝便問：「可有喜歡的？」

她噘著嘴搖搖頭。

林帝倒是不意外，只說：「妳自小跟老四關係好，在婚事上也跟他一樣，不讓人省心。」

林非鹿抿了下唇，慢騰騰蹭過去，抱著他的胳膊撒嬌：「父皇，我就是不想這麼早嫁人嘛，我的府邸才剛建成，還沒體驗過獨居的快樂生活呢，如果現在就嫁人，會遺憾一生的。」

林帝不為所動：「可以先定下來，明後年再成婚。」

林非鹿嘴巴一抿，眼眶紅了，委屈地抽抽噎噎：「父皇不喜歡小鹿了，嫁出去的女兒潑出去的水，父皇就是不想要小鹿了嗚嗚嗚——」

林帝無奈又好笑：「妳就知道朕吃妳這套。」

林非鹿：「嚶嚶嚶……嗚嗚嗚……」

林帝嘆了聲氣，神情有些鬆動，卻依舊道：「朕希望妳能嫁給心儀的男子，自不會逼妳。但妳總歸是要嫁人的，再給妳些時日，好好挑一挑。」

林非鹿沒想到以前沒體會過的父母催婚來到這裡了還能感受一把，心中真是萬分複雜。

她決定了，到時候如果實在躲不過，她就偷偷跑去秦山找林廷！

大皇兄都可以歸隱山林，她也可以！實在不行，搞個死遁，以後逍遙江湖也不錯嘛，辦法總比困難多。

從養心殿離開時，林非鹿的心情已經十分平靜了。

剛下殿前的臺階，迎面走來一位身穿盔甲的將士，春日的太陽落在他玄黑盔甲上，折射出森寒的光。林非鹿愣了好半天，直到人走到她面前來，才反應過來是誰。

「奚行疆？你什麼時候回京的？」

一年多未見，他沉穩了許多，神色也多了幾分剛硬，再加盔甲在身，她居然第一時間沒認出來。

直到他開口一笑，還是那個奚行疆。

「剛到，來向陛下回稟軍情。小豆丁想不想妳的世子哥哥啊？」

林非鹿做了個嫌棄的表情：「衣服都沒換，髒死了。你去吧，我走了。」

奚行疆一把拉住她：「就在這等我！這麼久沒見，也不說跟我多說幾句話，小沒良心的丫頭，虧我天天擔心妳。」

林非鹿拍開他的手：「我忙著呢，你趕緊進去吧。」

奚行疆無語地鬆開手，見她一蹦一跳地跑遠了，搖頭勾了下唇角，才又正了正色，走進養心殿。

這些年他除去在邊疆歷練，還接手了很多軍中要務，幾件差事都辦得十分出色，不愧是奚家子弟，已顯示出幾分屬於少年將軍的風采。

林帝見到他自然很高興，聽他回稟完軍情，又聊了幾句軍務，餘光看見還未收起的那疊的畫像，突然問道：「行疆，你也還未娶妻吧？」

奚行疆一頓：「是。」

林帝笑呵呵的：「你年紀也不小了，上次朕還跟奚貴妃提起這件事呢，你可有心儀的女子？」

奚行疆愣了好一會兒，才緩聲說：「沒有。」

林帝笑道：「甚好。」

奚行疆：「……」

哪裡好了？

他沒多問，想著還要去找小豆丁，見林帝無話再問，便告退離開。

沒想到幾日之後，便有消息傳出，說林帝打算給奚世子和五公主賜婚。

林非鹿聽聞之後驚呆了，第一個反應是奚行疆是不是跟林帝求娶她了？但轉瞬又否定，奚行疆這個人雖然不著調，但在這種事上還是很有分寸的，她明確拒絕過，他肯定不會強求。

奚行疆聽說這個消息後也很驚悚，當即來找林非鹿，連連否認：「可不是我幹的啊！我就算想娶妳，也是要憑本事讓妳心甘情願嫁我，絕不可能背後用這種手段！」

當事人對這件事很茫然，反倒是旁人十分熱衷，眾說紛紜各抒己見。

最後居然傳出了奚世子和五公主青梅竹馬早日互定終生的謠言，還說等到了五公主生辰那日，陛下就要正式賜婚了。

林非鹿覺得，古代人傳起八卦來，可絲毫不比現代的新聞記者差啊。

連硯心這個江湖人士都來問她：「聽說妳要訂婚了？」

林非鹿：「黃河在哪裡，我要跳一跳。」

春去夏來，到了暮春時節，終於迎來了林非鹿十五歲的生辰。

宮裡自然是大擺宴席，慶祝五公主的及笄之年。在宴席上，林帝頒旨昭告天下，冊封林非鹿為「永安公主」，京中賜「永安公主府」。

那些聽了這麼久八卦等林帝賜婚的人沒等到賜婚的聖旨，居然有點小失望。

林帝雖然是這麼想的，覺得自己最乖巧的公主當嫁天下最英勇的少年將軍，但還是顧及林非鹿的想法，說好了給她些時日好好想想，在她沒有應允之前，自然不會直接賜婚。

林非鹿膽戰心驚過完自己的成年宴，翌日就高高興興帶著林瞻遠搬出宮去了。

永安公主府內一切都已安置完畢，除了松雨和一直以來照顧林瞻遠的丫鬟嬤嬤，府內又多了一批新的管事下人。林非鹿正式成為一府之主，自然還是恩威並重，將府中管理得井井有條。

過完林非鹿的生日，硯心和林廷也該離開了。

臨行前一夜，她在府中擺了一桌酒宴，沒邀請旁人，只幫他二人送行。

林非鹿知道，林廷這一去，幾年之內都不會再回來了。她雖然開心他收穫了自己的愛情和自由，卻也捨不得這位兄長。

酒過三巡，她便藉口要跟硯心看最後一次夜景和她單獨出門了。

直自今夜，林非鹿才將林廷服過毒的事情告訴了硯心。

那是她的哥哥，她不僅希望他平安健康，也希望他永遠開心幸福。

她跟硯心說了很多，說起京中的奪嫡，說起那場爭鬥中死去的無辜之人，說起林廷心中難以放下的愧疚。最後她只是笑著說：「大嫂，我把哥哥交給妳啦。」

她眼中有淚，卻又笑著，硯心看著她的眼睛，認真地點頭說好。

月上樹梢，暮春的星星尤為亮。

林非鹿隨手揉了下眼睛，開心地挽著她往回走：「那我們回去吧，明天我要在新家睡個懶覺，就不去給你們送行啦。」

硯心點點頭。

兩人順著長街往回走，隨口聊著天，經過一座酒坊時，裡頭傳出一陣打鬥聲。硯心耳廓動了動，偏頭跟她說：「裡頭有位高手。」

林非鹿本來對打架鬥毆這種事沒什麼感覺，但聽她這麼說，頓時對那位高手產生了興趣，拉著她往裡走了走：「走走走，去看看。」

兩人剛走到迴廊處，有幾張椅子砸下來，硯心拉著她避開，林非鹿抬頭一看，卻見交手的是一名戴著面具的黑衣人和一名藍衣男子。

她本來是來看戲的，越看越不對勁，失聲道：「是奚行疆！」

藍衣男子正是奚行疆，他今夜獨自在這裡吃酒，突然冒出一個面具人來，招招都是殺招，分明是想取他性命。

兩人纏鬥片刻，對方功夫明顯勝於他，奚行疆漸漸有些不敵，加上喝了酒有些醉醺醺的，對方一劍刺中他的肩頭，帶起一串血珠，下一劍直奔他心口而去。

林非鹿著急道：「硯心幫忙！」

硯心眉眼一凝，拔刀飛了上去。

硯心的加入暫緩了局面，趁著硯心和面具人交手的瞬間，奚行疆及時後退，捂著肩頭的傷口喘了口氣。

林非鹿本來以為有硯心在，那面具人應該抵抗不了多久就會被制服，沒想到片刻之後，硯心居然漸露不敵之相，被對方手中長劍逼的連連後退。

她可是英雄榜上排名第十的高手，對方竟然比硯心還厲害？

林非鹿心中震驚無比，定定看著那抹黑色身影，眼底的凝重漸漸化作一絲不可置信的驚詫。旁邊奚行疆緩過來，提著劍還想加入戰局，面具人卻朝下看了一眼，趁著硯心轉身的空檔一躍，從天窗躍了出去。

奚行疆往前追了兩步，林非鹿喊他：「別追了！」

酒坊一片狼藉，奚行疆臉色有些難看，咬牙道：「要不是妳們，今晚我可能就沒命了，也不知道此人是何來頭，劍法竟然如此厲害。」

林非鹿心臟跳得極快，強作鎮定：「先回府吧。」

以免面具人再出現，兩人先將奚行疆送回將軍府，奚行疆又派了一隊侍衛護送她們回去。

硯心看著一路沉默的林非鹿，安慰道：「我雖不敵他，但也不會讓他傷妳，放心便是。」

林非鹿勉強笑了一下，回到公主府後，硯心本想留下來保護她，林非鹿道：「就算那人再出現，也是去找奚行疆，不會來找我。妳明日還要趕路，回去吧。」

話是這麼說，硯心還是一直在府中等到深夜才終於離開。

林非鹿摒退下人，熄了燈坐在床上。

她閉上眼，在黑夜裡回憶剛才那抹身影。

是自己看錯了嗎？

可……分明就是他。

那張面具，是乞巧那一夜，他們一起戴過的那一張。

可怎麼可能？他怎麼會來大林京都？如今宋林關係那麼緊張，他未免膽子太大了吧？居然還敢在京中行刺奚行疆。

今夜若不是她恰好經過，奚行疆現在說不定已經沒命了。

他為什麼要殺他？

林非鹿抱著膝蓋，感覺腦子嗡嗡地響，正胡思亂想，窗子突然極輕地響了兩聲。

是被小石頭砸響的聲音。

她渾身一顫，鞋都來不及穿，跳下床跑向窗邊，猛地拉開了窗。

夜風帶著暮春的花香拂過鼻尖，一抹身影從牆垣躍下，輕飄飄落在她窗前。

他穿一身黑衣，臉上戴著那張熟悉的面具，兩年未見，他好像比之前高了一些，身段越發頎長。

林非鹿的呼吸有些急促，半仰著頭看他。

誰也沒說話，半晌，她踮起腳，緩緩伸出手，去揭他臉上的面具。他沒有動，甚至微微俯身配合她的動作，任由她揭開了面具。

面具下的臉是她記憶中熟悉的模樣。

他勾著唇角，垂眸溫柔看她，低笑著說：「公主，我們又見面了。」

第二十九章　風起雲湧

暮春的花香在鼻端濃郁起來。

她怔怔看著那張風華無雙的臉孔，心裡像打翻了調料瓶，一時之間說不上是什麼滋味。他的五官比之前更硬朗了一些，眼裡像藏著一片夜空，又黑又深邃，除了些許笑意，再也看不出半分其他情緒。那些圍繞著他的可怕傳言，讓她不由得將眼前的人和記憶中那個溫柔少年分離開來。

林非鹿握著那張冰涼的面具，下意識咽了下口水。

宋驚瀾仍是微微俯身的姿勢，神情未變，只狀似疑惑地問她：「公主在怕什麼？」

林非鹿一抖，連連否認，「我……我才沒有在怕什麼呢！」她抿了下唇，結結巴巴的：「殿下，你怎麼會……你怎麼來了？」

宋驚瀾笑了下，伸手從懷中拿出一個盒子遞給她：「遲了兩日，應該還不算晚。公主，生辰快樂。」

林非鹿瞳孔放大，盯著那盒子看了半天，才慢騰騰接過來打開。

盒子裡是一個小小的玉雕。

很久很久以前，她也收到過他送的一隻小小的栩栩如生的木雕。

那時候她說，木朽玉不朽，殿下以後有錢了，雕個玉質的給我吧。

如今，終於送到她手上。

她把那小玉人拿在手上打量半天，最後抬眼看向他，遲疑地問：「殿下冒著風險千里迢迢來到這裡，就是為了送生辰禮物給我嗎？」

宋鷺瀾點了點頭。

她抿著唇，聲音有些悶：「那為什麼要殺奚行疆？」

他的語氣又輕又隨意，好像只是做了一件無關緊要的事情，「他想娶妳，當然要殺。」

林非鹿不敢置信地看著他，半天說不出話來。

宋鷺瀾垂眸看了她一會兒，伸手很輕柔地摸了摸她的腦袋，低笑著問：「生氣了？」

林非鹿哽了一下，還是沒說話。

那手掌從她頭頂緩緩後移，撫過她的後腦勺，最後按在她的後頸處，將她的身子往前帶了帶。他的力氣並不小，隔著半寸窗臺，林非鹿一頭埋進他懷裡。

他的手指輕輕捏了下她的後頸，像是在笑，又像沒什麼情緒：「公主捨不得他死？」

林非鹿聞著他身上淺淡的冷香，唔唔兩聲，伸手把他往外推。

宋鷺瀾依言鬆開力道，令她有縫隙喘息，但手放在放在她的頸後，像是懷抱的姿勢，垂眸看她。

林非鹿的心跳得好快，被這樣陌生又有點變態的小漂亮嚇到了。可很矛盾的是，她並不怕他，心裡十分清楚，他絕不會傷害她。

她兩隻小手撐著他的胸口，身子往後仰了仰，半仰著頭看他時，對上他幽冷的目光。

林非鹿嘆了聲氣：「殿下，你不要這樣。」

他笑了笑：「哪樣？」

她說：「不要亂殺人。」

宋驚瀾看了她一會兒，唇角笑意漸深，他微低頭，額頭幾乎貼上她的額頭，但未真的貼上來，用商量的語氣溫聲問：「公主不想我殺他，應該知道自己要怎麼做吧？」

他們第一次靠得這麼近，她一抬頭，唇就能碰到他的下巴。

林非鹿僵著身子不敢動，感覺整個人被他的氣息包圍，全身每一處感官被放大，他的手指還捏著她後頸，指腹輕輕摩擦，像過電一樣，她的頭皮一陣酥麻。

抖了好半天才結結巴巴說：「是……是謠言啦！我不會嫁給他的！」

他在她頭頂笑了一聲，緩緩鬆開手。

林非鹿臉紅氣喘，從來沒覺得自己心臟跳得這麼快過。

她明白他話裡有話。

她想說，那我不嫁給他，總要嫁其他人的，難道你都要殺嗎？難道我只能嫁給你嗎？

可她不敢問。

她知道自己一旦問出口，他就會給她肯定的答覆。可她不確定自己能不能做到，前方太多未知，她不想把自己的未來在一夜間澈底定死。

還好宋鷺瀾沒有逼她。

他收回手，後退一些，束在身後的墨髮被夜風撩起，又變回溫潤如玉的翩翩公子。

林非鹿不由自主嘆了聲氣。

他笑問：「怎麼了？」

林非鹿看了他一眼，有些鬱悶：「沒怎麼，就是覺得我的影后獎應該轉交給你。」

宋鷺瀾挑了下眉。

她默了一會兒，忍不住問：「那些傳言都是真的嗎？你……殺了你父皇？」

宋鷺瀾微笑著：「嗯。」

林非鹿：「……還殺了很多朝臣？囚禁了皇子？」

宋鷺瀾低頭彈了下袖口：「嗯。」

林非鹿不說話了。

他抬眸看過來，低笑道：「我以前跟妳說過，奪嫡之路萬分凶險。我不殺他們，他們就會殺我，公主希望我死嗎？」

她搖搖頭。

宋鷺瀾笑起來，伸手捏了捏她嬌軟的耳垂。

林非鹿身子一抖，側頭想避開，他的手指已托住她的臉頰，大拇指指腹從她的眼瞼下緩緩滑過，俯身到她耳邊，溫聲說：「公主，別害怕我。不然我會很難過。」

林非鹿繃著身子，從鼻尖輕輕應出一聲：「嗯。」

他心滿意足地放開手，回頭看了身後天色一眼，笑盈盈道：「夜深了，去睡覺吧。」

林非鹿有些緊張：「那你呢？」

他說：「我該走了。」

這樣短暫的一次見面，不知道是他布置了多久才抽出來的時間。

林非鹿眼裡突然湧上一抹酸澀，那種捨不得的情緒讓她有些慌亂，她不喜歡這種自己無法掌控的情緒。於是趕緊後退兩步，跟他揮手：「一路順風！」

宋驚瀾的眸色幾經變換，最後只是笑著點了下頭：「好，公主也要保重。」

他轉身離開，走了兩步，又回過身來。

林非鹿本來看著他的背影，見他回頭，立刻啪的一聲關上了窗。

窗外，宋驚瀾無聲笑了下。

不知道過去多久，那扇緊閉的窗戶在夜色中再次緩緩打開。除了夜風與花香，已經沒有留什麼了。林非鹿按下心中悵然，這才澈底關上窗，爬回床上去睡覺。

直到她躺回床上，呼吸漸漸平穩下來，隱在牆垣樹枝後的那抹身影才終於離開。

翌日，將軍府和十六衛開始搜查昨晚酒坊行凶的刺客，自然是一無所獲。好在奚行疆只是皮肉傷，養了一段時間便痊癒了。刺客毫無線索，他也要繼續執行軍務，隨著時間過去，此事只能擱置翻篇。

林非鹿沉悶了一段時間，又迅速調整好自己的心態，開始開開心心享受自己在宮外的獨居生活。入夏之後，京中最備受關注的一件事就是四皇子景王殿下和左都御史嫡女牧停雲的婚事了。

林景淵努力了那麼久，各種辦法都想盡了，最後還是沒能退掉這門親事。成婚的前一天，他在林非鹿府裡一邊喝酒一邊聲淚俱下：「等成親之後，我就要納一百個妾，氣死她！」

林非鹿：「……」

她用扇子拍了一下，醉醺醺的林景淵就倒下去了。

隔日，宿醉一夜頭痛欲裂的林景淵穿上新郎官的喜服，木著一張臉成親。拜堂的時候林非鹿在旁邊看著，鳳冠霞帔的新娘子身段嬌小，站在林景淵身邊時只到他胸口的位置。

林非鹿這段時間自己的事情也多，沒找到機會去偷看自己的四嫂到底是是何模樣。不過看這身段不像林景淵之前說的母老虎，皇室中人很多身不由己，她雖然遺憾林景淵的包辦婚姻，也只能祈求日後兩人能和睦相處了。

皇子的婚禮雖比不上太子，但排場也足夠大，景王府一直鬧到晚上才終於安靜下來。

永安公主府距離景王府最近，林非鹿也就一直留在這裡，等賓客散盡，喝得醉醺醺的林景淵抱著院中的石柱子不肯下來，說要晾新娘子一夜。

林非鹿真是又氣又好笑，把人從石柱子上扒下來後，知道他吃軟不吃硬，只能哄道：「景淵哥哥，你聽不聽小鹿的話？」

林景淵哼了一聲別過頭去。

林非鹿問：「若是我嫁了夫君，夫君卻在新婚之夜棄我不見，景淵哥哥會生氣嗎？」

林景淵當即怒吼：「我殺了他！」

林非鹿拉著他的袖口苦口婆心：「你既如此，那嫂嫂的家人聽聞此事，也該是生氣又難過的。你就算再不喜，可如今婚都成了，又何故讓嫂嫂難堪？你的婚事做不得主，她難道就做得了主嗎？她跟你一樣，不過是天涯淪落人罷了。」

林景淵被她唬得一愣一愣的。

林非鹿一邊牽著他往新房走，一邊道：「你就算不喜歡她，也不該在新婚之夜冷落她，叫京中人看了笑話。她如今已是景王妃，別人笑話她，不就是笑話你嗎？」

說著話的空檔，人已經走到庭院門前了。

林非鹿鬆開手，對他比了個打氣的小拳頭：「景淵哥哥加油，去吧！」

然後林景淵就糊里糊塗地走進去了。

鬧了這麼久，房中的婆子丫鬟早就退下了，只剩新娘子拘謹地坐在床邊。房中燃著一對高高的喜燭，喜盤裡擺著一杆喜秤，旁邊還有斟滿的合巹酒。

林景淵喝多了酒有點暈，在門口看了床上那道身影一會兒，才木著臉踉踉蹌蹌走了過去。

新娘子聽到腳步聲，不自覺垂下頭，踮著腳尖往後縮了縮。

林景淵走到她身邊，沒拿喜秤，直接伸手把蓋頭撩開了。

紅蓋頭下是一張格外嬌俏的臉。

她也沒想到蓋頭會這麼快被揭開，直愣愣看著眼前的夫君，大眼睛映著兩點燭光，泛出盈盈水意。

林景淵也直愣愣看著她。

牧停雲被他看得滿面羞紅，緩緩抬起雙手捂住臉，害羞的聲音軟軟的從指縫中傳出來：

「別……別看了……」

林景淵：！！！

啊！是軟妹！！！

林非鹿擔心林景淵跳牆逃走，還蹲在牆垣上餵了會兒蚊子。

夏夜未經工業汙染的蚊子咬人可真狠啊，一口就是一個包，打都打不過來。但是為了這個不讓人省心的四哥，她也只能忍了。結果等來等去，林非鹿發現人不僅沒逃，房內的燭火還滅了。

口是心非的狗東西？

為了避免聽到什麼不該聽的聲音，林非鹿趕緊溜了。

翌日，林景淵帶著牧停雲進宮給林帝和嫻妃請安。

為了這樁婚事，林景淵鬧了很久的彆扭，昨天見到嫻妃還木著一張臉。嫻妃本以為今天只會看見兒媳婦進宮來請安，哪料想兒子居然把人領過來了。

雖然看起來還是有些彆扭，但沒鬧也沒吵，跟牧停雲一起對她敬了茶。嫻妃交代了牧停雲幾句身為王妃今後的職責，牧停雲乖巧應是，又喝了會兒茶，兩人才離開。

臨走前，嫻妃朝林景淵投去一個似笑非笑飽含深意的眼神，分明是在說：娘還不知道你喜歡什麼樣的嗎？現在滿意了吧？

林景淵回想自己之前那些行為，頓時有些惱羞成怒，一出宮就埋著頭大步往前走。

牧停雲身段嬌小，又穿著宮裝，自然比不得他步子邁得大，起先加快腳步還能並排，後面就只能一路小跑才能跟上他的腳步。

林景淵獨自走了一會兒，突然發現妻子不見了，回頭一看，她綴在後面慢騰騰挪著，跟他隔著老長一段距離。

林景淵繃著臉道：「走快點！」

牧停雲聽到聲音猛一抬頭，看到他站在前邊臉色沉沉的樣子，又低下頭去，提著裙擺小跑過來。

跑至身前，林景淵才發現她的眼眶紅了。

她的眼睛本來就大，這一紅，尤顯得可憐。

林景淵頓時手腳不自在了：「妳哭什麼！」

牧停雲被他凶得一抖，強忍著淚意小聲反駁：「我、我沒哭……」

話是這麼說，眼眶卻越來越紅，林景淵心神都亂了，趕緊回憶了一下以前小鹿這個模樣時自己是怎麼哄的。卻發現自己能自然而然地哄小鹿，面對自己的王妃時反倒有些束手束腳。

眼見她眼眶裡打轉的眼淚水就要掉下來了，林景淵繃著臉把手伸到她面前：「我拉著妳，不走那麼快了，好吧？」

牧停雲眼巴巴地看著他。

林景淵不耐煩地勾了下手指：「手給我！」

牧停雲緩緩把又軟又小的手放到他的手上，林景淵一把握住，手掌把她整隻手都包裹起來了。

這一次他果然放慢了腳步，就這麼一路牽著她走出宮去。

成親三日後，新娘子回門。左都御史一家都知道景王殿下不滿意這門婚事，成親那天他全程黑臉大家有目共睹，說心裡不難受是假的。

都是從小寵到大的掌上明珠，嫁人之後卻要備受冷落，當父母哪能不心疼？可這是賜婚，他們根本沒膽子抗旨。牧夫人這幾日一想起這件事就落淚，左都御史也只能勸說好歹嫁的是王爺，光耀了門楣。

等到回門這一日，一家人早早在門口等著了。

其實大家心底都七上八下的，擔心以景王殿下那性子，若是不喜歡，怕是回門也不會陪著一起的。

一想到女兒要一個人回門，牧夫人站在門口又是一頓哭。哭著哭著，便見馬車漸漸駛近，錦衣華服的景王殿下先行下車，又伸手將牧停雲扶了下來。

牧家幾位小妾不是安分的主，本來還等著看笑話，孰料景王殿下不僅來了，看起來還對王妃關照有加？

本來大家都覺得這是景王殿下顧及朝官面子，裝出來的表面功夫。

直到用過午膳後，牧停雲起身時膝蓋不小心撞到了桌角，走路有點一瘸一拐的。走出廳堂，牧夫人正喚丫鬟過來攙扶，卻見景王殿下俯身，直接把牧停雲打橫抱起來了。

身子懸空的那一瞬間，牧停雲小小驚呼了一下，下意識摟住他的脖子。感受到周圍驚詫的目光，特別不好意思地把腦袋埋進他肩窩。

林景淵在人前還是挺有威儀的，淡聲說：「本王抱王妃回去休息就行，不必跟著。」

他一走，牧夫人頓時以帕掩面哭了起來，左都御史也是十分感慨：「好了，以前妳擔心雲兒，現在看景王殿下的態度，可算放心了吧？別哭了。」

牧夫人又哭又笑道：「我這是高興。」

周圍驚過之後，紛紛恭賀。

林景淵並不知道自己這一舉動給牧家人帶來的衝擊有多大，他十分帥氣地抱著老婆走了一圈，然後發現自己迷路了。

都御史府嘛，他畢竟是第一次來，不得不乾咳一聲，低頭問懷裡的少女：「妳的閨院怎麼走？」

牧停雲耳朵紅紅的，伸出手指朝旁邊指了一下。

林景淵這才走過去，牧停雲仰著頭看他總是繃著的俊朗五官，小聲說：「王爺，我可以自己走。」

林景淵低頭瞪她：「本王樂意抱著！」

他總是這樣做出這副凶凶的樣子，一開始牧停雲還有些怕，現在卻一點都不怕了。她抿唇笑了下，腦袋乖巧地往他頸窩蹭了蹭。她全身都軟軟的，連頭髮絲都這麼軟，蹭在他脖頸處，撓得他心癢癢。

景王殿下和王妃在回門之日當眾秀恩愛的事很快就傳開了，畢竟他當初抗婚被大家津津樂道過一段時間，沒想到婚後態度來了個大轉彎，不僅打了自己的臉，也打了那些等著看他娶一百房小妾的八卦群眾的臉。

聽聞此事的林非鹿：真香定律可能會遲到，但永遠不會缺席。

她就說，父皇那麼喜歡四哥，怎麼會不顧他的意願態度強硬賜婚，合著是對自己這個兒子的口味瞭解得透透的。

不愧是父子！

林景淵這親一成，林非鹿每天別的事沒有，致力於把哥哥們的老婆都發展成自己的閨中密友，日子過得有滋有味，唯一的不好就是林帝時不時把她叫進宮去挑駙馬。

時間一晃入了冬，某個天還沒亮的清晨，林非鹿還睡著，突然聽到宮中傳來的九聲喪鐘。

七聲天子崩，九聲太后薨。

林非鹿猛地從床上翻坐起來。

與此同時松雨匆匆進屋來，林非鹿緊張地問：「松雨妳聽到了嗎？」

松雨緩緩點了下頭：「公主，是太后娘娘……」

林非鹿的心臟好像一下子被拽緊，有那麼幾秒沒喘過氣。

松雨將衣服拿過來，哽咽著說：「公主，穿衣吧，該進宮了。」

大林天元四十九年，太后駕崩，舉國哀悼。

太后是在五臺山過世的，沒有病痛也無意外，前一夜還笑吟吟聽高僧們講經，第二日早上柳枝進屋去時，人就已經不在了。

按照現代的話來說，是喜喪。

消息第一時間傳回京中，宮中敲響九聲喪鐘後，便開始準備太后的喪葬之禮。太子林傾、景王林景淵奔赴五臺山，扶靈回京。

林非鹿當天早上就進宮了，之後是一連串繁複的喪禮儀式，忙得她連難過都顧不上。沒幾日林廷也趕了回來，等太后靈柩回京，便開始守靈弔唁。

林非鹿從來沒經歷過親人去世。

她當初車禍意外的時候，爺爺奶奶都還健在。

她跟太后相處的時間並不算長，還不如林瞻遠多，而且一開始是抱著目的和心機接近，才獲得了太后的另眼相待。

可後來相處中的那些溫情不是假的，那一聲聲「皇祖母」也不是全無真情。她還想著等過完這個冬天，就帶林瞻遠上五臺山去陪老人家一段時間，可誰料想，去年那個冬天的相伴，已是祖孫最後的時光了。

周圍哭聲起此彼伏，又有幾分真情呢。

林非鹿往火盆裡扔了一把黍稷梗，在心裡默默說：皇祖母，一路走好。

太后駕崩，按照大林祖制，凡皇室子孫守孝兩年，孝期禁喜，京中禁娛，舉民同哀。

太后葬禮沒多久就是新年，宮中取消了終年宴，也取消了團圓宴，這是林非鹿來到這裡後過得最冷清的一個新年。

二皇子林濟文的婚事本來定在開春，如今也只能延期，林非鹿和林蔚這種還沒定親的自然也就擱置了，林帝總算沒有再逼著她選駙馬，這讓林非鹿輕鬆不少。

林瞻遠經過林非鹿的安慰，相信人死後就會變作天上的星星，沒再哭鬧，每晚都坐在門檻上托著腮看星星，想找到哪一顆才是皇祖母。

太后下葬皇陵後，林廷便請願前往皇陵守靈一年，林帝愧疚沒在太后晚年盡到兒孫職責，允了他的請求。

雪化之後，沉寂多月的京城終於迎來了春天。雖還在喪期，但因是喜喪，倒也不至於全民沉痛，除了喜事娛樂，大家還是該幹什麼幹什麼，過著自己的日子。

比起太后的駕崩，更讓林帝和朝臣關注的其實是宋國近兩年來的動作。

自前年為爭奪自由城那一次交戰後，宋林兩國再未有過交鋒，彼此駐守邊境操練士兵，警惕著對方的一切。

將入春時，邊疆傳來急報，說宋國邊防似有調動，又增加了駐守的軍馬。朝中頓時嚴陣以待，林帝調派武將，就等宋國宣戰。結果等來等去，等來了宋國出兵攻打龜縮在南境的衛國的消息。

天下局勢大林、宋國、雍國三足鼎立，但周邊不乏衛國這種當年鑽了混戰的空子自立為王的小國家。

大林周邊這種小國家早都被吞併了，如今只剩下幾個附屬國，年年進貢。

但宋國孱弱多年，國君荒淫政事，根本沒精力也沒心思去處理周邊這些小國，多年來任由他們發展，互不干涉。

大林覬覦那些小國家，想併吞了，但因隔著一條淮河，要出兵那些小國，就須經過宋國境內，如此不占地理優勢，只能作罷。

如今宋驚瀾繼位，這些小國家便成了他的眼中釘肉中刺，整頓完內務之後，自然就該攘外了。

林帝得到消息，立刻宣了武將議事，想趁機出兵大宋。結果卻發現，前不久宋國那一次調動，足足在邊境增加多出大林一倍的兵力，若想在此時出兵，林帝就必須再從其他地方調遣軍馬。

但各處軍馬都有各自鎮守的任務，就拿山雍關來說，那頭的雍國虎視眈眈，又是好戰的遊牧民族，巴不得山雍關的林軍少一點，好讓他們一舉攻破。

林帝有點無語：「這宋國小兒調派如此多軍馬鎮守邊境，他哪來的那麼多人去攻打衛國？」

武將回稟道：「此次出兵衛國，宋帝親征，只帶了三萬人馬。」

林帝冷笑道：「此人雖有幾分謀斷，卻自視甚高，竟妄圖憑藉三萬兵力拿下衛國，那衛家老頭當年也是驍勇之輩，宋國小兒真是不自量力。」

結果這個春天還沒過完，軍探就傳來了宋國大勝衛國投降的消息。

被打臉的林帝：？

然而這並不是結束，在吞併衛國之後，接下來的一年時間，宋驚瀾親率鐵騎，東征西討，千里奔襲，將周邊小國一一攻破，逐漸收復淮南。

根據軍探來報，這群跟隨他打仗的將士中，竟還有一群曾在江湖上為非作歹的惡人。這群人當年占山為王，燒殺搶掠無惡不作，還成立了什麼赤霄十三寨，連江湖正派都拿他們沒辦法。

而不知從何時起，這群土匪強盜漸漸銷聲匿跡，曾經威風凜凜的赤霄十三寨逐漸沒了動靜，再也沒在江湖上出現過。有人斗膽上山查探，發現山寨已人去樓空。

起初大家都以為是十三寨內訌，才導致山寨土崩瓦解，也有說是天下第一劍客紀涼端了這座土匪寨。不管如何，這樣無惡不作的山寨能消失，大家都鬆了口氣。

怎麼也沒想到，這群人居然被宋帝收編進軍隊，成了他攻城掠地的得力人馬。

沒有哪位臣子不希望效忠於強大的君王。

儘管宋驚瀾弒父奪位，手段凶殘，皇位來得名不正言不順，可自他即位後，一改之前驕奢淫逸之風，貪官斬，弱官削，強練兵馬，攘外安內，宋國國力日益強大，終於顯出幾分當年中原霸主的氣質。

曾經聲討他的人沒了聲音，曾經反對他的人甘心臣服。那些奴顏媚骨的蛀蟲已被他斬殺乾淨，如今還剩下的，都是胸懷抱負的能人異士。

短短幾年時間，宋國以驚人的速度強大起來，露出了狼的尖牙。

而大林只能隔著淮河這道天塹眼睜睜看著這一切發生，除了強軍練兵，什麼也幹不了。

林帝倒是想幹點什麼，但雍國這根攪屎棍時不時就來騷擾一下，他根本無法全心對付宋驚瀾。

跟雍國聯手對付宋國就更不可能了，雍國當年斬殺大林兩代君王，屍體懸於城門半月之久，以此示威。大林當年也在戰勝後屠過雍國一整個部族，老弱婦孺全都沒放過，兩國之間累代世仇，難以化解。

何況以雍國凶殘貪婪的國風，一旦滅宋，他轉頭就能咬你一口。

三國鼎立，互相牽制，就是最好的局面。

好在宋國目前所有動作都止於淮河以南，只要宋驚瀾的手不伸過淮河，他幹什麼都跟大林無關。

但眼睜睜看著這個對手強大，林帝還是坐立難安，他前兩年已顯老相，身體每況愈下，全靠著丹藥維持著狀態，到如今丹藥也無力支撐他的身體狀況了。

林帝若服老也還好，但偏偏忿忿不平，懷念年輕力壯的狀態。聽多了萬歲，坐久了龍位，就真的以為自己是真龍天子可以長生不老，無法接受自己老態龍鍾的樣子。

林非鹿進宮請安的時候，又聽聞林帝加重丹藥用量的消息。

她心中無奈又擔憂，想了想只能去找林傾。

今年入夏後司妙然有了身孕，在東宮養胎，林非鹿入宮陪她的次數也多了起來。一聽聞永安公主進宮，司妙然就會開心很多，每次都派人等在殿外，等她一請完安便請她來東宮。

這次不等宮人來請，林非鹿自己就過去了。

司妙然坐在軟榻上照著她上次來時畫的圖案幫還未出生的寶寶繡帽子和肚兜。

林非鹿覺得這些古代女子都有當畫手大大的潛力，這個海綿寶寶真是繡得栩栩如生呀。

兩人聊了會兒天，林非鹿又畫了一套小恐龍連衣服，還拖著一根尾巴，這個難度就有點大了，司妙然看了半天，決定還是交給織錦坊的宮人去做。

半個時辰後林傾才回來。

三人氣氛歡快地說了會兒話，林非鹿便將林傾叫到一旁，面露擔憂道：「太子哥哥，父皇最近又加重了丹藥的用量，你能不能勸勸他啊？丹藥目前雖有壯體的作用，可長此以往，副作用反而更大。」

林傾很無奈地笑了下：「妳當我沒勸過嗎？上次我剛勸了幾句，父皇便動了怒，斥責我是不是見不得他身強力壯，迫不及待看他老去才好。」

林非鹿：「……」

林傾嘆了聲氣：「我哪還敢再勸。」

當皇帝的老了之後都有這毛病，不服老的根本原因還是捨不得皇位，林傾本就是儲君，勸得太過，反而會引起林帝的猜忌。

兩人無奈對視片刻，最後林非鹿嘆道：「反正你多注意養心殿的動靜吧。」

她沒有明說，林傾卻已明瞭，沉著地點了點頭。

離開東宮前，林傾想起什麼，叫住她道：「翻年開春妳便十八了，如今皇祖母喪期已過，妳的婚事拖了這麼久，上次父皇還跟我說起呢，是該定下來了。」

林非鹿正想說什麼，林傾又壓低聲音道：「妳也知父皇……別太讓他操心吧。」

她回想方才去養心殿請安時，半倚在軟榻上面容浮腫老態明顯的林帝，心裡有些不是滋味，這一次沒說什麼，只沉默著點了點頭。

沒過兩日，林景淵從宮中出來時，便將一疊畫像帶到了永安公主府。

林非鹿還在陪林瞻遠踢毽子呢，看見那疊畫像，頓時提不起勁了。

林景淵很興奮，把畫像拍在案桌上：「快挑挑，喜歡哪個？」

林非鹿興致缺缺翻了一遍，林景淵看她的神態，皺眉問：「都不喜歡啊？」

她懶懶「嗯」了一聲。

林景淵想了想：「那妳告訴四哥，妳喜歡什麼樣的，四哥按照妳的要求逐條逐條去找，就算翻遍整個大林，也要把人找出來！」

林非鹿用手撐著腦袋，手指捲著髮尾，有一搭沒一搭道：「溫柔的。」

林景淵神情一凝，趕緊拿筆記下來，「還有呢？」

林非鹿垂著眼皮，聲音懶洋洋的：「武功高、有謀略、長得好看，穿白衣服尤其好看，跟我說話時會看著我的眼睛，不管我說什麼他都同意，每年我的生辰，不管他在哪裡，都會把禮物送到我手上……」

說到後面，聲音越來越小。

林景淵寫著寫著，覺得不對勁啊。

他僅有的智商終於在此時發揮了作用：「說得這麼具體，小鹿，妳其實有喜歡的人吧？」

林非鹿：「……」

我說什麼了？

林景淵把筆一放：「是誰？妳既有喜歡的人，那還選什麼，早點定下來才是正事。」

林非鹿沉默了一會兒，又將那疊畫像重新拿過來翻看，淡淡道：「我跟他不可能，虛無縹緲罷了，我還是在這裡面挑一挑吧。」

第三十章　十里紅妝

說是要在裡面挑一挑，結果挑了一下午，還是一個都沒挑出來。

林景淵信誓旦旦地說：「妳只需告訴我那人是誰，就算是天上的神仙，四哥也打暈了扛下來！」

林非鹿：「……」

最後她給硯心去信一封，叫她好好幫自己挑一下如今江湖上年輕有為的少俠，要好看的，武功高的，白衣翩翩的。

寄完信，林非鹿覺得自己在經歷宮鬥劇本、武俠劇本之後，可能要開始走替身劇本了。真是令人頭禿。

不知是不是上天有所預兆，今年冬天的這場雪下得極大，開春之後仍久久不見融化。低溫一直持續到四月，往年這個時候，桃花都謝了，可今年京中的桃花卻因為這場雪壓只綻出了花骨朵。

林帝近兩年來愈發怕冷，養心殿四個角都燃著火爐，他還是覺得冷。太醫看過後說他是因為寒毒侵骨，試探著勸了兩句讓他先把丹藥停了，還沒說幾句，就被林帝扔硯臺砸了出來。

林非鹿一到養心殿門外看見捂著額頭的太醫，太醫見到她，先是行了一禮才嘆氣道：「公主，妳還是勸勸陛下吧，依靠丹藥維持的狀態不過是在透支身體，這樣下去，藥石無醫啊。」

林非鹿雖點頭應了，但知道林帝是聽不進勸的。

哪怕他如今已經發現長期服用丹藥不妥了，可他一旦停下來，就會陷入更加虛弱的狀態，這就像鴉片，根本戒不掉。

進到殿內時，林帝正沉著臉在翻奏摺，見她進來，臉色才緩和了一些。林非鹿沒提丹藥的事，把自己在宮外做的糕點拿出來，陪他一邊吃一邊聊天。

父女倆正其樂融融，殿外突然傳來一串急促的腳步聲，伴隨著鎧甲相撞的聲音，一名將士步伐匆匆小跑進來，急聲道：「陛下，密探急報！」

密探就是大林安插在各國的奸細，為了避免身分暴露，一般甚少傳消息出來。一旦有消息，就說明是大事。

林帝將手中糕點一放，神情凝重地接過了急報。

林非鹿也有點緊張，在一旁定定看著林帝拆開信封，隨著目光掃過字跡，他的臉色越來越難看，到最後臉上竟然呈現出因憤怒而生的慘白。

林非鹿離得近，聽到林帝的呼吸聲急促地喘了兩下，正想開口詢問，卻見林帝突然捂住胸口，眼睛一閉朝後倒了下去。

殿中一時驚慌無比。

林非鹿眼疾手快地保住林帝暈倒的身子，著急道：「快去請太醫！」

不等她吩咐，彭滿已經一路小跑出去了。

太醫匆匆趕來的時候，林帝已經被扶著在軟榻上躺好了。只是人還沒醒，額頭虛汗不止，手腳冰涼。太醫看診的時候，宮人們也迅速通知了林傾和皇后。

林傾一直注意著養心殿這邊的動靜，一聽到消息立刻趕過來，詢問從內間退出來的太醫：「父皇如何了？」

太醫道：「回殿下，陛下這是急火攻心所致，吃兩副藥便能醒來，只是……」

林傾怒道：「不要吞吞吐吐！直接說！」

太醫立刻道：「只是陛下常年服用丹藥，寒毒入體，這次急火攻心導致血氣逆流，引發寒毒入侵四肢百骸乃至五臟六腑，就算醒來，恐怕也會一病不起了……」

林傾身子晃了一下，看向旁邊捏著一封信沉默不語的林非鹿，「父皇為何會急火攻心？」

林非鹿一言不發將那封戰報遞過來。

林傾接過一看，臉色頓時凝重起來。

密探傳來的急報上，言明雍國國君親派皇子出使宋國，傳信宋帝，提出聯宋攻林的建議。

這不是雍國第一次向宋國提出結盟了，早在十多年之前，雍國就幹過這事，只是當時宋國的反應是忙不迭將宋驚瀾送來大林當質子，以向大林表明態度。

而這一次，接到這封國信的人是宋驚瀾。

這個比狼還要凶狠的帝王，又會做出怎樣的抉擇呢？

偏偏是他，是那個在大林水深火熱過了那麼多年的質子。

林帝絲毫不懷疑他對大林的憎恨。

雍國還真是賊心不死，非要與大林不死不休，一旦宋國答應，大林將面臨腹背受敵的局面。宋國已不是當年的軟骨頭，兩國結盟，大林面臨的將是滅國之災，難怪林帝會在看到這封急報時氣得暈過去。

密探既將消息傳出，此時雍國皇子可能已經見到宋帝了。事不宜遲，林傾立刻宣召朝臣進宮，林帝還昏迷著，他只能擔起身為儲君的責任，商議此事如何解決。

宮內的氣氛緊張起來。

林非鹿把那封急報翻來覆去看了很多遍，思考宋驚瀾答應雍國的可能性有多大。

可思來想去，她發現自己不知道。

他早不是當年在大林皇宮那個人畜無害的殿下了，她拿不準自己在他心中的分量，比不比得上江山和權勢重要。

林傾跟朝臣緊急議政的時候，她一直陪在養心殿。

最後朝臣一致商量出來的方案是立刻派遣使臣前往宋國，哪怕知道宋帝可能憎恨大林，也要從三國制衡上說通宋帝不可與雍國結盟的重要性。

與此同時，傳信奚大將軍和各處軍防，朝中武將待命，隨時準備奔赴邊疆，以防宋國開戰。

大林這邊緊急部署的同時，那一頭，雍國皇子果然已經到了宋國。

雍國常居草原，馬背上的民族，極擅騎射，可因為雍山和淮河兩道天塹，他們一直無法拿下中原萬里沃土。如今來到宋國，所到之處土沃物豐，富饒昌盛，真是羨慕得眼睛都要滴血了。

只是比起宋國，他們更覬覦的是大林。

一來是地理位置，他們跟大林才是毗鄰之國，跟宋國隔得還是太遠了。

二來是世仇累積，雍國是個非常記仇的民族，當年大林那一屠，血流三日不乾，成為他們心中永遠的仇恨，大林不滅，這個仇就永遠不會散。

雍國皇子這次親自前往宋國，雍國的態度可以說十分真誠了。以他們對這位宋國新帝的瞭解，他根本沒有拒絕的理由。

在他們看來，多年的質子生涯等同於囚禁。如今宋帝有機會一洗當年屈辱，攻破囚禁他的監牢，又怎麼會拒絕呢？

雍國皇子就帶著這樣的信念與致勃勃來到宋國，並在鴻臚寺官員的接待下高高興興住了下來，就等宋帝傳召。

沒想到這一住就是七日，宋帝好像把他們遺忘了一樣，宮中一點反應都沒有。

雍國皇子坐不住了，又向接待他們的官員傳達了要見宋帝的意思。如此又過了三日，宮中才來了旨意，宣雍國皇子覲見。不過這段時間的冷落，已將雍國皇子之前十拿九穩的心態搞亂了。

聽聞歷代宋帝荒淫，皇宮十分奢華精麗，美人妃子多如雲，就連宮女都美得不要不要的，雍國皇子早就想見識一番，一路進宮，自然四處打量。

卻見這皇宮華麗歸華麗，好看也好看，但氣氛卻十分森然，行走的宮人無不低頭垂眸，小心翼翼，嚴謹又凝重，連呼吸聲都不敢大了。

宮人將他和隨行侍衛引至一扇殿門外後便退下了，裡頭傳來一道沉聲：「宣，雍國皇子覲見。」

雍國皇子跨過殿門，穿過一道長長的走廊，又穿過一扇門，繞過高聳的雲屏，終於走近內殿，看見傳聞中的宋帝。

這一眼，叫他驚訝無比。

太年輕了。

不僅年輕，還好看，若不是抬眸時眼中閃過的陰鷙戾色，恐怕任誰看了都會以為這只是一名翩翩公子。

他一身黑色華服，衣袍之上金線繡龍紋，領袖處透出暗色的紅，隨意地坐在榻上，卻給人一種喘不過氣的壓迫感。

雍國皇子突然有點明白這宮裡的氣氛是怎麼回事了。

他按照使者的身分行了禮，說明來意，又遞上雍國國君親手所書的書信。宋鷩瀾隨手一招，候在旁邊的天冬便走下來拿過信，走回去交到他手上。

宋鷩瀾拆開信，掃了兩眼，似笑非笑地看過來：「你們與孤結盟的誠意是什麼？」

雍國皇子一聽，這是有戲啊，立刻道：「陛下，我有一皇妹，是我們雍國的草原明珠，願將此顆明珠送給陛下，永結秦晉之好。」

宋鷩瀾挑了下眉，將信扔在案几上，朝後靠了靠：「可惜了。」

雍國皇子頓時有些緊張：「什麼可惜了？」

宋鷩瀾說：「可惜孤不喜女色，無福消受明珠之美。」

雍國皇子愣了一會兒，腦子轉得很快，立刻道：「陛下將皇妹嫁於我們草原男兒也是可以的。兩國結盟，誠字當先。若陛下願意與我們聯手攻林，今後劃城而治，和平共處，豈不美哉？」

他既然作為使者代表，自然準備了一肚子的說辭。宋帝的態度看起來還是挺友好的，雍國皇子越說越覺得結盟之事十拿九穩了。

滔滔不絕說了半個時辰後，他滿含期待地問：「陛下覺得如何？」

宋鷩瀾撐著頭微闔著眼，輕飄飄道：「孤考慮一下。」

雍國皇子頓時有點著急：「陛下，機不可失時不再來，大林皇帝如今身中丹藥寒毒，沒多久命活了，你們中原不是有句俗話，趁他病要他命，此時不出擊更待何時？」

宋驚瀾這才挑眼看過來，笑問：「丹藥寒毒？你如何得知？」

雍國皇子面露驕傲：「那煉丹的道士就是我們的人，我如何不知。陛下，我們布置許久，已將前方的路鋪好了，如今邀請陛下和我們一起享受這碩果，便是我們的誠意。」

宋驚瀾眉梢揚了一下，又將那信拿起來看了一遍，最後淡聲道：「事關國運，容孤與朝臣商議後再給三皇子答覆。」

雍國皇子覺得這事多半是成了，高興點頭：「行，我等陛下的好消息！」

等他離開，宋驚瀾朝椅背靠去。見他閉上眼，殿中越發噤聲，生怕呼吸聲太大打擾到陛下。

不知過去多久，宋驚瀾突然開口：「大林那邊怎麼樣了？」

天冬道：「林帝病重，太子監國，大林使臣已經渡過淮河，剛剛入境。」

宋驚瀾睜開眼，低頭理了理寬大的暗紅袖口，「宣舅舅和威武將軍進宮吧。」

天冬立刻宣召下去，等傳完旨意，吞了下口水道：「陛下，你這就要去啦？」

宋驚瀾微一斜眼：「連雍國皇子都知道趁他病要他命……」

他頓了頓，手指扣著眼尾笑了下：「何況孤要的還不是他的命。」

林帝是三日之後轉醒的，可惜僅僅只是醒來，連起身都做不到。

太醫說的沒錯，經年累積的寒毒已經侵入他五臟六腑，他這些年來的活力都是靠透支生命為代價，如今已然藥石無醫了。太醫開的藥他喝進去之後又吐了很多，哪怕殿中燃著雄雄火爐，照顧他的人被熱得大汗淋漓，他還是喊著冷。

宮中已開始準備國喪。

林傾根本顧不上父皇的病，也沒心情難受。宋國密探再次來信，雍國皇子已經面見過宋帝，雖不知兩人說了什麼，但那皇子回去的時候神色愉悅，之後宋帝又宣召了國舅容珩和跟隨宋帝東征西討的威武將軍進宮，可見是要有所動作了。

大林的使臣還在趕往宋國都城臨城，按照這個形勢，恐怕不等他們趕到，宋軍和雍軍就要聯手壓境了。

大林一時人心惶惶，在外執行軍務的奚行疆接到旨意趕回京中，然後率領調配的三萬兵馬趕往邊疆，等候命令。

就在雍國等候結盟答覆，大林嚴陣以待的時候，宋鷲瀾親率十萬兵馬御駕親征，前往宋林兩國淮河交界處。

還在使館安心等宋帝回覆的雍國皇子聽聞這個消息簡直驚呆了。

我人還在這等著呢，你就去了？那你到底是結盟還是不結盟啊？

宋鷲瀾親征，大宋便暫時由國舅容珩監國，雍國皇子不等鴻臚寺的官員通傳，直接領著人去國舅府要說法。

容珩剛從宮中出來，一下馬車便看見氣勢洶洶的雍國皇子。容家基因好，一家都是美人。容珩雖人過中年，但難掩風流之態，一雙漂亮的狐狸眼看人時略顯輕佻，瞇眼笑起來時好像藏了無數個壞心思。

被沒禮貌的雍國皇子攔住去路，他也不惱，風度翩翩笑著問：「三皇子，何事讓你動這麼大的怒？」

雍國皇子都氣死了：「你還好意思問？你們的皇帝到底是什麼意思？」

容珩十分誠懇：「你也看到了，就是這麼個情況，什麼意思三皇子可自行領會。」

雍國皇子：？？？

來之前就聽聞中原人愛打啞謎，說話不直爽，尤其喜歡拐彎抹角，如今一見，果然名不虛傳！

這狡猾的宋帝不等和自己簽訂盟約，便帶著兵馬前去打仗，擺明是想獨占先機吞併大林，搶奪他們籌謀多年的勝利果實！雍國皇子哪敢再等，從國舅府離開便直接帶著隨行的人離開臨城，快馬加鞭趕回雍國，爭奪戰機。

幾日之後，宋驚瀾帶兵親征，抵達淮河南岸的消息傳回大林京中。

所有人都在此刻清晰地意識到，要打仗了。

林傾這段時間日日議政，半分不敢鬆懈，連覺都不敢睡熟。

半夜突聽殿外一串急促的腳步聲，不等宮人來喊，他自己便瞬間驚醒了，猛地翻身坐起，沉聲問小跑進來的宮人：「可是宋軍出兵了？」

那宮人撲通一下跪在床前，吊著嗓子哭道：「太子殿下，陛下駕崩了。」

與此同時，宮中傳出七聲喪鐘。

用湯藥吊了這麼一段時間命的林帝終於在這個深夜去了。

林傾眼前一陣黑暈。

偏偏是這個時候。

儘管早有準備，可林帝的駕崩還是給本就人心惶惶的京中帶來了沉重的陰鬱，已有不少人收拾包袱連夜逃京。可又能逃到哪裡去呢，一旦雍國和宋國聯手進攻，大林的每一片土地都將布滿烽煙戰火。

翌日一早，百官披麻，林傾登基。

先皇的喪事有條不紊地進行著，可任何人都沒時間悲痛。畢竟照目前的情況來看，宋雍兩國很快就要打過來了，當務之急，是如何調集全國兵力抵禦兩國的進攻。

大林幾百年的基業能不能在林傾手中守住，就看這一仗了。

淮河以北，鎮國將軍奚洵率七萬兵馬紮營淮河岸，與一河之隔的十萬宋軍遙遙相望。兩軍對峙多日，誰也沒有異動。宋軍那頭因是宋帝親征，士氣高漲，每日士兵操練的喊聲直上雲霄。

而林軍這邊，因先皇駕崩新帝繼位，又聽雍國整軍準備出征的消息，都知道即將面臨的是背水一戰，氣氛相當凝重。每個人捏緊了自己手中的武器，做好了死戰的準備。

這一日，嚴陣以待的林軍們突見對岸宋軍揚起了一面藍旗。

在這裡，藍旗意味著談判。

傳令兵立刻將這個消息告訴了正在帳中跟手下將士研究輿圖的奚洵。

「談判？」多年征戰沙場的中年男子面儀威嚴，聲音透著常年練兵的暗啞厚重：「確定消息無誤？」

傳令兵道：「確實是藍旗無誤！」

周圍將士頓時面面相覷，奚洵身邊的副將沉吟道：「都這個時候了，他們搞談判，是想談什麼？」

奚洵略一沉思，當即大步朝外走去：「談一談就知道了。」

來到淮河岸邊時，卻見河中心已經停著一艘船。

船板上站著一名身穿玄甲身形高挑的男子，因隔著一段距離，看不清他的模樣，只看見他肩上的猩紅披風被河風吹得飛揚，笑吟吟的聲音穿過淮河岸：「奚將軍，久仰大名，今日孤有幸一見，名不虛傳。」

竟是宋帝！

隔著江水之聲，他的聲音無比清晰飄過河面傳進岸邊的林軍耳中，副將低聲道：「聽聞宋帝武功高強，內力深厚，果然如此。」

奚洵沉沉看著河中心船上的身影，以及船後岸邊黑壓壓的宋軍，提足內力沉聲道：「宋帝有何指教，還請直言。」

宋鷩瀾揚手朝後指了一下，笑問：「奚將軍可看到孤身後這十萬大軍？」

奚洵回道：「奚某還未至老眼昏花，尚有一戰之力！」

宋鷩瀾悠悠道：「奚將軍誤會了，孤領這十萬人馬，不是來跟你打仗的。」他頓了頓，含笑的嗓音不緊不慢地飄進岸邊大林每一個將士耳中：「孤是來提親的。」

奚洵一時之間以為自己真的人老昏頭聽錯了。

他轉頭看了周圍將士一眼，大家果然都一副迷茫又震驚的神情，唯有跟在他身邊的奚行疆猛地瞪大了眼，臉上浮現出不可置信的神色。

淮河兩岸陷入詭異的寂靜。

奚洵好半天才重新提足內力，沉聲問：「宋帝所言何意？」

船板上的男子笑了下，遠遠朝他拱手：「奚將軍，回去告訴你們陛下，孤只要永安公主。」

淮河兩岸的蘆葦被風捲起漫天的白色蘆花，飄飄灑灑落滿了水面。

奚洵還未做出反應，他身邊的奚行疆低吼了一句髒話，拔劍衝了出去。

奚洵一愣，頓時喝道：「行疆！住手！」

奚行疆哪裡會聽，身形一掠就要往河中心去，奚洵喝道：「攔住他！」

河岸幾名暗哨飛身上前將奚行疆按住，見他還想掙扎，奚洵大步走過去，兩招奪過他手中劍，怒斥道：「胡鬧！」

奚行疆目眥皆裂，眼球瞪得血紅，吼道：「我要殺了他！」

奚洵面色沉怒：「把他給我押下去，看好！」

奚行疆牙關緊咬，眼眶紅得幾乎要滴出血來，可看著父親沉重的神情，卻再也說不出一句話。

等解決完自己這頭的動靜，奚洵才深吸一口氣再次看向船上的年輕男子。一國之君豈有戲言，他搖了藍旗要求談判，又孤身上船，做了這麼多鋪墊若只是為了開一句玩笑，那這宋帝未免也太可笑了。

奚洵本就疑惑為何宋軍陳兵卻不出戰，此刻才漸漸想明白其中的意圖。

他略一思忖，便吩咐道：「開船來，我要上船與他細談。」

副將擔憂道：「將軍，恐有埋伏。」

奚洵沉聲：「他都不怕，我有何懼。」

很快有士兵開了一艘小船過來，奚洵獨身一人上船，等靠近河中心那艘船時，身形一掠飛上了船板。

他也是第一次見到這位傳說中比狼還要凶狠的宋帝，免不了生出跟雍國皇子一樣的驚訝。只是他什麼都沒表露，仍是威嚴的一張臉，沉聲問：「奚某聽聞，宋帝已與雍國締結盟約，今日之言又是何意？」

宋鶩瀾一笑，手朝後一招，候在旁邊的侍衛便將一道聖旨放到他手上。

他將聖旨捲筒遞到奚洵面前，笑道：「此乃孤親書盟約，願與大林永結為好，凡孤在位期間，宋林互通友好，共禦外敵，永不交戰。」

奚洵瞳孔微微放大，伸手拿過盟書一看。上面果然將一應條例寫得清楚明白，旁邊蓋著大宋的玉璽。

奚洵久經沙場，見多識廣，此刻仍不免心中震動。他緩緩將聖旨捲起來，深深看了眼前的年輕皇帝一眼，沉聲道：「此事奚某自會回稟陛下。」

宋鶩瀾微微一笑：「靜候佳音。」

奚洵抱拳，轉身飛下小船。

幾日之後，邊疆軍情便隨著這封盟約傳至京都。

林傾這段時間心力交瘁，聽聞邊疆戰報傳來難免心神緊張，擔心有不好的消息。

直到看到奚洵的信和這封盟約，他心中的擔憂全部化作了震驚，坐在高位上久久不能言語。伺候他的侍衛還以為是戰敗的軍情，正心驚膽戰，卻聽他緩緩道：「傳，永安公主。」

林非鹿這段時間一直在守喪，膝蓋都跪到沒有知覺了，突聽林傾傳召，心裡隱約覺得可能是有什麼大事發生了。

是戰敗嗎？

是讓她帶著即將臨盆的皇后逃走嗎？

她的心情十分複雜地走進殿中，直到看完林傾交給她的那封信和盟書，林非鹿都沒反應過來。

過了好久好久，她緩緩抬眼看向神情凝重的林傾，懷疑地指了下自己：「永安公主？」

林傾沉重地點了點頭。

林非鹿：「……」

等等，說好的替身劇本呢？怎麼突然換成了要美人不要江山的劇本啊？

林非鹿從震驚中回過神來，沉默了好一會兒，正要開口。

林傾眉目一擰，擲地有聲搶先道：「小鹿大可放心，朕就是死守國門，也絕不會將妳交出去！」

林非鹿：「……」

她默了默，又低頭看了看手中的盟書，上面逐字逐條，都是對大林百利而無一害的條約，她抬頭看向林傾：「皇兄知道這份盟約，對你，對大林而言，意味著什麼嗎？」

林傾豈能不知。

百年的和平，足夠他坐穩皇位，守住大林的江山。目前一切的困難麻煩全部迎刃而解，雍國面對林宋兩國的聯手，將不堪一擊。

可這是他看著長大真心疼愛的皇妹。

林傾雙拳捏得緊緊的，聲音從齒縫中擠出來：「大林並不是沒有一戰之力……」

林非鹿搖了搖頭：「既能不戰，為何還要戰？」

林傾定定看著她。

她手指無意識揉搓著那張盟約，嘆了聲氣：「戰火一起，生靈塗炭，百姓遭殃，屆時屍累荒原，誰的命不是命呢？」

在法治社會下長大的人，永遠無法跨過的底線就是人命。

她突然想起幾年前，太后還在世的時候。

那一年，是她和林廷陪皇祖母過的最後一個年。那時候她在五臺山上許願，希望世間和平。

怎麼也沒想到，這個願望最後要靠自己來實現。

這些天她跪在林帝的靈柩前也想了很多，甚至想過要不要寫一封信給小漂亮，請求他不要和雍國聯手。可用什麼身分來提出這個要求呢？他如今已是一國之主，她與他之間那份虛無縹緲的「交情」又能有多重的份量？

此刻看到這封盟約，她其實是有些高興的。

高興她在他心中的份量還是不輕的，起碼足夠熄滅這場戰火。

更何況，她還有自己的私心。

那是她喜歡的人呀，是她兩輩子加起來，唯一喜歡過的人。

那喜歡不知道從什麼時候開始在她心底埋下了種子，一點點扎根發芽，這些年來無聲無息長大，等她意識到這件事時，已經成為她骨中根血中花。

既能雙全，何樂而不為？身處這個時代，總有或多或少的身不由己，她已經很幸運啦。

林非鹿彎了下唇角，雙手將盟約遞向林傾：「皇兄，讓我去吧。」

林傾身體繃得筆直，薄唇緊抿，一動也不動看著她。

她甜甜一笑，露出頰邊兩個淺淺的梨窩：「就當是小鹿送給皇兄的登基禮物啦。」

林傾的眼眶漸漸紅了，隨即拂袖轉過身去，僵著聲音道：「容朕再考慮幾日。」

但國事當前，民心慌亂，雍國蠢蠢欲動，留給他考慮的時間並不多。

林非鹿一再表明她是自願的，她喜歡宋國那個年輕的皇帝，雖然林傾完全當她在放屁，但最終還是在盟約上蓋上了大林的玉璽印。

五日之後，林宋兩國同時昭告天下，宋帝求娶大林永安公主，兩國聯姻結盟，永結秦晉之好，互通有無，永不交戰。

詔書發出的同時，淮河岸對峙的十萬宋軍和七萬林軍同時撤離，奚洵率領七萬軍馬趕往雍山關，阻擋雍軍攻山。五萬宋軍順淮河北上，阻絕了準備繞淮河襲擊大林的部分雍軍。

正蠢蠢欲動打算吞併大林的雍國：？？？

你媽啊！

雍國皇帝聽聞此事，把戰報砸在三皇子頭上：「這就是你說的他不好女色？」

出使宋國的三皇子：「……」

他怎麼知道怎麼回事？

中原人，離譜！

直到詔書下達，宮中的人才知道這件事。

蕭嵐這些時日一直在為林帝守靈，身體本就虛弱，聽聞這件事當即哭暈過去。等她醒來，林非鹿摒退下人，坐在床邊握著她的手一字一句告訴她自己心中所想。

蕭嵐蒼白的臉上緩緩恢復了氣色，她回憶女兒這些年來的表現，終於反應過來：「原來妳喜歡的人是他……」她頓了頓，又有些哽咽：「可路途遙遠……」

林非鹿抱住她，笑咪咪道：「我會經常回來看母妃的，他對我很好，以前就對我很好，以後一定會對我更好。」

蕭嵐心疼地看著她：「帝王之愛最是無情，他即便對妳好，可三宮六院還有那麼多女子。娘這一生經歷過的事情，實在不願妳再經歷一次。」

林非鹿也不知道哪來的自信覺得小漂亮肯定不會納一後宮的美人氣她，但 flag 還是不要亂立的好，於是只道：「不會啦，我很厲害的！會保護好自己。」

蕭嵐既開心她嫁了心愛的男子，又心疼她這一去千里迢迢，可事已至此，也只能如此了。

林景淵和林念知去找林傾鬧了一場，最後也都是被林非鹿勸下來的。只有林廷沒去找林傾，而是來詢問她自己的想法。

每個人都覺得林非鹿說喜歡宋驚瀾是安慰他們的假話，只有林廷相信她說的是真的。

小五從小就那麼厲害，她如果不願意，一定有很多辦法解決這件事。

她說喜歡，那便是真的喜歡，她從不會委屈自己。

所有人中，林非鹿唯一不放心的就是蕭嵐，但有自己送的這個「登基禮物」，想來林傾今後也不會虧待她。

她在大林好像沒什麼牽掛了，身邊每個人都擁有自己圓滿的生活，她也可以安心去尋找自己的幸福啦。

只是她想帶上林瞻遠一起去大宋的提議被林傾一口否決了。

「六弟不管怎樣都是大林的皇子，他一旦前去，無論是什麼理由，都會被看成質子。林宋是聯姻結盟，一旦牽扯到皇子，就會演變成大林求和，就像當年宋國那般，大林絕不能留下這一筆屈辱歷史。」

林非鹿一開始沒考慮到這一層，最後還是林廷站出來說，今後把林瞻遠接到他的封地上和他一起生活。

小時候的兔子哥哥長大了，但笑起來還是很溫柔，拉著他的手暖暖和和，笑著問他：「我那裡養了許多小動物，有小貓小兔小狐狸小松鼠，還有一頭大野豬，六弟以後要不要跟我住在一起？」

林瞻遠睜大了眼睛：「大野豬！」

林廷笑起來：「對，大野豬。」

他拍著手開心地笑：「好！跟兔子哥哥一起去養大野豬！」

秦山臨近南方，靠近淮河，她今後想去看他，倒是方便。

這是最好的安排，林非鹿點頭同意了。

一切安排妥當，林帝下葬皇陵一月之後，宋國接親的使團便到達大林京城。

這次宋國前來接親的使團足有千人，不僅遞上了宋帝求娶永安公主的詔書，連聘禮都一件不少，顯得很有誠意。禮部將禮單呈上來時，林傾還被驚了一下。

聘禮是分等級的，民女和貴女的聘禮內容不一樣，皇后與王妃的聘禮又不一樣。宋國送來的這份聘禮，竟然是按照皇后的規格。

聯姻詔書只言明求娶公主，可沒說是聘為皇后，宋帝這番手筆叫林傾疑惑不已。

一切安排妥當，欽天監的人擇定良辰吉日，林非鹿便穿上最隆重的公主華服，一一拜別眾人後，在百官聲呼「千歲」中走上了華麗的車駕。

林景淵作為皇室代表，率京都十六衛為永安公主送親，京中百姓夾道相送，痛哭流涕。

在百姓們眼中，永安公主是用自己換取了他們的和平，怎能不讓人感動？

嗚嗚嗚聽說那宋國皇帝殺人如麻，變態可怕，公主這一去，還不知道將經受怎樣的折磨，實在是太可憐了。這就是身為公主的職責嗎，何其偉大啊——

被大家想得很慘的永安公主正在馬車內脫掉繁重的華服，然後盤腿坐在舒服的軟榻上，等松雨剝橘子給她吃。

松雨本來有點傷感的，看公主這樣，頓時傷感不起來了，一邊剝橘子一邊問：「公主，妳真的不難過嗎？」

林非鹿說：「有什麼好難過的？不就是移民，拿的還是兩國綠卡，以後想回來就回來唄。」

松雨：「……可是路途遙遠。」

林非鹿：「路途遙遠，又不要妳用腿走，馬是用來幹什麼的？」

松雨：「……」

林非鹿美滋滋：「體驗新生活，開拓新副本，聽說宋國依山傍水，海鮮特別多。」

松雨覺得自己一點都不傷感了。

不過想想也是，既能不打仗維持了和平，公主還能嫁心愛的男子，好像真的沒什麼可傷感的。於是松雨也高興起來，和公主一起開開心心暢想今後新生活。

林景淵一直將她送到大林邊境。

跨過那塊界碑，就是宋國的疆土了。

這兩年他沉穩了很多，不像以前那麼不可靠了，看林非鹿高高興興地下來和他道別，沒再木著臉，只說：「他若欺負妳，我一定幫妳教訓他！」

林非鹿笑著點頭。

她不想搞得哭哭啼啼的，揮手催他走：「景淵哥哥，快回去啦，以後對嫂嫂溫柔一點呀！」

林景淵說：「我對她還不夠溫柔嗎？我都快忘記自己凶起來是什麼樣子了。」

兩人笑了一陣，終是互相行禮，就此別過了。

送親隊返程離去，接親使團倒是沒著急趕路，借著宋林邊界這一片樹林就地紮營休息片刻。

林非鹿坐久了馬車也腰痠背痛的，下去溜達了一會兒，一直到車隊再次拔營，才慢悠悠走回車駕上。

一掀車簾，便見裡頭人影一晃，有人一把捏住她的手腕將她拖了進去。她還沒來得及出聲，看見裡頭是誰，到嘴邊的叫聲又被她咽了回去。

兩人對視良久，林非鹿嘆了一聲氣，「奚行疆，你要做什麼？」

裡頭的男子黑衣黑髮，風塵僕僕，面容憔悴，日夜兼程終於追上她，眼球裡都是血絲。

他看著她不說話，只是固執地抿著唇，握著她的手腕。

過了好一會兒，林非鹿才聽到他啞聲問：「妳是自願的嗎？」

她點點頭：「嗯，我是自願的，我喜歡他，想嫁給他。」

他眼眶越紅，暗啞的聲音從齒縫中擠出來：「我不信。」

林非鹿問：「你不信又能如何呢？」

是啊，他又能如何呢？

一邊是家國大義，一邊是他心愛的姑娘，他唯一能做的，就是私自追上來，見她最後一面。

車馬拔營，外頭傳來松雨跟隨行丫鬟說笑漸行漸近的聲音。

林非鹿低頭看看握住自己的那雙手，又抬頭看向他，無奈地嘆了聲氣。

她說：「奚行疆，放手吧。」

奚行疆一動也不動地看著她。

良久，緩緩放開了手。

他知道，他這一放，就是永遠的放開她了。

第三十一章　帝王之愛

松雨掀開車簾走進來，懷裡抱著一個果盤，笑吟吟道：「公主，使團帶來的水果可甜了呢，一路用冰保存著，十分新鮮，快嚐嚐吧。」

林非鹿看了手腕漸漸消失的紅印一眼，隨手一拂袖，將手腕遮住了。

沒多會兒，車子一晃，車隊拔營繼續出發。林非鹿趴在窗邊問護衛領隊：「陳統領，此處到臨城需多少時日？」

陳耀是宋國禁衛軍的副統領，這次陛下安排他來接親，在別人看來簡直是大材小用，但陳耀卻知道這份差事有多重要。聽到公主開口，立刻畢恭畢敬回答：「若疾行十日便能到，但未免公主舟車勞頓，車隊慢行，日落紮營日出出行，約莫需要二十日。」

林非鹿：「……」

啊，好懷念飛機和高鐵啊。

她一臉不高興地坐了回去。

陳耀聽到小公主在裡面嘟囔：「要坐這麼久，突然不想嫁了。」

陳耀：「……」

他吞了下口水，轉頭朝跟在公主車鸞後的的護衛隊看了一眼。此次接親的護衛隊是從禁軍裡挑的，武力值十分高，紀律嚴明，足有三百人，統一著裝禁衛鎧甲跟在後面，一眼望去黑壓壓一片。

陳耀剛看了兩眼，就跟一道悠悠目光對上，嚇得一抖，趕緊將視線收了回來，老老實實騎馬跟在車鸞旁邊。

過了會兒，一陣馬蹄聲不緊不慢地追了上來，陳耀回頭一看，立刻就要行禮。端坐在馬背上的黑衣男子揮手，淡聲說：「回去吧。」

陳耀一頷首：「是。」

他調轉馬頭朝後面的三百禁軍走去，守在公主車鸞旁邊的護衛便換了人。

林非鹿吃完水果，又趴在軟榻上看了會兒專門帶在路上解悶的遊記，想到還要在路上走二十天，哀嚎一聲，翻了個身把書扣在臉上：「為了小宋我真的付出太多了！」

就這麼一會兒，她已經換了不下十個姿勢，用胳膊枕著腦袋，像隻鹹魚似的躺在軟榻上，無精打采地嗶嗶：「宋驚瀾沒有心。」

松雨趕緊道：「公主，可不能直呼陛下名諱！」

林非鹿在寬闊的馬車內滾來滾去：「宋驚瀾變了——宋驚瀾以前不是這樣的——宋驚瀾是不是不愛我了——宋驚瀾是不是後宮有狗了——」

松雨嚇得臉色都白了。

車窗外突然有人笑了一聲。

林非鹿愣了一下，一個激靈翻身坐起來，定定盯著車窗外。松雨也聽到了，試探著說：「是陳統領吧？」

林非鹿沒說話，心臟跳得有些快，手腳並用爬到車窗前，猛地掀開了簾子。

入目還是一匹高大的黑馬，馬背上的人穿著玄色衣衫，雲紋墨靴踩在馬鐙上，衣擺邊緣有暗紅的紋路，晃晃悠悠垂在空中。

她仰著腦袋，目光一點點上移，掃過勁瘦的腰腹，挺直的背脊，最後落在那張盈盈含笑的臉上。

他微側著頭，垂眸看著探出窗的小腦袋，薄唇挑著淺淺的弧度。

林非鹿倒吸一口冷氣，蹭的一下坐了回去。

車簾自行垂落，擋住了窗外的視野。松雨問：「公主，怎麼了？」

林非鹿驚恐地說：「見鬼了。」

過了一會兒，車鑾一晃停住了。林非鹿不由得坐直了身子，駕車的宮人在外面喊了聲：「松雨姑娘。」

松雨以為有什麼事找她，趕緊走了出去。

片刻之後，車簾再次被掀開，林非鹿看著彎腰走進來的人，一時之間不知道該做出什麼表情。

他好整以暇地在她旁邊坐下，還是那副笑意融融的樣子，只是眉梢微揚，有些疑惑地問她：「我哪裡變了？」頓了頓，「我以前是什麼樣的？」

林非鹿：「……」

她默默往後挪了挪。

她一挪，他也不緊不慢地跟過來，最後林非鹿被逼到角落，實在沒地方挪了，他終於搖頭笑了聲，抬手摸了摸她的腦袋，溫聲說：「公主，好久不見。」

林非鹿屏住了呼吸，好半天才不可置信地問：「你什麼時候來的？」

宋驚瀾說：「我一直在。」

林非鹿：！

她愕然地看著他：「你一直在接親使團裡？」

他點點頭。

林非鹿內心真是我了個大槽，「那你……那你為什麼現在才出現？」

他笑了笑：「妳和妳四哥最後一段路程的相處，我不便打擾。」

林非鹿一時不知道該說什麼，只是定定地望著他。這是十五歲生辰那個夜晚之後，他們第一次見面。這麼多年過去，他好像變了，又好像沒變，一點也不讓她覺得陌生。

她愣了一會兒才遲疑問：「這樣是可以的嗎？你可以跟著使團一起來的嗎？」

宋驚瀾將她侷促不知道該往哪放的手拉過來放在自己掌中，指腹輕輕揉捏她的指尖，「我來接我的妻子，有什麼不可以？」

林非鹿的臉唰一下紅了。

啊啊啊小漂亮真的變了！變得好會說情話了！

他微微側頭看她臉紅的模樣，眼中笑意更濃。

林非鹿害羞了一會兒，突然想到什麼，身子一僵，連被他握在手中的手掌都冒了細細一層汗，打量他幾眼，試探著問：「你一直在，那你……那你剛才有看到……」

她有點說不下去。

宋驚瀾若無其事接話：「看到奚行疆？」

林非鹿：「……」

果然。

宋驚瀾朝她微微一笑：「沒我的允許，他如何進得了妳的車駕？」

林非鹿被他笑得心驚膽戰，想起這個人變態的占有欲，趕緊解釋：「我們只是說了兩句話，什麼也沒幹！」

「嗯。」他點點頭，低頭看著她細軟的手指。

林非鹿有點緊張：「你不會派人去追殺他了吧？」

宋驚瀾抬起頭，唇角的笑似有若無：「我答應過妳，不會食言。」

只要妳不嫁他，我就不殺他。

她鬆了口氣，想把手抽回來擦擦汗，他卻不鬆開，略微粗糙的指腹從她每一根指節上細細摩擦而過，像在撫摸珍寶一般，最後輕輕擦去她掌心細潤的汗，手指穿過她的指縫，與她十指相扣起來。

不過摸個手，林非鹿卻被摸得面紅耳赤。

她還是有點適應不了新身分的轉變，這個人怎麼這麼有經驗？

想到這裡，林非鹿頓時不羞也不臉紅了，氣呼呼道：「鬆開！」

宋驚瀾眉梢一挑，臉上笑意染上幾分無奈，卻還是依言將她的手放開了。

林非鹿雙手叉腰，挺著胸脯，十分有氣勢地逼問：「說！你後宮養了幾個美人？」

然後她看見宋驚瀾認真地想了想，而後回答：「大概六、七個。」

林非鹿：？？？？？

好了，這下她是真的生氣了。

公主很生氣，後果很嚴重。

她轉頭就往外走。

宋驚瀾不得不拉住她的手腕，低笑又無奈地問：「公主要去哪裡？」

林非鹿面無表情說：「不嫁了。」

宋驚瀾沒說話，握住她手腕的手指微一使力，馬車本來就搖搖晃晃的，林非鹿沒站穩，被他這麼一拉，頓時連連後退幾步，然後一個踉蹌跌坐到他腿上。

他的手臂從善如流地摟過她的腰，將她整個身子圈進懷裡。

這姿勢太過親密，林非鹿生怕碰到某些不該碰的地方，不敢過分掙扎，只能別過頭不看他，哼了一聲。

宋驚瀾無聲笑了下，一抬頭，唇畔碰到她的下巴。

林非鹿更生氣了，轉過頭來瞪他：「不准偷親我！」

他總是深幽的眼神透出幾分無辜：「不小心碰上的。」

林非鹿：「鬼才信你！那六七個美人也是你不小心娶的嗎！」

宋驚瀾把她往懷裡按了按，額頭貼著她的身體，嗓音裡帶著一絲懶：「是太后選進宮的，沒有封位分，我也沒見過她們。」

林非鹿低頭看他，半信半疑：「真的？」

他笑了笑，一抬頭，溫軟薄唇輕輕親了下她的下頷，「我永遠不會騙公主。」

林非鹿用手捂住自己的下巴：「你又親我！」

他笑著：「嗯，這次是故意的。」

她耳根開始泛紅。

林非鹿覺得自己可能要完。

堂堂一個綠茶，被人一親就臉紅，妳也配叫綠茶？

她彆扭地動了動身子，過了會兒悶聲說：「我不喜歡她們。」

宋驚瀾很享受這個姿勢，抱住她的手臂越收越緊，鼻尖淺淺「嗯」了一聲，「回宮後全部賜死。」

林非鹿趕緊說：「我不是讓你殺了她們，趕出宮就好了呀！」

他的手指從她腰窩撫到背心，「好。」

她有些癢，身子不由得往裡縮，卻靠他更近，想了想又說：「以後也不准再娶別的美人，知道吧？」

他笑了聲：「知道了。」

他說完，她又不相信了，低著頭狐疑地問：「真的嗎？身為皇帝沒有三千佳麗，你不會覺得可惜嗎？」

宋驚瀾終於抬了下頭，深幽目光對上她狐疑的視線，唇邊溢出一抹笑：「我只要妳。」

林非鹿一哽，臉又紅了。

宋驚瀾微微瞇眼，抬手撫摸她泛紅的臉，大拇指輕輕從她唇邊滑過，溫柔的嗓音又低又沉：「我只要妳，公主也只能嫁我。」

顫慄和羞紅從她的唇延至全身，她不由得避開他有些令人喘不上氣的視線。

宋驚瀾突然抬手托住她的後腦勺，然後一挺身，抬頭吻住她緋紅的耳垂。溫軟又冰涼的唇貼上來時，林非鹿直接顱內爆炸，下意識想掙扎，但被他按著動彈不了，羞得緊緊閉上眼。

他吻完，又輕輕咬了一下，溫熱的呼吸盡數噴在她頸邊，低啞著聲音問：「知道了嗎？」

半晌，聽到少女結結巴巴的聲音：「知……知道了……」

宋驚瀾心滿意足地笑了笑。

車隊繼續搖搖晃晃朝前駛去。

林非鹿在他頸窩埋了好久好久，才終於平復了心跳和氣息。她偷偷抬眼打量一下他堅挺又俊朗的側臉，幾個字從鼻尖哼哼出來：「你腿麻嗎？」

宋驚瀾的手指有一下沒一下地撫過她的背心，語調透著一股愜意的慵懶，「不麻，公主很輕。」

林非鹿：「哦，我麻了。」

他笑了聲，手臂穿過她的膝窩，將她往上一抱。林非鹿本來以為他要把自己放下來了，誰知道他只是抱著她換了個方向。

然後她發現自己變成了面朝他跪坐在他腿上的姿勢。

他的手還掐著她的腰，把人往前攬了攬，好整以暇地問：「這樣呢？」

林非鹿簡直羞恥心爆棚。

淺色的流蘇長裙鋪在兩側，她臉紅心跳，若是叫外人看到，真是要叫一聲，「好一副昏君白日宣淫圖！」

她扭了兩下，有點崩潰地用手捂住臉：「放我下來啦，快點！」

眼前的人只是笑，把她按進懷裡，溫柔地摸了摸她的後腦勺：「可我想跟公主親近一點。」不等她說話，他又低聲說：「幾年未見，擔心公主對我生疏陌生，這一路都吃不好睡不好。」

林非鹿懷疑自己耳朵出問題了，否則怎麼會從他的聲音裡聽出一絲絲委屈？

她動了動腳，自己稍微調整一下姿勢，以便更舒服地埋進他懷裡，然後才慢騰騰說：「好吧，那就再給你抱半柱香時間吧。」

宋驚瀾嗓音帶笑：「多謝公主。」

不過身體的親近好像真的有助於減少距離感，她埋在他胸口，聽著那一聲聲沉有力的心跳，剛見時的侷促和緊張已經完全消失。

好像他們從未過分開過那麼久。

好像他們一直都是這麼親近。

好像不管他是質子還是皇帝，她在他面前都可以肆意妄為。

她側頭貼著他的胸口，抬手摸摸他領口暗紅的紋路，語氣已經完全放鬆下來：「你偷偷跑來接我，朝中政事怎麼辦？以後你的臣民會不會罵我是紅顏禍水啊？」

宋驚瀾捏著她柔軟的後頸，嗓音裡的笑意懶悠悠的：「他們不敢。」

林非鹿嘆了聲氣，自個兒演上了：「唉，大臣們就想啊，這陛下為了區區一個公主，放棄統一天下的機會就算了，娶回來還獨寵六宮。春宵苦短日高起，從此君王不早朝，作孽啊。」

宋驚瀾揉捏她後頸的手指一頓，過了好一會兒，低笑著重複：「春宵苦短，君不早朝？」

林非鹿：？

等等，我念錯詩了嗎？

宋驚瀾抬手握住她玩自己領口的手指，放到唇邊吻了一下，嗓音十分溫柔：「既然公主已經把今後的日子安排好了，那孤就卻之不恭了。」

幫自己挖坑的林非鹿：「……」

她羞憤地把手抽回來，腿一抬，從他身上跳下去：「時間到了！」

宋驚瀾有些遺憾地看著她：「不可以延時嗎？」

林非鹿插腰：「不可以！」

宋驚瀾：「好吧，那孤明日再來。」

林非鹿：？

小漂亮變了，他真的變了。

他以前沒這麼不要臉的。

她氣呼呼跑到角落去，撿起地毯上那本沒看完的遊記繼續看。宋驚瀾這次沒跟過來，坐在對面以手支額笑吟吟看著她。那視線是溫柔的，落在她身上卻又是灼熱的。

林非鹿哪還看得進去書，把書往腿上一放，氣鼓鼓說：「我要出去騎馬！」

她當然知道作為聯姻的公主，在出嫁路上是不能隨意露面的，她就是想試試小漂亮對她能有多縱容。

十分鐘後，林非鹿坐上那匹高大英俊的黑馬。

宋驚瀾勒著韁繩坐在她身後，手臂將她環在懷裡，駕馬走在隊伍的左側。

千人使團中並不是所有人都知道陛下來了，乍一看到永安公主竟離開馬車跟一名男子同乘一匹馬，姿態還如此親暱，都震驚得瞪大了眼睛。

待看清那男子是誰，神情又迅速變為畏懼，趕緊收回視線。

陳耀帶著四名侍衛不遠不近地跟在他們後面以作保護，接親的隊伍一眼看去望不到頭，不緊不慢地行駛在荒原上。

荒野無邊，白雲悠悠，林非鹿在馬車裡悶了太久，此時騎著馬吹著風，感覺全身舒暢了不少，靠在他懷裡小聲抱怨：「坐馬車一點都不舒服！」

其實那馬車比起她以前坐的已經舒服很多了，又大又寬敞，鋪滿了柔軟的地毯，人可以在裡面行走打滾，就像一個移動的小房子。

但她就是莫名其妙想跟他耍小脾氣。

宋驚瀾下巴輕輕抵著她頭頂，溫聲道：「那以後每天都出來騎馬。」

林非鹿想了想又說：「等到了有城池的地方，我們可不可以休息一天再出發？聽說你們宋國每個地方都有自己的特色美食，我都想嚐一嚐。」

宋驚瀾笑著說：「好。」

之前聽陳耀說要走二十天，她人都萎了，現在卻覺得二十天一點也不長。有他陪著，這一路吃吃喝喝耍耍，就像公路旅遊一樣，簡直不要太爽。

欸，這就是還沒結婚就先度蜜月嗎？

她美滋滋地暢想一下接下來的蜜月旅途，又有點緊張地問他：「你不著急回宮吧？」

宋驚瀾說：「不著急，公主想玩多久都可以。」

林非鹿半轉過身，歪著頭看他，一副意味深長的表情，那眼神分明是在說：你還說自己不是昏君！

宋驚瀾從善如流地點頭：「嗯，孤是。」

林非鹿又不幹了：「你是昏君，那我成什麼啦？你才不是！」

宋驚瀾：「好吧，我不是。」

林非鹿扯扯他垂落的寬袖：「小宋你能不能有點底線呀？」

宋驚瀾笑了一聲，低下頭親親她動來動去的小腦袋，溫聲說：「公主就是我的底線。」

糟糕，小鹿撞死了。

車隊一直行駛到傍晚，才來到一處十分貧瘠的邊鎮。兩國交界處向來容易打仗，是以總是很荒涼，能有一座小鎮已經是宋林兩國多年平和的產物了。

使團很快打掃了一座小院出來，作為陛下和公主今夜的下榻之處。雖說按照規矩，公主和陛下還未成親，是不該住在一處的，但看陛下這一路寵愛永安公主的模樣，使官覺得自己要是不把兩人安排在一處，可能明早起來腦袋就沒了。

不過到底還是沒有壞了規矩，雖同處一院，但整理了兩間屋子。

分屋而居是他們在畏懼之下最後的倔強！

宋驚瀾拉著林非鹿的手走進來時，候在兩旁的官員瑟瑟發抖觀察陛下的神情。見他看見兩間屋子並沒有表現出不高興的神情，才稍稍鬆了口氣。

農家小院裡分主屋和偏房，尊卑有別，自然是陛下住主屋，公主住偏房，不過兩間屋子都布置得很舒適，使官們靜候著，結果剛走了兩步，就聽見永安公主說：「我要睡那個大房間。」

眾人倒吸一口冷氣，還沒吸完，就聽見陛下溫聲回道：「好。」

使官們再一次刷新了對陛下的認知。

他們都是宋驚瀾弒父奪位的見證者，這些年對這位陛下的畏懼已經深深刻在了骨子裡，還是頭一次見到他這麼溫柔耐心的模樣。

其實一開始宋驚瀾選擇跟大林聯姻，朝中還是頗有微詞。

跟雍國的想法一樣，那個囚禁過陛下的地方，只有澈底消失，才能洗去這一段屈辱。

但最後發出這些聲音的人都消失了。

後來大家又覺得，陛下說「只要永安公主」不過是宋林兩國做給雍國看的結盟手段。畢竟誰都知道陛下不好女色，登基這些年從未踏足後宮一步，宮中那些美人全是太后選的。

起初太后每年都要選一選，各家的女兒也願意進宮，畢竟陛下年輕有為又俊美非凡，誰見了不希望得他臨幸。而且後宮全無位分，四妃兩貴一后的位子全都空著，簡直令人眼饞。

結果年復一年，不僅無人得寵，反而時不時就有美人的屍體送出宮去。

聽說死的都是些不安分的，殺起朝臣不眨眼的陛下，殺起美人來也絲毫不手軟。

各家漸漸也就歇了進宮爭寵的心思，知道這位陛下跟上一個不一樣，只有野心和權欲，性情陰晴不定，宮中人人自危，哪還敢把女兒送進宮去。

那哪叫送進宮，那叫去送命。

如今宮中活下來的那些美人安靜如雞，報團取暖，無欲無求，只想活著。

這樣的陛下，居然對永安公主有求必應，百依百順，豈止令人驚訝，簡直讓人驚嚇。

不過這位永安公主也過分嬌縱了一點，仗著陛下寵愛，什麼要求都敢提。若再如此嬌縱下去，惹了陛下不喜，恐怕小命就要到頭了。

官員們看著永安公主高高興興跑進那間大房子，都在心裡默默嘆了一聲氣。

車隊紮營完畢，林非鹿吃完飯又舒舒服服洗了個澡，總算感覺活過來了。宋驚瀾過來的時候，她剛換好衣服，頭髮都沒乾，濕噠噠垂在背後，額間還有水珠滴下。

宋驚瀾接過松雨手中的帕子，把她拉到身邊，一邊幫她擦頭髮一邊笑著問：「不遠處有座仙女湖，公主想去看看？」

林非鹿撐著下巴問：「仙女湖有仙女嗎？」

他動作輕柔地擦過她的髮尾，目光專注：「去看看就知道了。」

她噘了下嘴，「可是我不想騎馬。」頓了頓又說：「也不想走路，我好累。」

宋驚瀾笑了聲，等幫她擦完頭髮，俯身把人打橫抱了起來。

林非鹿眨眨眼，手都摟著人家脖子了，還明知故問：「這是做什麼呀？」

宋驚瀾低頭看下來，也不說話，眼裡含笑，直勾勾看著她。

林非鹿在他深幽目光之下逐漸心虛。

她是不是太做作了？

唉，她以前也不知道自己還有一談戀愛就變做作的潛質啊。

陛下抱著永安公主一路走出營地的畫面再次令眾人受到了驚嚇。

一個心狠手辣的皇帝突然變得這麼溫柔和善，不僅沒有寬慰到大家，反而讓人感覺更可怕了啊！總有一種一會兒陛下就要拎著永安公主血淋淋的屍體冷笑著走回來的錯覺……

林非鹿並不知道自己在大家的想像中已經非正常死亡了。

宋驚瀾的腳步邁得穩又沉，她縮在他懷裡，一會兒玩玩他的頭髮，一會兒摸摸他的領口，最後又忍不住用鼻尖去嗅他修長漂亮的脖頸。

他身上有股淡淡的龍涎香味，被體溫暈開之後，屬於他的氣息越發濃郁，有種令人安心的好聞。

柔軟的鼻尖蹭上肌膚時，宋鷩瀾腳步頓了一下。

他垂眼看懷裡不安分的少女，沙啞幾分的嗓音透著一絲無奈：「公主。」

林非鹿使勁嗅了兩下，把整張臉埋進他頸窩蹭了蹭：「小宋你好香呀。」

宋鷩瀾抱著她的手臂收緊了，手背青筋顯露。

他閉了閉眼，緩緩呼出一口氣，有點無奈地無聲一哂，然後大步朝仙女湖走去。

夜色已經降了下來，荒原的夜空無邊無際，澄澈又明亮，像是梵谷筆下的星空，美得不真實。仙女湖沐浴在這片星光之下，湖面閃閃發光，像落滿了星星一樣。

湖邊還有幾顆倒垂楊柳，隨著夜風拂過水面，攪碎一湖星光。

林非鹿被大自然的風光美到了，心中好像突然被什麼情感充盈，四肢百骸都在顫慄，生出特別滿足的感覺。

她轉頭看看身邊長身玉立的男子，他的手與她十指相扣，唇邊笑意溫柔，比星光還要好看。

她突然明白這感覺因何而起了。

是因為她和自己最喜歡的人在賞這世間最美的風景呀。

宋鷩瀾察覺到落在自己臉上的視線，輕笑了下，轉過頭問：「公主在看什麼？」

林非鹿看著他一臉嚴肅地說：「小宋，原來仙女湖真的有仙女！」

宋驚瀾其實已經猜到她要說什麼了，但還是配合地問：「嗯？在哪？」

結果林非鹿不按套路來。

她說：「是我。」

宋驚瀾默默看了她好一會兒，終是搖頭一笑，「嗯，是妳。」

夜風在荒野上拂過，傳出空曠又悠遠的聲音。林非鹿在他的注視下感覺自己的做作體質又發作了，一伸手：「抱。」

他笑了下，俯身溫柔地抱住她。

林非鹿環著他的腰，埋在他胸口哼哼唧唧：「以後不管在哪裡，我累了你都要抱我哦。」

他低下頭，親了親她柔軟的長髮：「好。」

林非鹿仰起頭看他，表示懷疑：「這樣也好，那樣也好，我說什麼你都說好啊？」

他手掌撫著她後腦勺，然後一根根下滑，捏住了她的後頸，低沉的嗓音溫柔到了極致：「只要公主在我身邊，什麼都好。」

林非鹿又被他捏出一身雞皮疙瘩。

她發現了，每當這個人變態的占有欲發作時，就會捏她後脖子。

關鍵是她竟然還為這該死的占有欲瘋狂心動。

她有點臉紅，推開他：「回去啦。」

宋驚瀾點點頭，俯下身要來抱她，林非鹿趕緊說：「這次我自己走！」

他挑了下眉：「不累了？」

林非鹿把他的手拉過來，手指穿過他的指縫，緊緊扣在一起，笑著晃了晃：「你牽著我就好啦。」

他也笑了下，拂去她掠在頰邊的長髮：「嗯，走吧。」

沒多會兒，營地的人看見陛下牽著永安公主回來了。看到公主還好生生活著，大家心裡鬆了口氣。

阿彌陀佛，還好還好，真是上天垂憐啊。

一夜休整之後，車隊繼續出發。

宋國地處南方，向來有沃土之稱，穿過荒蕪的邊境之後，所過之處漸漸繁華起來。農耕商貿井井有條，風土人情也較之大林有所不同。江南水鄉，吳儂軟語，各有風情。

林非鹿在路上迎來了自己十八歲的生辰。

往年大林這個時候，氣候還有幾分春意，但此時的南方已經有夏天的影子了。不過這一路經過官驛都會補給，消暑的冰塊夠用，馬車內還是很涼爽的。

天氣一熱起來，林非鹿就不想在路上亂晃了，吃吃喝喝的接親使團終於加快了行進速度。

林非鹿其實已經忘了生日這回事了。

這段時間發生了太多事，她又在路上走了這麼久，加之氣候的改變，時間觀念模糊了，根本沒想起今天是自己生日。坐上馬車之後就趴在地毯上翹著腿翻看前幾日買來的戲本。

正看到男女主角偷偷幽會被父母撞見，她翹在空中晃來晃去的腳突然被一雙有些冰涼的手握住了。

她沒回頭，只是蹬了下腳以示抗議。

後頭笑了一下，緊接著有一圈涼涼的東西環上她的腳踝。

林非鹿半撒嬌半不滿：「幹什麼呀！」

她回過頭來，看到自己腳踝上戴了一串紅色的鏈子。

林非鹿翻身坐起來，盤著腿把腳往上抬了抬，湊近去看那條腳鏈。

細細的一條鏈子，不知用的是什麼材質，精緻又漂亮，透著血色的紅，掛在她雪白的腳踝上格外顯眼。而最精巧的地方在於鏈子的環釦處，是一隻首尾相銜的紅色鳳凰。

鳳凰在古代是皇后的代表。

林非鹿發愣，好半天才抬頭問坐在對面的人：「這是什麼？」

宋驚瀾溫聲說：「生辰禮物。」

林非鹿反應過來今天是自己生日。

不，這不是重點！

她指了指腳鏈：「鳳凰欸！」

宋驚瀾點頭：「嗯，這是鳳凰釦，喜歡嗎？」

「這不是喜不喜歡的問題……」她抓了下腦袋，遲疑著問：「鳳凰是只有皇后才能用的吧？」

宋驚瀾笑著點頭：「對。」

林非鹿瞪大眼睛，遲遲沒說話。

就她？就她？

她這樣的也能當皇后？

雖然知道小漂亮的後宮沒有別人，但她也沒想過自己過去了直接就坐上后位啊。歷史上哪有和親公主當皇后的，宋國的朝臣不鬧翻天了才怪。

但看宋驚瀾的神情，好像完全不是在開玩笑。

林非鹿吞了下口水。

見她遲遲不說話，宋驚瀾往前靠了靠，拉過她擰來擰去的手指，低聲問：「公主不願意當孤的皇后嗎？」

林非鹿有點苦惱：「願意當然是願意的啦，可是……感覺好麻煩的樣子，要守很多規矩，還要管理後宮，這要來請安，那也要來覲見，懶覺都不能睡了。」

宋驚瀾看她小臉皺成一團，為今後生活操心的樣子，忍不住笑起來：「不會，那些妳都不用管，沒人會打擾到妳。」

林非鹿噘了下嘴：「那為什麼還要當皇后。」

他摸摸她腦袋，溫聲說：「因為我想把天底下最好的東西都給公主。」

林非鹿的睫毛顫了一下。

好半天，耳根都燒紅了，面上還若無其事地說：「好吧，既然你誠心誠意地請求了，那我就大發慈悲地滿足你吧。」

她埋頭看了看那根紅色的鏈子。

鳳凰釦。

名字好好聽，樣式也好好看。

她忍不住撲上去抱住宋驚瀾，趴在他肩頭撒嬌：「我好喜歡這個禮物呀。」

他笑起來，回抱住她。

林非鹿在他懷裡扭了一會兒，心尖上的那朵花好像快要從心口開出來了，藏都藏不住喜歡和情意。

她抿了下唇，湊在他耳邊小聲說：「殿下，你送了我這麼多禮物，我也送你一個好不好？」

宋驚瀾笑道：「好，公主要送什麼禮物給我？」

她神神祕祕的，氣音吹在他耳畔：「你把眼睛閉上。」

宋驚瀾依言閉上眼。

感覺趴在自己肩上的少女離開了，過了會兒，軟軟的，輕輕的氣息，漸漸逼近面門。

她屏氣凝神，半跪在軟榻上，雙手背在身後，抬著下巴慢慢湊近，然後輕輕吻了吻他的唇。

像雲端的溫柔，像微風的輕觸，像一場春雨澆落在荷葉上，又不留痕跡的滑落。

宋驚瀾睜開了眼。

林非鹿還沒來得及離開他的唇，突然跟他深幽的視線對上，一瞬間呆住，連後退都忘了。

被自己吻住的那雙薄唇突然勾了一下。一雙手掌撫住她的後腦勺，將她往下一帶，林非鹿反應過來的時候，人已經躺在馬車柔軟的地毯上，被他壓在身下了。

他的手墊在她腦後，微側著身子，不至於壓到她，另一隻手卻撫著她的腰，將她死死按住，然後吻了下來。

她總覺得他身上的味道很好聞。

而此刻這味道全然將她籠罩，穿過她的鼻腔，盈滿她的每一處感官。

他的溫柔變了調，帶著不由分說的侵略性，不准她退，也不准她緊咬牙關。可他又不急不緩，耐著性子一寸寸親吻吮咬，直至她渾身發軟不由得鬆開唇齒，然後他便乘虛而入，掠奪她的一切。

林非鹿被吻到全身無力，腦子發暈，心尖的花在這一刻開出了身體，花瓣將她和眼前的男子包裹起來。她忘記了他們還在馬車上，忘記了外面還有旁人。

她忘了所有，只想回應他。

情迷意亂之間，溫軟的觸感從她的唇滑向下頷，然後吻著脖頸一路往下。

她手指握成了拳，連腳背都繃直了。

宋鷺瀾卻在鎖骨的位置停住，他微微抬頭，深幽的眸子裡都是欲念，看著身下情動的少女，手指溫柔地拂過她眼角濕意，然後低下頭，親了親她緊閉的眼睛。

林非鹿氣喘吁吁，聽到他低笑的聲音：「多謝公主的禮物，孤很喜歡。」

第三十二章　收服婆婆

當皇帝的自制力就是不一樣。

林非鹿癱了一會兒，借著他手臂的力慢騰騰坐起來。宋驚瀾看她髮絲散亂眸光漣漣的模樣，眼底幽光更深，卻什麼也沒做，只是手指輕柔拂過她的髮間，替她理了理散亂的長髮。

林非鹿跪坐在地毯上，裙衣散了一地，又開始發嗲：「嘴巴都被你咬痛了！」

他替她理好長髮，彎下腰輕輕地吻了一下她的唇，帶著安撫的溫柔：「抱歉。」

她插著腰一副作威作福的模樣：「罰你回宮之前都不准親我了！」

宋驚瀾眸色凝了一下，好半天才慢悠悠地說：「公主聽過宜疏不宜堵嗎？」

林非鹿：「……」

然後這一路她的嘴巴就沒好過。

初夏之日，接親使團到達臨城。滿城百姓圍觀，渴望一睹永安公主天顏，但車駕緊閉，接親隊伍從鏤雕龍鳳天馬的正門進入，一路將永安公主送入皇宮。

宮中一應事務早已安排妥當，林非鹿住的宮殿是幾年前宋驚瀾下旨重新翻修過的，靠近他的臨安殿，後來他又親賜了「永安宮」的牌匾，這幾年一直空著，如今終於迎來了它的主人。

在大林的時候，馬車是不能隨意在宮中行走的。林非鹿不知道是宋國沒這規矩，還是小漂亮對她的又一次縱容，反正她一直坐到永安宮門前，搖晃的車駕才終於停下。

車馬入宮之後，使者團已經散了，現在外頭只有四個伺候的宮女和駕車的宮人，以及後面跟著的她從大林帶過來的人。

宮殿前已經跪了一群分配到永安宮伺候的宮女太監，車馬停下之後，便一齊恭聲道：「奴婢（奴才）恭迎公主殿下。」

她還沒冊封成婚，自然還是稱呼之前的身分。

這些人應該不知道車內還坐著他們的陛下吧？

林非鹿戳戳旁邊氣定神閒的人：「你要跟著我一起下去嗎？不會嚇到別人吧？」

宋驚瀾笑了下，握住她的手：「不會，走吧。」

松雨在外頭撩開寬大的車簾，林非鹿被他牽著走下馬車後，先好奇地打量一下四周，然後才對跪在前面的宮人們說：「都起來吧。」

眾人應是，依次起身。正各自露出自己最恭敬的笑容朝這位遠道而來的公主看過去時，就看見站在公主旁邊的陛下。

宮人們：？

啊，裂開了！

然後林非鹿看到面前這些宮人笑容僵在了臉上，冷汗涔涔瑟瑟發抖地垂下了腦袋。

她轉頭瞪了宋驚瀾一眼。

你還說你不會嚇到他們！

始作俑者毫無自覺，牽著她朝裡走去：「看看喜不喜歡這裡。」

林非鹿一下來就看見「永安宮」三個字了，心裡甜蜜蜜的，知道他肯定會把她的住處安置得特別好。但千想萬想，實在沒想到踏進殿門之後，入目的景象會令她驚詫到說不出話來。

這不是明玥宮嗎？

一草一木，一磚一瓦，她的花田，花田旁邊的動物居舍，連院中那顆石榴樹都一模一樣。

但細看，又有不同。

因為一切都是新的，比起明玥宮更加的精緻華麗。

她轉過頭看向身邊的人。

宋驚瀾眉目含笑，溫聲問她：「喜歡嗎？」

她心裡說不上什麼感覺，感覺又酸又甜。她明明沒有遠嫁的鄉愁，現在被他這麼一搞，反倒生出幾分心酸來。

她壓著聲音問：「什麼時候修的？」

宋驚瀾說：「我登基的那一年。」

林非鹿不可思議：「你那時候就知道我會嫁過來嗎！」

他笑了下，牽著她朝內走去：「是我從那時候就想娶妳了。」

儘管他們已經很親密，可每次他說這種話的時候，林非鹿還是會忍不住臉紅。

不過進入主殿之後，裡頭就跟明玥宮不一樣了，一切規格都是按照皇后的規格來布置的，華麗無比。穿過主殿，還有後殿，這後面就完完全全是宋國的建築風格了，整體要比明玥宮大很多。

外頭傳來松雨的失聲驚呼。

林非鹿已經平復下心情，把他往外推推：「離宮這麼久，你先回去處理政事吧，我自己熟悉一下就好啦。」

宋驚瀾抬手摸摸她的腦袋：「好，妳休息一會兒，晚上等我過來用膳。」

她連連點頭。

宋驚瀾一走，永安宮的氣氛終於沒那麼凝重了。

這些被分配到永安宮伺候公主的宮人都是陛下親自挑的，勤快機靈心眼少，都是宮裡的老人。他們何時見過陛下對誰這樣和顏悅色過，受到的驚嚇絲毫不比當初的接親團小。

不過沒人敢多問，他們在這森然宮中早已養成了少說少看少問的習慣，林非鹿逛了一圈出來，看著這些低眉順眼的宮人，還覺得他們怪沒活力的。

她這次從大林帶了不少東西過來，包括她養了很久的小動物。松雨震驚之後，開始領著宮人高高興興歸置東西。

林非鹿在宮人的服侍下泡了個熱水澡，爬上柔軟的大床睡了兩個時辰，才恢復了精神。替她梳洗打扮的兩個宮女年歲都比她大，性格十分沉穩，一個叫聽春，一個叫拾夏。她雖然跟松雨更親近，但這裡畢竟是宋國，還是需要兩個本地人才能更快的入鄉隨俗。

林非鹿隨口問了兩句生活起居方面的問題，發現完全不用自己操心，宋驚瀾連私廚都幫她備好了。

聽春手巧，梳了一個她以前沒見過的髮髻，笑著說：「公主真是奴婢見過最美的女子了。」

林非鹿左看看右看看，也覺得很滿意，等梳妝完便興致衝衝道：「帶我出去逛一逛吧。」都說宋國皇宮攬盡天下富麗絕色，猶如人間天堂，她早就想見識一番了。

聽春和拾夏躬身應是，陪著她走出永安宮，一邊介紹一邊帶她熟悉各處宮殿。

她也算是在皇宮長大的，眼界和見識都不低，但見了宋國的皇宮，才明白之前那位君王為何會荒淫政事沉迷享樂了。

當真是應了杜牧那句「五步一樓，十步一閣，廊腰縵迴，簷牙高啄」，四處望去花團錦簇如雲，瓦以玉砌，牆以金鑲，像是神仙住的地方，眼睛都不夠看了。

宋驚瀾還是人嗎？

住這麼漂亮的人間宮闕，居然還能不沉迷享樂專心政事！自制力實在令人欽佩！

她流連忘返，聽拾夏介紹道：「公主的永安宮和陛下的臨安殿離得最近，穿過這條路就到了。永安宮和臨安殿位處正宮，其他各處宮殿如今大多都空著呢。」

林非鹿想了想問道：「太后呢？」

她從來沒聽宋驚瀾提起這位母妃，但能坐到太后這個位子，想必也不是常人。婆媳關係自古都是大難題，她還要先瞭解下太后的情況，才方便以後針對性攻略。

拾夏聽她問起，恭聲回道：「太后娘娘住在重華殿，不屬於正宮區域。」她放低了聲音，繼續道：「宮中的美人們也都住在重華殿附近，平日從不踏足正宮，公主可是獨一個呢。」

林非鹿若有所思地點點頭，「既然都到這來了，那就去臨安殿看看吧。」

聽春和拾夏的臉色瞬間驚恐起來，趕緊道：「公主不可！臨安殿是陛下平日理政休息的地方，不得傳召，不可前往！」

拾夏心有餘悸道：「公主有所不知，前些年，有位美人自作主張提著自己親手做的點心前往臨安殿求見陛下，人都未進殿，就被陛下叫人拖下去關進內刑司了。沒幾日，那美人就……」

兩人都是宮中的老人，親眼看著宮中的氣氛是如何一步一步變成如今這副噤若寒蟬的模樣的。

公主初來乍到，不知道陛下性情有多乖張，她們做奴婢的，自然要警醒。

林非鹿嘶了一聲：「那麼可怕啊？」

聽春和拾夏忙不迭點頭，聲音都不敢大了：「公主，我們還是先回去吧。天色也不早了，明日奴婢們再陪您逛。」

林非鹿彎眼一笑：「不，我就要去臨安殿。」

聽春和拾夏臉都白了，連連懇求，林非鹿一邊走一邊安撫道：「放心啦，陛下對我很好的，不會有事的。」

兩人哪裡敢信。

對妳再好，那也是在規矩之內啊！妳若是壞了規矩，陛下殺起人來不手軟的啊！

可任由她們怎麼說，這位頭鐵的公主都不聽勸，一路走到臨安殿前的臺階，聽春和拾夏已經臉色灰白，澈底認命了。

林非鹿還特別關切地說：「妳們若是怕，就在這下面等著吧。」

她們被賜到永安宮，就是公主的人，這種時候哪能因為貪生怕死拋下主子？兩人對視一眼，顫抖著跟著她走上臺階，朝著殿門而去。

臨安殿恢弘大氣，門口站著兩名侍衛，門內候著一名通傳太監，聽春壯著膽子走上前去：「洪公公，我們公主求見陛下，麻煩通傳一聲。」

洪公公一聽，趕緊笑著迎出來：「奴才參見公主殿下，公主可算來了，陛下吩咐好久了，快進去吧。」

聽春和拾夏愣了愣，林非鹿已經跨過殿門走進去了。

殿門之後是一段高闊的長廊，長廊兩側每隔幾步就站著一名侍衛，任由她經過打量也目不斜視。穿過長廊，入目便是一座十分巨大的玉質雲屏，鏤空雕刻，美又華麗。

繞過玉屏，才是正殿。

跨入正殿，低頭不語瑟瑟發抖跟在公主身後的聽春和拾夏聽見公主開心地說了一句：「我來啦。」

兩人心裡七上八下的，斗膽抬眼朝前看了看。

就看見公主提著裙擺朝坐在軟榻上批閱奏摺的陛下跑了過去。

陛下手裡還拿著筆呢，一手摟住她，一手將筆擱到硯臺旁，然後笑盈盈地把人抱到懷裡。

眾目睽睽之下，林非鹿還是有點不好意思的，抱了一下就從他懷裡掙脫開了。

宋驚瀾把她拉到旁邊坐下，拿起筆繼續批那本沒批完的奏摺，聽到她問：「你怎麼知道我要來？」

他執筆在回摺子，沒有抬頭，笑著說：「猜的。」

林非鹿見他還在忙也就沒打擾了，坐在軟榻上好奇地左看右看，一轉頭看見站在旁邊的清秀小侍衛。她愣了愣，驚訝道：「天冬！」

天冬臉色潮紅，難掩激動：「五公主！」

再見熟人，她很高興，走過去打量他一圈，「天冬你長高啦，我差點沒認出來。」

天冬羞澀又高興：「多年未見，公主也長高了許多。」

兩人聊了幾句，林非鹿突然想到什麼，有些驚恐地朝他下方掃了一眼，「天冬你現在不會……」

天冬見她眼神掃過來，臉上頓時爆紅，連連搖頭，話都說不順了：「屬下……屬下沒有！屬下只是陛下的貼身護衛！」

旁邊宋驚瀾批完那本奏摺，擱了毛筆，笑著伸手把人拉回來：「別逗他了。」

林非鹿往案桌上瞄了兩眼：「你忙完啦？」

他按了下眉心：「堆了太多摺子，恐怕要看到晚上。餓了嗎？我叫人先傳膳。」

林非鹿搖頭：「不餓，我等你一起吃。」她抬手摸了摸自己的髮髻，笑咪咪地問：「好看嗎？」

他早就注意到她今日的新髮型了，笑著點頭，「好看。」

她指了指候在下面的聽春：「是聽春幫我梳的哦。」

宋驚瀾順著她手指往下看了一眼，笑意溫和：「賞。」

聽春一抖，立刻跪下領賞：「多謝陛下賞賜。」

她跟拾夏兩個人今天受到了極大的衝擊和驚嚇，到現在還有點沒緩過神來，突然又得了賞賜，心中更是萬分複雜了。還跪著，就聽見永安公主說：「你這裡好氣派好漂亮啊。」

她們聽到陛下溫柔地笑了一聲：「喜歡這裡？那以後就住過來吧。」

兩人震動之餘，心中同時冒出一個念頭：今後這宮中的日子，怕是要變了。

臨安殿作為皇帝起居理政的正殿，比永安宮還要大一倍，也更氣派恢弘。林非鹿趁著宋驚瀾批閱奏摺期間，讓天冬帶著裡裡外外參觀了一遍，還撲到龍床上滾了一圈，把跟著的春夏兩人嚇得心驚膽戰。

參觀完回到前殿時，發現批改奏摺的案桌邊又搭了一張小桌子，上面擺滿了點心水果和酥茶。

林非鹿一眼就看到裡面有芙蓉流沙糕、溏心桃花酥，都是她以前喜歡吃，還拿去翠竹居給他吃過的點心。

她自覺地坐過去，拎了塊糕點塞進嘴裡，一邊吃一邊看他執筆垂眸批閱摺子的模樣。

接親這一路他都穿著常服，此時換上了玄色龍袍，帝王氣息冷銳逼人，不說不笑的時候，看起來的確蠻嚇人的。不過嚇人歸嚇人，帥也是真的帥，林非鹿一邊吃一邊欣賞帥哥，覺得自己的胃口都好了很多。

要吃第五塊點心的時候，宋驚瀾拿著摺子轉頭看過來，語氣像哄小孩子一樣：「糕點吃多了容易腹脹，晚些還要用膳，喜歡的話明日再吃，嗯？」

林非鹿喝了口酥茶潤嗓子，拍了拍好像有點哽的胸脯：「好吧。」

宋驚瀾便叫人把糕點都撤下去，案桌上重新擺上了她愛看的話本和戲文，還有一些彈珠、九連環之類的，都是她以前愛拿到翠竹居跟他玩的小玩意。

林非鹿趴在案桌上彈了下彈珠，偏頭跟他說：「幼稚！」

宋驚瀾搖頭笑了下，批完最後一筆，伸手拿過另一本摺子。

宋國的經濟一直都挺繁榮的，經濟產業帶動文化產業，是以這邊的話本戲文詩詞歌賦十分鼎盛。這些民間傳奇話本也不知他是從哪淘來的，一個比一個傳奇，林非鹿起先還有一下沒一下地翻著，後來完全被小說吸引，津津有味地看起來了。

殿內一時十分安靜，只有書頁翻動的聲響。

林非鹿起先坐在軟榻上，坐久了不舒服，又在榻上躺了躺，還把宋驚瀾的腿當枕頭靠了一會兒，最後又拿了張墊子坐到地上去，趴在案桌上看。

底下候著的宮人們除了天冬外，都被永安公主這一頓操作嚇得時時吸氣，戰戰兢兢，惶恐不安。最後卻發現什麼事都沒有，陛下怡然自得批著奏摺，時而轉頭看她一眼，眼裡的笑意沒散過。

臨近傍晚時，通傳太監一路小跑進來，跪在玉屏前恭聲道：「陛下，中書侍郎和禮部尚書應召求見。」

宋驚瀾仍在看奏摺，淡聲說：「宣。」

林非鹿這才從傳奇小說中醒過神來，轉頭小聲說：「那我去後面啦。」

皇帝議政旁人自要迴避，她正要起身，就聽見宋驚瀾溫聲說：「不用。」

林非鹿有點遲疑：「不太好吧……」

他笑了下：「小事而已，無妨。」

林非鹿心道，我信了你小宋的邪。你哪次不是這麼說的？哪次跟你說的一樣了？

不過他既然這麼說了，她正看到精彩處，也懶得挪位置，便繼續趴下去看小說了。

沒多會兒便有兩人穿著朝服躬身走進來，行禮之後，兩人一抬頭看見坐在前方的少女，登時驚住了。

林非鹿就算不抬頭也能感受到那兩道驚詫視線，知道自己又被小漂亮唬了。她把腦袋往下埋了埋，只差埋進書裡，儘量減少自己的存在感。

宋驚瀾淡聲拉回兩人的神思：「召兩位卿家前來，是有關冊封皇后和孤的大婚一事，交由你二人去辦理。」

他揮了下手指，天冬立刻得令，接過他早擬好的聖旨拿下去遞給兩位大臣。

可憐兩人還沒從上一個驚詫中回過神來，又被這一個消息震驚到天靈蓋發麻。

朝臣向來不只關心國家大事，還關心陛下的子嗣問題。陛下登基數年，卻從不納妃，也不踏足後宮一步，講道理，他們這些朝臣私底下為此擔憂很久了。

陛下年輕有為，能文善武，宋國在他的治理下蒸蒸日上，大家當然希望這種繁榮能繼續下去，陛下能早日誕下皇子立下儲君。可現在別說皇子，妃子都沒一個，著實令人著急。

但他們又不敢提，畢竟陛下實在不是什麼納諫如流的仁君，他們一邊臣服，一邊畏懼，可謂痛並快樂著。

此時突聽他要冊封皇后，簡直心神震盪，喜意還未流露，接過聖旨一看，看到上面寫的居然是要冊封永安公主為皇后，兩人又迎來了第三次驚嚇。

宋驚瀾絲毫不在意下面兩人變幻莫測的神情，一邊批奏摺一邊淡聲道：「讓司天監的人擇好吉日，各個環節不可疏漏，安排妥當再來回稟。」

中書侍郎和禮部尚書將那封聖旨翻來覆去看了兩遍，又看了看坐在陛下旁邊那名少女。今晨得知那位和親的永安公主入宮了，難道便是此女？

君臣議政卻不迴避，如今陛下竟還想立她為后，這大林送來的哪是和親公主，分明是送了一個紅顏禍水禍國妖姬過來，媚惑主上，想趁機搞垮我們大宋！

禮部尚書白鬍子一顫，立刻下跪道：「陛下，冊封皇后乃是大事，事關大宋基業，還請陛下三思啊！」

中書侍郎雖未說話，也跟著跪下了。

宋驚瀾執筆的手頓了一下，終於抬眼朝下看來。

兩人接收到陛下幽冷的目光，心頭均是一顫，正想說什麼，就見他勾著唇角緩聲問：「孤是在跟你們商量嗎？」

他分明是笑著，可語氣裡一點溫度也沒有，兩人冷汗涔涔，在他陰冷注視之下竟再說不出一個勸誡的字來。

過了會兒，宋驚瀾笑了一聲，收回視線繼續批閱奏摺，聲音聽不出半分怒意，反而顯出幾分愉悅：「此事交由兩位卿家，孤很放心，下去吧。」

兩位大臣拿著聖旨又是一拜，忙不迭退出正殿。

在一旁默不作聲假裝看小說實則豎起耳朵的林非鹿：有……有被帥到！

她果然拿了紅顏禍水的劇本呢！

剛才因為禮部尚書惹惱陛下而噤若寒蟬的宮人們此刻心神同樣震盪。後宮多年未封妃，一來就直接立后，立的還是聯姻的公主，簡直顛覆他們的認知。

春夏二人偷偷對視一眼，都在彼此眼中看到震動和驚喜。

原來公主真的沒有騙她們！

陛下真的對她很好！好到令人難以置信！

她們今後就是皇后娘娘身邊的人了，與有榮焉，豈能不開心。

一直到夜色降臨，宋驚瀾終於批完奏摺，傳了膳來臨安殿。飯菜上桌，果然又都是她愛吃的菜，林非鹿吃多了點心還沒餓，一樣嚐了一點就放筷子了。

伺候他們用膳的宮人見陛下又是夾菜又是舀湯的，短短一下午時間，居然已經有了見怪不怪的錯覺。

吃過晚飯，林非鹿抱著自己沒看完的小說溜回永安宮，滾龍床什麼的，她感覺自己還沒做好準備，且先苟住。

本來以為宋驚瀾不會讓她走，畢竟他這一路上下其手該摸的都摸完了。但見她偷溜的模樣，他只是笑了一下，交代她晚上要好好休息，就沒再多說什麼。

林非鹿來到宋國的第一晚睡得很好，可能是因為跟明玥宮一樣的環境帶給她熟悉的安心。只是翌日起床後聽拾夏說，昨夜凌晨陛下來了一次，詢問公主睡得是否安好。得知她已經熟睡，才離開。

禮部和中書省已經開始準備皇后冊封大典和帝后大婚儀式，僅僅一日時間，陛下迎娶永安公主為后的消息就傳遍整個臨城。

住在重華殿中的太后聽聞此事，驚得摔碎了碗碟。半晌，人過中年卻不減美貌的太后沉聲吩咐宮人：「傳哀家懿旨，宣永安公主來見。」

宋驚瀾在路上耽誤那麼多天，早朝也擱置了很久，今日天不亮就去上朝了。

林非鹿吃了早飯，本來打算繼續宋國皇宮一日遊，剛踏出殿門，就接到了太后傳召的口諭。

春夏兩人的神情有點緊張，太后這時候傳召，想也知道是為何事，恐怕來者不善。松雨低聲道：「公主，奴婢去請陛下吧？」

林非鹿隨意擺了下手：「不用。妳幫小白換個籠舍，我看牠好像有點嫌小了，聽春和拾夏陪我去見太后。」

三人得令，林非鹿便在兩人陪伴下出門了。

重華殿位處邊緣，走過去要半小時，林非鹿正好在途中詢問有關太后的事情。但春夏兩人雖入宮早，也不過二十多歲的年紀，當年的事沒有親身經歷過，都是道聽塗說。

拾夏低聲道：「因先皇美人眾多，太后娘娘雖位列四妃之一，卻並不十分受寵。後來陛下被選做質子送往大林，太后娘娘在宮中就更加深居簡出了。奴婢們當初進宮的時候，幾乎沒有見過太后娘娘。直到前幾年陛下回國，方才露面。」

聽春接過話頭：「但陛下和太后娘娘的關係並不親厚，陛下甚少去重華殿，對太后娘娘選進宮的美人也置之不理。有一回，陛下下令杖斃了一位美人，那美人是太后母族選進宮的貴女，算起來，還是陛下的表妹。」

林非鹿完全不知道還有這些事，有些驚訝：「杖斃？為何？」

拾夏看了看四周，才小聲道：「那美人賄賂了御膳房的宮人，在陛下的吃食中下了藥，想趁機……」

她話沒說完，但林非鹿已然明白是什麼意思。不由得驚嘆，這些美人為了爬龍床還真是敢啊。

聽春現在回想起來都後怕，聲音虛虛的：「那一次宮中死了許多人，凡涉及此事的宮人全部賜死，那位美人的父兄也被削官逐出臨城，就連替那美人抓藥的民間大夫都沒逃過一死。」

美人出身容家，身為太后的姪女，行事如此大膽，恐怕也有太后的首肯。以宋鷲瀾的本事，不難推斷。

宮中森然凝重的氣氛不是沒有原因，這些宮人對宋鷲瀾的畏懼就是在這一次次殺戮中奠定的。

聽春繼續道：「容家美人死後，太后便去找陛下討要說法。結果當時陛下說……」她哽了一下，一時有點不敢說下去。

拾夏抿了抿唇，在林非鹿追問的眼神下鼓起勇氣道：「陛下、陛下當時說，母后既然如此喜歡這位美人，不如……不如下去陪她……」

難道還能指望一個弒父殺兄的人心中有多少皇家親情嗎？

那之後，太后就再也沒去過臨安殿。

這幾年母子倆相安無事，因為國舅容珩的關係，宋鷲瀾對太后其實還算不錯。一應用度從不消減，她說宮中寂寞想選些美人進宮陪她，宋鷲瀾也沒有阻止，只要那些美人不去他面前晃，他也不會隨便殺人。

林非鹿一邊走一邊聽她們說起這些舊事，對那位素未謀面的太后容荷漸漸有了大概的印象。

宋鷺瀾幼年離國，初到大林便能穩住腳跟，那時他才七歲，卻能迅速在敵國找到正確的生存之法，可見之前在宋國的生活也並不是一帆風順優渥舒適，才能磨煉出冷靜防備的性子，在短時間內適應危險的新環境。

容家當年出過幾位皇后，在大宋根基很深，可後來被皇帝打壓，逐漸沒落。直到先皇繼位，好美色，一向出美人的容家才終於找到復寵的機會，將美貌的容荷送進宮來。

寄予了家族全部的厚望，一步一步坐上四妃的位子，生下皇子後，自然會將這種厚望轉移到自己兒子身上。盼他成才，盼他在眾皇子中脫穎而出，盼他能得皇帝青睞。

想必宋鷺瀾從很小的時候，就已經被灌輸了爭奪皇位的思想了吧。

林非鹿記得很久以前，她跟他坐在廊下吃冰棒，他若無其事提起過他的家人。

那時候他笑著說，他被選做質子送往大林，整個容家除了舅舅容珩一人擔心的是他的安危，其餘人包括他母親在內，擔心的都只是容家就此失去了復寵的機會。

七歲離家，成年方歸，他能對這位母后有多少感情，一想便知。

如今宋鷺瀾如願坐上了皇位，太后也得到了她當初想要的一切，卻不知她獨坐中宮無子相伴時，有沒有後悔過。

林非鹿走到重華殿時，初晨的太陽方冒出雲頭。

這附近的景色不似正宮那麼華麗精美，但也自有一番雅意，通傳的小太監領著三人走進重華殿，穿過廊簷後，便對林非鹿身後的春夏二人道：「太后娘娘只傳召了永安公主，兩位便在這等著吧。」

兩人面露擔憂，林非鹿朝她們投去一個寬心的眼神，跟著太監走進殿中。

一進去，林非鹿就聞到空氣中淡淡的幽蘭之香，繞過玉簾，看見一名容貌美豔的婦女坐在榻上繡花。雖已上了年歲，但保養得當，加上底子好，仍能一睹年輕時的美貌風華。

林非鹿一見她，就知道小漂亮為何長得那麼好看了。

容家的美人基因是真的強。

她規規矩矩地行禮：「小鹿拜見太后娘娘。」

那聲音軟軟甜甜的，透著天然的乖巧，太后停住手中的動作，淡聲道：「起來吧。」

底下行禮的少女起身，微微抬頭朝她看過來。

極為清麗的一張臉，明眸皓齒，雙瞳剪水，渾身自有一股鐘靈毓秀的靈氣，微微抿著唇笑時，頰邊還有兩個淺淺的梨窩。跟她想像中媚主的狐媚子相完全不一樣。

她偷偷打量自己，清澈的眼眸裡有些好奇，還有些緊張。

太后本以為這公主一來便被封后，又跟宋驚瀾有一起長大的情分，勢必恃寵而驕。她本想下下她的神氣威風，但見人生得如此乖巧，倒不好多說什麼，便吩咐旁邊的宮人：「賜座。」

林非鹿乖乖坐下，不亂看也不亂動，就這麼坐了一會兒，突然聽到太后問她：「聽說妳和陛下很多年前便認識了？」

她這才抬頭，微彎著唇回道：「是，我小時候就認識陛下啦。」

太后問：「是如何認識的？」

林非鹿歪著腦袋想了想，笑咪咪道：「陛下那時候住在翠竹居，我喜歡去池邊釣魚，恰好要從翠竹居經過，所以便遇上了。我把釣的魚分陛下兩條，從那日開始便熟識了。」

太后聽她嗓音裡難掩的童真和單純，不由得順著她的話去想像兒子幼時的生活。

母子分離多年，他回國時，她都沒認出他來。

初回國時，先皇病重，朝政混亂，幾位皇子奪位，險象環生，她也沒時間沒心思去關心他之前十多年的生活。等順利登基之後，等她一躍成為太后之後，等她想去靠近自己的孩子時候，才發現他們之間早已隔了天塹。

他對他在大林的生活隻字不提。

他幼時就因為她的嚴厲跟她不親近，如今更加生疏了。

她缺席了他最重要的人生階段，連打聽都做不到。

而此時，少女輕快又雀躍的聲音就像在空白紙卷畫上內容的墨，填補了她缺失的那一塊。

「翠竹居前有一大片竹林，每到春天地上就會結出新鮮的竹筍，陛下去挖筍，我就去釣魚，然後一起做竹筍魚吃。」

「我跟陛下坐在太學殿的第一排，有時候我太睏了在課堂上打瞌睡，陛下就會幫我看著太傅，我被點名起來回答問題，陛下會偷偷把答案寫給我。」

太后不由得笑出聲：「那太傅就該把你們兩個一起罰。」

她不好意思地笑了下。

林非鹿直說了半個時辰，最後舔了下嘴巴，太后才反應過來，吩咐道：「給公主上茶。」

她乖巧地笑了笑：「多謝太后娘娘。」

太后看了她一會兒，等她喝完茶，笑著搖了下頭，低嘆道：「難怪皇兒喜歡妳。」

雖然小公主盡撿些有趣的事說給自己聽，但太后也明白，身為質子，怎麼可能過的那麼輕鬆。孤苦無依的境地，卻有這麼一個天真乖巧的公主陪著，想必平時也幫襯了不少，是他少時唯一的慰藉吧。

她今日傳召這位公主前來，就是想看看讓兒子一而再再而三破例的女子到底是何許人。她雖知自己無法干涉宋驚瀾的決定，他又是一位獨斷專行的皇帝，多說什麼，恐怕會使母子倆的關心更加僵冷。

但若真的是禍國媚主的女子，她說什麼也要想辦法聯合容家以及宋驚瀾唯一信任的舅舅容珩，將這皇后廢了。

可此刻眼前分明是一個天真乖巧的小姑娘，自小沒嚐過苦楚，一生順風順水，心思單純又簡單，就算立為皇后，也幹不出她擔心的那些事。

太后這心總算放了放，回過神時，卻見對面的少女捧著茶杯正專心致志地看著自己擱在案桌上沒繡完的手絹。

她不由問道：「妳在看什麼？」

林非鹿抿了下唇，軟聲說：「太后娘娘繡的這朵墨蘭真好看。」

太后喜愛蘭花，這殿內不僅用的是蘭香，各處垂簾上也繡著蘭花。

巧了，當年的惠妃也喜歡蘭花，林非鹿跟林念知廝混那段時間，見識了全天下所有的蘭花品種，還移栽了很多到自己的花田。此時一眼就認出太后繡的是墨蘭。

太后聽她這麼說，果然意外一笑：「妳倒知道這是墨蘭。」

她有些驕傲地昂了下小腦袋，搖頭晃腦指著旁邊的垂簾說：「我還知道這上面是蕙蘭，那個是建蘭，太后娘娘身上這件衣服上繡的是寒蘭。」

太后被少女這副可愛又有些小得意的樣子逗笑了，笑問道：「妳怎麼識得這些蘭花？」

她眼裡笑意分明：「因為我母妃也很喜歡蘭花，我以前住的宮殿裡，養了許多蘭花。」

太后笑了笑，拿起桌上沒繡完的手帕，將剩下的幾針勾了，收針之後，白絲手帕上的墨蘭栩栩如生，她朝林非鹿招了招手：「來。」

林非鹿乖乖走過去，太后便將這塊新繡的手帕遞給她：「妳既喜歡，哀家便送給妳了。」

她有些開心，接過手絹之後手指慢慢撫過那朵墨蘭，好半天才抬頭說：「小鹿很喜歡，多謝太后娘娘。」

她原先雀躍的聲音此刻聽起來有些悶，太后抬眼一看，發現她眼眶有點紅，不由放柔聲音問：「怎麼了？」

少女抿著唇，嘴角向下撇，像強忍淚意似的，好一會兒才捏著那塊手絹哽咽著小聲說：「我想我娘了。」

太后心中一慟，想到兒子對自己的淡漠生疏，一時悲從心來，拉過少女的手將她拉到身邊，悵然道：「好孩子，妳就要與皇兒成婚，今後哀家便是妳的娘。」

第三十三章　和親皇后

雖然林非鹿知道，有小漂亮在絕不會讓自己吃虧，太后對自己態度如何其實影響不了什麼，但綠茶生存手冊之一就是能做朋友的絕不當敵人。

化敵為友不硬杠，五湖四海皆兄弟。

她在來的路上聽春夏兩人說完之後就明白，太后心中缺失的親情，和她想拉近母子距離的迫切感，就是自己著手攻略的方向。

人一旦攀上巔峰，權力地位都擁有的時候，就會開始回憶過去，嚮往最平凡的溫情。這是人的劣根性，也是這個時代上位者的通病。

也深刻地展示了一個道理：擁有的時候不珍惜，失去了才追悔莫及。

小公主是她唯一能瞭解兒子過去的途徑，又是一個聽話孝順的乖巧孩子，她若是跟自己親近，皇兒又喜愛她，想必今後自己跟皇兒之間的關係也能緩和。

林非鹿紅著眼睛從殿中離開時，手上戴著太后賜的冰玉手鐲。

這冰玉質地奇特，夏日戴在手上，就像隨身攜帶的小冷氣一樣，能降暑散涼。宮中只有一對，太后戴著一個，另一個如今賜給了她。

春夏二人正焦急等在外面，看見林非鹿紅著眼睛出來，一臉緊張地迎上去，「公主，沒事吧？」

她朝兩人安撫一笑：「沒事，太后娘娘待我極好。」

聽春看見她手腕的鐲子有些驚訝，她自然認識這玉鐲，知道其稀罕。太后竟然將這唯二的玉鐲賞給公主，可見是真的對她很好了，兩人這才鬆了口氣。

南方入夏早，三人離開重華殿時，外頭的太陽已經有些曬了。剛出去，就看見殿門外的樹下等著一行抬著轎輦的宮人。

為首的是臨安殿的掌事太監孫江，一見她出來便笑著迎上來：「奴才參見公主殿下。」

林非鹿問：「你們在等我？」

孫江恭聲笑道：「是，陛下吩咐奴才在這候著，送公主回宮。」

回程路途遠，有轎輦坐很舒服。林非鹿坐上轎，一行人往回走，她撐著下巴轉頭問孫江：「陛下下朝了？」

孫江回道：「還沒呢，怕是要忙到午時，公主是想去臨安殿用膳還是回永安宮？」

她想了想，「去臨安殿吧，等陛下回來了再一起用膳。」

她今天起得太早，去臨安殿坐了沒多會兒就開始犯睏，摒退寢殿伺候的宮人後爬到宋驚瀾的龍床上去補瞌睡。

龍床睡起來其實跟自己的床沒什麼差別，只是床頂懸著一顆碩大的夜明珠，以明珠為中心，從上垂下了寬大華麗的簾帳，對隔絕蚊子起到了非常顯著的效果。

她裹著輕薄的錦被在又大又軟的床上滾了幾圈，終於翻身睡了過去。

擱置多日的早朝一直到午時才結束，宋鷩瀾處理了堆積的政務後，還在朝上宣布立后大婚的事。有了禮部尚書昨日經歷的那一幕死亡凝視，朝中無人提出質疑，紛紛表示恭喜陛下。

散朝之後，宋鷩瀾回到臨安殿，殿中燃著薰香，靜悄悄的。

孫江小聲詢問：「陛下，公主在裡頭睡著呢，傳膳嗎？」

宋鷩瀾朝裡走去：「傳。」

寢殿裡一個人都沒有，林非鹿睡覺時不喜歡有人守著。寬大的簾帳自頂垂落到地面，逶迤鋪開，安靜的殿內只有她清淺的呼吸聲。

宋鷩瀾緩步走近，一根手指撩開了簾帳。

床上的少女側身而躺，面朝外面，睡得正香。應該是嫌熱，她沒蓋被子，只穿了件單衣，領口扯得有些鬆，隱約露出白皙的鎖骨。

墨髮鋪了一床，他瞇了下眼，鬆開手指，簾帳垂下，將他和床上的少女全然擋住。

林非鹿不知道自己睡了多久，半夢半醒抻手的時候，摸到一個胸膛。

她眼睛還閉著，手指遲疑地往上摸一摸，又往下摸一摸，摸到他小腹的位置時，被一隻手捏住手腕。睜眼時，看見宋鷩瀾側躺在自己身邊，手肘撐著頭，唇邊笑意融融。

林非鹿往前一蹭，臉貼著他胸口蹭了蹭，睏蔫蔫地問：「你在做什麼？」

他嗓音含笑：「在看公主睡覺。」

她有點不好意思：「睡覺有什麼好看的，我睡相又不好。」

宋驚瀾笑了一聲，握著她的手腕摟住自己的腰，低頭親了親她亂糟糟的額頭：「起來用膳吧。」

她順勢埋進他懷裡，「不餓。」頓了頓又說，「我今天去見太后了，她還送了我一個冰玉鐲呢。」

宋驚瀾很喜歡她的主動親近，手掌撫著她的後腦勺，手指插進她髮間，鼻尖溢出的嗓音透著幾分慵懶：「嗯。」

林非鹿抬了下頭，只能看見他精緻的下頜，「你不喜歡她嗎？」

他呼吸平緩，連聲音也沒有起伏：「談不上喜歡，也談不上厭惡。只要她不逾越，我也不會動她。」

林非鹿有一會兒沒說話。

宋驚瀾低下頭，手指輕輕捏了下她的後頸，緩緩問：「公主討厭這樣的我嗎？」

弒父殺兄，冷落生母，他所有的行為都跟這個重孝重仁的時代不符。將來史書上，勢必也會留下這一筆汙點，謂之暴君。

可他不在乎那些，他只在乎懷裡的少女會怎麼想。

林非鹿微微往後仰，抬起頭用鼻尖蹭了蹭他的下巴，像安撫，又像心疼，在他的凝視下輕聲說：「我們小宋，以前一定過得很辛苦吧。」

一定過得很辛苦吧。

不管是在宋國，還是在大林。

宋驚瀾下垂的睫毛輕輕顫了一下。

然後低頭吻住看著自己的那雙眼睛。

他的動作好溫柔，一下又一下地輕觸，像怕吻碎了一樣，從眼睛吻到鼻尖，又含住她的唇。

他這一生的溫柔，全都給了她一個人。

林非鹿閉著眼回應他的吻，感覺到側躺在旁邊的人漸漸傾壓下來。他手掌往下，撫過她的後頸，撫過她的背心，撫上腰窩時，手指一扯，拉開她束衣的腰帶。

她本就只穿了件單衣，腰帶一鬆，寬大的衣衫朝兩側滑落，一覽無遺。

林非鹿被他的外衫冰了一下，大腦清醒了點，微微睜開眼，手還摟著他脖子，嗓音有些喘息：「現……現在嗎？」

宋驚瀾動作一頓，半晌，唇緩緩離開她身前，又伸手替她把滑落的衣衫蓋了上來。

林非鹿眨了眨眼睛。

他無奈地笑了一下，手指拂了拂她額前碎髮：「起來用膳吧。」

林非鹿覺得這個男人的自制力真是絕了。

宋驚瀾撐直手臂，微抬身正要離開，腰帶突然被身下的少女用一根纖細的手指勾住了。

她眼尾一絲紅，平日軟甜的聲音此刻故意壓下來，似笑非笑，一字一頓像是勾引：「陛下，真的不要嗎？」

宋驚瀾沒說話，垂眸直勾勾看著她。那眼神無比攝人，深幽眸子裡絲毫不掩自己炙熱的欲念。

林非鹿一下子就怕了。

不笑了，也不故意壓著嗓子說話了，飛快地收回手指，老實地說：「用膳吧，我餓了。」

好半天，他才笑了一聲，慢悠悠坐起來，撿起那根被自己扯下來的腰帶，把人從床上抱起來後，低頭專注地替她繫在腰間。

她這時候才知道害羞了。

宋驚瀾繫完腰帶，抬頭一看少女紅撲撲的臉，挑唇笑了下。

他傾身親了親她的唇角，溫柔嗓音帶一絲啞：「公主，不要勾引孤。」

林非鹿小聲說：「也不知道誰勾引誰。」

他笑起來，揉揉她亂糟糟的腦袋：「乖一點，我想給公主一個完整的大婚。」

外頭傳的膳已經涼了。

見陛下拉著公主出來，孫江喚人重新傳膳。

正吃著飯，司天監的人前來回稟，說大婚吉日已經擇定，就定在下月初七。

林非鹿一聽只有一個月的時間，還有點擔心會不會來不及準備。她最近查閱典籍瞭解了一下，知道帝后婚禮的流程十分繁複，而且還要在婚禮上冊封皇后，就更複雜了，各個步驟均耗時耗力。

卻聽宋驚瀾有些不悅道：「下月？」

司天監的官員滿頭大汗，欲哭無淚：「回陛下，這已經是下官們卜出來的最近的吉日了。」

他這才揮了下手：「行了，去準備吧。」

官員忙不迭退下。

吉日已定，宮中自然開始忙起來了。

大婚之日百官參見，上拜黃天，下祭高祖，穿衣打扮也有講究。製衣局的宮人幫林非鹿量了尺碼，開始趕製大婚鳳袍。

林非鹿除了配合宮人量了個三圍，好像就沒什麼事了。

每天吃吃喝喝耍耍，偶爾大膽地勾引一下陛下，撩起火了又不負責地跑掉。

不過這畢竟是她第一次結婚，心裡有些緊張又有些期待。

她偷偷搞了一個日曆，過一天就撕一張，知了的叫聲布滿樹梢時，日曆終於撕到了最後一張。

林非鹿之前參加林傾和司妙然的大婚時就感嘆過，看起來好累好複雜啊。

沒想到這次輪到自己，更累更複雜。

光是那身鳳袍她感覺就有好幾公斤重，雖然製衣局的宮人已經在陛下的吩咐下儘量精簡了，但畢竟是大婚鳳袍，裡外配飾都有規制。更別說還有鳳冠，漂亮是漂亮，重也是真的重，真是應了那句別低頭皇冠會掉。

她從天不亮就起床開始梳洗打扮了，吉時一到，新娘出閣，八抬大轎過龍鳳天馬正門，將她抬到了正殿前的廣場。

廣場四周站滿文武百官，按照品階從上到下，正殿前有一條玉石鋪就的百米長階，平日官員們上朝要從這裡過。此時玉階兩旁站著兩排筆直的侍衛，她要走上這條玉階，宋驚瀾就在最上面等著她。

晨起的太陽已經很耀眼了，林非鹿深吸一口氣，在百官注視之下，雙手無比端莊地放在身前，挺直背脊，微抬下巴，然後一步一步朝臺階上走去。

紅色的鳳袍在身後逶迤出長長的裙擺，裙擺之上鳳凰于飛，百鳥而慕，陽光灑下來，縫製圖紋的絲線閃耀金色的光。每走一步，鳳冠垂下的珠簾便輕輕晃動，發出清脆的聲響。

等她終於走上這條臺階，看見對面眉眼含笑的宋驚瀾時，林非鹿感覺自己的腰都要斷了。

而這才是開始。

接下來是告黃天，祭高祖，帝后同受百官之禮，承制官宣讀制命，冊封為后，持節展禮。入夏的天本來就熱，一整套儀式下來，林非鹿已經暈頭轉向，感覺快窒息了。關鍵是在百官注視之下，她還不能失了儀容，要一直挺胸收腹微抬下巴，端莊微笑，簡直要命。

從祭天臺下來的時候，她沒踩穩腳下一軟，差點摔下臺階。

好在宋驚瀾眼疾手快一把扶住她的胳膊，低聲問：「還能走嗎？」

眾目睽睽之下，林非鹿也不好撒嬌，臉上維持著身為皇后的端莊笑容，唇齒間擠出的聲音卻已經要哭不哭了：「好累，腳好痛……」

剛說完，旁邊宋驚瀾俯身，把人打橫抱了起來。

林非鹿驚呼一聲，下意識抬手按住自己搖搖欲墜的鳳冠。

四周隨著他的動作起了一片騷動，她面紅耳赤，有點著急：「你幹什麼呀，快放我下來！」

宋驚瀾面不改色，穩穩抱著她朝下走去。

林非鹿掙扎了兩下沒什麼用，索性放棄，小聲嘟囔：「鳳袍和鳳冠好重的。」

他微微抿唇笑了一下，很淡的一個笑，只有在他懷裡的她才能看見。

走下祭天臺，負責儀式的官員候在兩邊，見陛下抱著新冊封的皇后往正殿走去，絲毫沒有放她下來的意思，鼓起勇氣上前一步道：「陛下，這不合規矩……」

宋驚瀾微一偏頭，眼尾狹長：「規矩？」

四周頓時噤聲。

官員默不作聲退了回去，百官便眼睜睜看著陛下抱著皇后過完了剩下的儀式。

之後林非鹿被送入了臨安殿。

其實按照規制，她應該被送回皇后的寢殿，等夜幕之後皇帝臨幸才對，但她喜歡臨安殿的香味，這一個月總是在寢殿內的龍床上打滾，所以宋驚瀾就把喜房設在了臨安殿。

平日總是莊嚴森然的臨安殿今日看起來格外的喜氣洋洋，一眼望去盡是大喜的紅。

寢殿內地鋪重茵，四設屏障，一對半人高的喜燭靜靜燃燒。林非鹿一進去就把快要壓垮她脖子的鳳冠摘下來，又兩三下脫了幾層厚的鳳袍，往柔軟的龍床上一躺，才感覺整個人活了過來。

春夏二人知道陛下寵愛她，也沒有阻止，聽她的吩咐去御膳房端了吃食，林非鹿吃完之後躺在床上睏得睡過去了。

夜幕降臨之後喜房中還有儀式，睡了一會兒，春夏二人將她從床上拖起來。林非鹿洗了個澡，重新梳洗打扮，穿上鳳袍，戴好鳳冠，規規矩矩在床邊坐好之後，傍晚時分，便有尚食官員端著饌品進來。

林非鹿剛睡醒，還有點頭昏腦漲，看著宋驚瀾從外面走進來，打了個哈欠。

兩人在禮制官的主持下先行祭禮，再行合巹禮。禮畢之後，侍者撤饌，寢殿內的禮制官們終於一一退下，只剩下帝后二人。

窗外的天色已經黑了。

林非鹿再次扒下鳳冠，往案桌上一扔，然後整個人呈大字躺在床上。

宋驚瀾去梳洗一番回來後，發現人已經睡著了。鳳袍都沒脫，被她皺皺地壓在身下，從床上鋪到了床下。

鳳袍顏色明豔質地光滑，在燭火映照之下泛出層層水紋般的光影，她歪頭躺在那裡時，像躺在一片紅色的水面，黑髮鋪在身後，有種誘人的風情。

宋驚瀾站在床邊，垂眸看了好一會兒。

半晌，他無聲笑了一下，然後俯身解開她的腰帶。

林非鹿在睡夢中蹬了一下腳，聲音軟綿綿的：「睏……」

他把人抱起來，脫掉繁複的鳳袍，又伸手取下她的簪花和耳環。林非鹿像沒骨頭似的癱在他懷裡，半闔著眼，任由他擺弄。

好一會兒，他才把她身上多餘的配飾都取了，然後把人抱起來，輕輕放在靠床裡面的位置。

林非鹿其實已經醒了，但是她累到不想說話，躺好之後半瞇著眼看他。看他脫掉自己的外衫，伸手放下垂簾，擋住了外頭搖晃的燭火。

墨髮散下來，他逆光而立，比她還像個妖精。

旁邊的床鋪往下塌了塌，他睡在她身邊，伸手把她攬進懷裡，低頭親了親她的額頭。

林非鹿內心有點激蕩，強裝著鎮定靜靜等待。

結果她等啊等啊，等得瞌睡又來了，宋驚瀾還是只是溫柔地抱著她，頭頂呼吸平穩，像睡著了一樣。

林非鹿默了一會兒，忍不住問：「你睡著啦？」

半晌，傳來他有些懶意的低聲：「嗯？」

她快氣死了，掙脫開他的懷抱從床上翻坐起來，惡狠狠地看著他：「嗯什麼嗯！洞房花燭夜，你就這樣？就這？」

宋驚瀾躺平身子，笑著看她：「不是累了嗎？」

林非鹿：「還沒開始你就累了？體力不行啊陛下。」

宋驚瀾：「……」

他的笑淡下來，眼神危險起來。

林非鹿馬上認了：「是我累了，是我不行！」

宋驚瀾瞇了瞇眼，緩緩坐起身。

林非鹿頓覺不妙，手腳並用就想跑，剛爬了沒兩步，腳踝被一隻手拽住了。她聽到他略微低啞的聲音：「洞房花燭夜，皇后要去哪？」

腳踝上還戴著他送她的鳳凰釦。

血紅映著細膩的白，引人遐思。

林非鹿蹬了兩下，想把他的手甩開，那隻骨節分明的手反而越握越緊，半晌，指尖輕輕滑過她的腳心。她怕癢，全身一下就沒力了，尖叫著癱在床上。

身後笑了一聲，他終於鬆開手，林非鹿剛翻了個身，他已經欺身而下壓了過來。

燭火映在華麗的簾帳上，透進暗色的光，朦朦朧朧又搖搖晃晃。他眼眸幽深，手指拂過她額間碎髮，低笑著問：「還累嗎？」

林非鹿不敢再挑釁他了，乖乖回答：「不累了。」

他眼中笑意越深，指尖一點一點從她耳邊滑到脖頸，再到胸前，像描線一般，帶著挑逗的意味，從上往下，每一寸都不放過。每過一寸，她的顫慄就越明顯，明明隔著一層衣服，細密的觸感卻已經攀附全身。

她緊抿住唇，雙手不自覺摟住他的脖子。

宋驚瀾順著她的動作低下頭，吻住她的唇。

他的吻猶如他的動作，溫柔又極具耐心。他一點也不著急，看她在自己身下喘息動情的樣子，饜足又滿意。

衣衫滑落在地，他撐手在她身側，墨髮垂落下來，與她的長髮交纏。眼裡明明已經充斥了欲念，卻還耐著性子問她：「公主，喜歡我嗎？」

林非鹿鼻尖「嗯」了一聲。

他低下頭，輕咬了一下：「說出來。」

她腳趾蜷在一起，發出的聲音好像不是自己的：「喜歡——」

他笑著，往上吻她的耳垂，嗓音低得像蠱惑：「喜歡誰？」

那吻從她耳邊到頸邊，來來回回，像過電一般。她的手指緊緊攀附他的肩，身子卻忍不住往後躲：「喜歡你——」

他的手掌握住她的腰，又將她扯回身下，手指撥開她的下裙：「我是誰？」

她渾身緊繃，眼角溢出淚意：「陛下……夫君……」

他喜愛這樣的遊戲，一遍一遍問她，一遍一遍聽她的回答。

聽她喊夫君，聽她混混沌沌的哭意，他在清醒和欲念中起伏沉淪，欣賞她在自己身下情迷意亂的樣子，又為她這副模樣發瘋。

而後，盈滿她的身體。

沉浮之間，林非鹿聽到他低啞的笑聲：「這一世，下一世，每一世，妳都只能屬於我。」

她沒有說話，只是更緊地抱住他，迎合他的所有。

半夜的時候，宮人提了熱水進來，倒進屏風後的沐浴大木桶裡。

林非鹿簡直沒臉起來。

這該死的古代，事後洗澡還有外人進來，天知道她有多想念浴室蓮蓬頭。

聽著宮人進進出出，倒水嘩啦的聲音，她埋在床上一動也不動裝死，等人全部退下，披著一件黑色單衣的宋鷲瀾撩開簾帳，俯身抱她去洗澡。

床上到處都是歡愛後的痕跡，她埋在他懷裡哭唧唧維持最後的尊嚴：「別喊他們進來，我來換床單，讓我換！」

頭頂笑了一聲，他把她放進水裡，看水沒過她的身子，低頭親了親她的額頭：「妳先洗，我去換。」

林非鹿總算鬆了口氣。

木桶比她以前用的浴缸還要大，水面飄著玫瑰花瓣，旁邊的檀木架子上洗浴用品一應俱全，除了換水需要人工，其實挺方便舒服的。

她在水裡找了個舒服的姿勢，靠著邊緣半躺下來，聽著外頭換床單窸窸窣窣的聲音，手指挑著水面的花瓣玩。

片刻之後，宋鷲瀾換好被單走了過來。

他繞過屏風，身上那件黑衣無風自動，墨髮垂在身後，像在夜裡出沒的妖精，專門以美色誘人的那種。

林非鹿拿著花瓣搓搓臉：「你洗嗎？還是先換水？」

宋鷲瀾笑了下，直接跨了進來。他沒脫衣服，寬大的黑色衣擺飄在水面，那些殷紅的花瓣浮在衣擺之上，交纏著他的墨髮，有種驚心動魄的美。

林非鹿一驚：「衣服濕了……」

話沒說完，人就被他扯過去了。

花瓣飄在水面，遮住水下的一切。

她的腰彷彿被折斷，身子在水裡沉沉浮浮，攀著他的身體時，委屈的在他肩上咬了一口：「為什麼要在這裡——」

他溫柔地伏到她頸邊，笑聲低又啞：「這裡不用換床單。」

床單倒是不用換了。

但是後面宮人又進來換了次熱水。

林非鹿已經安詳去世了。

洗完第二次澡，她不給他機會了，手腳並用從水裡爬出來，迅速用浴巾把自己裹住，「不行了！我真的不行了！」

宋驚瀾很輕地笑了下。

林非鹿機敏地從他的笑裡領會到某種意思，頓時有點崩潰：「陛下你明天還要上朝啊！」

他朝她走來，經過檀木衣架旁時，順手扯下一件青色紗衣。

林非鹿連連後退，他步步逼近，低笑著問：「公主不是說過，春宵苦短日高起，從此君王不早朝嗎？」

她退到牆角，緊緊攬著浴巾，痛心疾首道：「那是昏君才做的事！陛下難道要效仿昏君嗎？」

宋鷩瀾已經逼近，身影伴著氣息壓下來，將她完全籠罩，他低下頭來，嗓音低得像嘆息：「公主在懷，效仿昏君又有何不可？」

林非鹿：「……」

過了好一會兒，才聽到他笑了一聲，把那件紗衣遞給她：「穿上吧。」

林非鹿無比嫌棄：「這麼透，穿這個跟不穿有什麼區別。」

宋鷩瀾挑眉：「那就不穿？」

林非鹿一把扯過紗衣，背過身去，只留給他一個纖細漂亮的後背，飛快擦乾水珠後，忙不迭將紗衣穿上了。

青衣輕薄，像披了霧的夜色，朦朧綽約，反而更誘人。

宋鷩瀾眸色深了深，灼熱目光將她從上到下打量一遍，最終還是顧及她的體力，什麼都沒做，把人抱上床睡覺。

林非鹿覺得自己好久沒這麼累過了，彷彿回到小時候剛剛跟奚貴妃學武時。

她雖然不是什麼高手，但好歹也練了這麼多年武，自認為體力還是很好的啊！為什麼跟他一比簡直弱爆了？而且還是他在動，自己怎麼能累成這樣？

抱著這個疑惑，她躺在他懷裡沉沉睡去。

雖然兩人早已有過親密接觸，但真正在一張床上過夜還是頭一次。宋鷩瀾是個罔顧法理教條的人，但在有關林非鹿的事情上，他依舊願意遵守那些墨守成規的禮俗。

聽著懷中熟睡的呼吸聲，他垂眸靜靜地看著她。

眉眼、鼻尖、嘴唇、下頜，每一處他都用吻描摹過。

獨屬於他一人。

他甚至想把她揉進骨子裡，與自己合二為一，永遠不分離。可他看著她安靜又乖巧的睡容，只是低下頭，輕輕親吻了她的眼睛。

翌日一早，林非鹿還睡著，宋驚瀾已經準備起床上朝了。

感覺他要走，她摟住他的腰不放手，埋在他懷裡半夢半醒地撒嬌：「陪我……」

他無奈一笑，只能躺回去，抱著嬌軟的身子輕輕撫著她的後背，溫聲哄她：「近日沒什麼事，我很快就回來，妳再睡一會兒，嗯？」

成為皇后的第一天，她決定恃寵而驕一下：「不准去。」

宋驚瀾笑了一聲，手指輕柔地撫摸她耳後的肌膚，薄唇貼著她耳廓，像親吻，又像耳語：「皇后不是沒給孤不早朝的機會嗎？要不然，現在繼續？」

懷裡的少女果斷把他踢開，身子一翻朝內躺著，還嫌棄地揮了下手，「你走吧！」

宋驚瀾無聲笑了一下。

他沒在寢殿梳洗，換好朝服後走了出去，讓她繼續安靜地睡覺。

他一走，寬大柔軟的龍床上好像頓時就沒那麼舒服了，少了溫熱，也少了溫存。林非鹿翻了幾個身，明明還覺得累，卻再也沒睡意。

不過今天不容她睡懶覺，天剛亮，聽春和拾夏就過來喚她起床了。林非鹿腰痠腿軟地爬起來，成為皇后的第一天，按照規矩，要去給太后奉茶，還要接受宮中美人的請安，以及去祖廟上香。

但是宮中的美人都沒位分，所以這一步可以省略。

聽春和拾夏一進來便笑盈盈行禮：「奴婢拜見皇后娘娘。」

林非鹿聽著還怪彆扭的。

不僅稱呼變了，連衣服和配飾都變了，處處彰顯皇后的身分。

梳洗完畢，她坐著鳳鑾前往重華殿給太后奉茶。為了避免宮人看出異樣，腰痠腿軟也得忍著。一下轎，太后宮中的人笑著迎上來叩見皇后娘娘，這是討喜頭，林非鹿一揮手，聽春便將早已準備好的銀子遞給他們。

這一個月她時不時來重華殿陪太后說說話，她討好長輩又是一把好手，獨居深宮多年的太后從未有過這種子女繞膝的溫情，被她哄得服服貼貼的。

現在太后心中只有一個想法，就算無法緩和和兒子之間的關係，多個貼心的女兒也很賺！

林非鹿奉完茶，太后拉著她的手規勸幾句身為皇后應當秉持的品質與責任，又將早已備好的賞賜賞給她。

從重華殿離開，她去祖廟上香，幾個時辰過去，宋驚瀾都散朝了，她還沒忙完。

不過除了成為皇后的第一天忙了一天，那之後，林非鹿恢復了之前吃吃喝喝耍耍的清閒生活。

她怕麻煩，也不想生活中有太多糟心事糟心人，宋驚瀾把這一切處理得很好，無論後宮還是前朝，沒有任何事能影響到她的心情。

除了每晚體力不支，欲仙欲死。

林非鹿覺得再這麼下去自己可能要被玩壞。

不至於啊！都是練武之人，憑什麼他的體力比自己好出這麼多！

宋驚瀾不忙政事的時候，有時候會在永安宮陪她練劍。

她其實也不會什麼系統的劍法，畢竟奚貴妃擅使長槍。會幾招防身的劍術，輕功足夠上房揭瓦，就是她全部的武學家底了。

但宋驚瀾師承紀涼，兩人雖名為叔姪，但其實早已師徒相待，紀涼獨身一人，無妻無子，便將畢生劍法都傳授於他，可謂是天下第一劍客唯一的傳人了。

江湖英雄榜上雖無他的姓名，但從上次他跟硯心交手就能看出來，他的武功造詣絕非常人能及。

林非鹿看看他，再看看自己的花架式，突然明白自己的體力為什麼跟不上了。

宋驚瀾收了劍轉過身時，看見少女坐在臺階上托著下巴一臉凝重地看著他。

他失笑搖頭，走過去在她面前蹲下：「怎麼了？」

林非鹿氣鼓鼓的：「我也要學！」

宋驚瀾挑了下眉：「劍法嗎？」他想了想，溫聲道：「因這是紀叔的劍術，我不能直接教妳。待他下次來宮，我問過他的意見，若他同意，我再教妳可好？」

林非鹿撇了下嘴：「誰說要跟你學了？」

她轉身跑回寢殿，翻騰了一會兒找了什麼東西出來，興高采烈地跑出來，十分得意地說：「我要學這個！」

手上拿的是《即墨劍譜》。

她翻了兩下，有些興奮地問他：「紀叔的劍術厲害，還是即墨劍法厲害？」

宋驚瀾想了想：「應當不相上下。」

畢竟即墨吾已經過世多年，江湖上早無擅使即墨劍法的人，無從驗證。

這劍法放在她身邊多年，沒事的時候拿出來翻翻，可惜沒人指導，她擔心自己胡亂學習會上演走火入魔，一直不敢下手。現在有宋驚瀾這個劍術高超的人在身邊指導，應當沒問題吧？

於是恃寵而驕的皇后對著皇帝發號施令：「你教我練這個！」

第三十四章　即墨劍法

即墨吾死後，即墨劍法就相當於江湖失傳了。儘管後來陸家長子偷學劍譜，時間也不短，卻只學會了第一招，可見這絕世劍術不是一般人能研究透徹的。

反正林非鹿沒這個本事。

她殷切地看著宋驚瀾。

他剛練完劍，額頭還有淺淺一層汗，接收到她熱切的目光，無奈地笑了一下，接過劍譜道：「好，我學會了再教妳。」

林非鹿不幹：「等你學會都多久啦？邊學邊教！」

於是宋驚瀾的日常多了一項練劍教學。

有時候批閱奏摺累了，休息的時候就拿起旁邊的劍譜翻一翻看一看。天下劍術儘管分門別類，但劍法同宗，他武功造詣又高，在識海之中便可演練劍法。

於是林非鹿發現，這個人為什麼每次從臨安殿出來就會新招式了啊？

他到底在裡面批閱奏摺還是在偷偷練劍？

他學會一招，便教她一招，林非鹿為了以後在體力上不落下風，學得可認真了，沒想到練武天賦教她做人。

獨自研習的宋鷩瀾已經學到第十七招了，她還在第七招苦苦掙扎。

教學進度因此被大大拉開。

就很氣！

自從成親之後，她的脾氣被他越慣越大，發揮出來的作精潛質簡直令人驚嘆。從滿級綠茶到滿級作精，轉型轉得非常順利。

宋鷩瀾剛餵完她一套劍法，就看見眼前的少女一屁股坐在地上不起來了，「不學了！你耍賴！」

他提劍走過去，在她面前半蹲下來，劍尖朝下撐在地面，笑著問：「我怎麼耍賴了？」

她別過頭，氣鼓鼓的：「你都學到後面去了，每次都能猜到我的出招，我根本接不住你的劍！」

宋鷩瀾嘆了聲氣，故意做出疑惑的表情：「那怎麼辦呢？」

林非鹿叉腰：「你不准再往後學了，等我追上你的進度再說！」

他笑著伸出手：「好，那繼續嗎？」

她哼了一聲，聲音悶悶的：「不要，反正又打不過你，不想自取其辱了。」

宋鷩瀾柔聲說：「我不用即墨劍法，只用普通招式和妳對劍，可好？」

她這才轉過頭，半信半疑地瞅了他一眼：「真的哦？」

他點頭：「真的。」

林非鹿得寸進尺：「也不准使紀叔的劍法！」

宋驚瀾笑著：「好。」

他把人從地上拉起來，俯身拍了拍她裙角的灰，再握劍時，姿勢變了。即墨劍法既為絕世劍術，自然有它的過人之處，林非鹿學了這麼久時間，雖然學得慢，但一招一式學得精，一旦宋驚瀾不使用相同的劍術見招拆招，她便占上風了。

她練劍也有自己的一套風格，因為輕功不錯，所以身法更為飄逸靈動。宋驚瀾有心餵招，只守不攻，兩人從永安宮一直糾纏到殿外景臺，看得周圍宮人膽戰心驚。

最後看她體力用盡，宋驚瀾終於露出一個空檔，被她挑飛了手中的劍，拱手笑道：「我輸了。」

雖然他讓得很明顯，但他樂意讓，林非鹿也就樂意贏，驕傲地挺直了腰杆。

目睹這一切的宮人們都是普通人，自然看不懂這其中的彎彎繞繞。在他們眼中就是陛下一直被皇后娘娘拿劍追著砍，最後還棄劍認輸了！

自從多了一個皇后，宮中的氣氛不如以前森然凝重。以前被林非鹿嫌棄沒有活力的宮人們漸漸恢復了生氣，偶爾也會在私底下聊一聊帝后日常，嗑一嗑帝后的糖。

紀涼時隔一年再來皇宮時，就聽到宮人們都在議論陛下每日在皇后娘娘劍下花式認輸的事情。

天下第一劍客的腦袋上緩緩冒出一個問號。

自己的嫡傳弟子如今已經如此不濟了嗎？

他習慣在夜裡出沒，因身上有宋驚瀾特賜的通行玉牌，不用按照程序走正門，每次都趁著夜色悄無聲息地潛入皇宮。來到臨安殿時，宋驚瀾還在批奏摺。

他還未現身，宋驚瀾已經察覺到熟悉的氣息，微一勾唇角，吩咐天冬：「都退下吧。」

天冬知道這是紀先生來了的意思，得令之後便將殿內的侍衛和宮人全部遣退。紀涼等人全都走了，才從陰影裡走出來。

宋驚瀾擱了筆，笑吟吟喊：「紀叔。」

紀涼還是那副面無表情的模樣，只是看他的眼神透出幾分疑惑。

宋驚瀾挑了下眉：「紀叔，怎麼了？」

過了好一會兒，才聽見紀涼冷冰冰地問：「你打不過那個小女娃？」

宋驚瀾愣了愣，反應過來他說的是什麼意思，無奈一笑：「紀叔，我要讓著她。」

紀涼冷聲說：「習武一道，豈有讓字？」

宋驚瀾悠悠道：「紀叔，你知道夫妻情趣嗎？」

紀．面無表情．涼：「不懂。」

他這一生心中只有劍。

宋驚瀾笑了笑，揭過這個話題。兩人正在殿中說話，過了片刻，紀涼突然凝聲說：「有人進來了。」

宋鷺瀾笑道：「無妨，是鹿兒。」

這個時候能自由進入臨安殿的，也只有她了。

紀涼又露出那副面無表情中帶點嫌棄的模樣。

林非鹿跨入殿門，穿過長廊沒看見值守的侍衛時覺得奇怪，直到繞過玉屏看見坐在墊上的紀涼，才明白是什麼回事。她一抿唇，有些驚訝又有些開心：「紀叔，你什麼時候來的？」

紀涼眼皮都沒抬一下，冷冷回了兩個字：「剛剛。」

她早就習慣他這個態度了，笑咪咪跑過去：「紀叔，好久不見呀，我可想你啦。」

紀涼終於有反應了，抬頭朝她投來疑惑的眼神。

我們有這麼熟嗎？

林非鹿假裝沒看懂他的眼神，還是那副甜美又乖巧的表情：「既然來啦，就多待一些時日吧。」她手上提著一個小食盒，本來是給宋鷺瀾的，現在直接揭開蓋子端出裡頭的甜品遞給他：「紀叔，這是我做的嫩豆糕，你嚐一嚐呀。」

東西都遞到眼前了，紀涼就算再彆扭，還是伸手接了過來。

他本想放在一旁，但林非鹿跪坐在他對面，眨著大眼睛期盼地看著他，搞得他不嚐一口都不行，只好一言不發把那碗嫩豆糕吃完了。

她臉上笑意更盛，歪著腦袋問，「紀叔，好吃嗎？」

紀涼面無表情「嗯」了一聲。

她卻從這敷衍的回應裡得到了莫大的誇獎，眼眸晶亮道：「那我以後天天做給紀叔吃！」

紀涼一生漂泊江湖，跟宋鶩瀾雖然親密但並不親近，江湖上更不必說，遠遠就會被他冷冰冰的劍意嚇走，什麼時候有人對他這麼熱情過。

頓時覺得全身上下每個地方都不自在了。

宋鶩瀾在旁邊問：「我的呢？」

林非鹿偏頭看了看他，又看了看食盒裡剩下的那碗嫩豆糕，小小嘆了聲氣，委委屈屈地說：「那就把我的給你吃吧。」

宋鶩瀾倒是怡然自得。

嫩豆糕還在胃裡沒消化的紀涼：「……」

怎麼辦！他吃了小女娃的嫩豆糕！小女娃沒得吃了！他為什麼要吃這該死的嫩豆糕？

不知道為什麼，林非鹿總感覺旁邊冷冰冰的劍意更洶湧了呢！

紀涼每隔一年便會來一次皇宮，考察宋鶩瀾的劍法。江湖上無事時，他偶爾也會在皇宮中住上一住。跟自己的嫡傳弟子論論劍，和好友容珩喝喝酒。

他一生飄泊無定所，又喜愛清靜，蒼松山上總有人前去找他比劍，他也不愛回去了，倒是這皇宮清靜。宋鶩瀾撥了一處十分清幽的庭院給他，既無侍衛也無宮人，他住著很喜歡。

結果這日天剛亮，他還坐在房中運氣打坐，便察覺有人漸行漸近。

不多會兒，院門被敲響，傳來少女清甜的嗓音：「紀叔，我送早飯來給你啦。」

紀涼：「……」

他面無表情走出去拉開院門。

外頭林非鹿笑得跟朵花兒一樣，把食盒遞過來：「早上好呀紀叔，不知道你喜歡吃什麼，我各樣都做了一點，你喜歡哪道跟我說呀。」

紀涼默默接過來，少女朝他揮揮手：「那我不打擾紀叔啦。」

說完，蹦蹦跳跳走了。

紀涼看著她雀躍的背影走遠，才關上門。回到屋中，他等打坐完打開了食盒。裡頭果然菜品豐富，雖然有些涼了，他還是全都吃了。

中午時分，林非鹿又來敲門，提著豐盛的食盒，笑咪咪道：「紀叔，早上那些菜你最喜歡哪道？」

紀涼：「……都可。」

她開心地點頭：「那再試試中午的！」

她送完就走，也不過分打擾。

到了晚上，人又來了。

紀涼接過沉甸甸的食盒，想說什麼，她已經笑著揮揮手跑走了。

翌日一早，院門準時被敲響。

紀涼耳朵動了動，仍閉著眼運氣，假裝自己不在。

外頭敲了一會兒就沒聲了，他聽到腳步聲遠去，一直等到沒動靜了，才慢慢走出去，打開院門，看見門口放著一個眼熟的食盒。

如此幾日，不管他是真不在還是假不在，一日三餐就沒斷過。

每次到了飯點，他就會不自覺豎起耳朵，注意周圍的動靜。

紀涼覺得這習慣實屬不妥。

等林非鹿再一次送飯來的時候，他拉開院門不等她開口便冷冷道：「以後不要送飯來了。」

門外的小女娃一愣，臉上本來甜甜的笑意頓時有些僵。

紀涼看到她提著食盒的手指漸漸收緊，雖努力維持著笑容，卻很小聲地問他：「紀叔不喜歡吃我做的飯嗎？」

紀涼也不知道怎麼回答，只好「嗯」了一聲。

就看見小女娃的眼眶漸漸紅了。

但她沒哭，還是很乖地朝他笑了下，輕聲說：「知道啦，我以後不會來打擾紀叔了。」

說完，朝他一笑，轉身走了。

紀涼耳力過人，百公尺之內什麼動靜都聽得到。

剛關上門，就聽見走出一段距離的小女娃小聲哭了起來，抽抽噎噎的，聽起來別提多委屈了。

紀涼：「……」

就很慌。

江湖中人聞風喪膽的天下第一劍客一時之間手腳無措地僵在了門後。

發生什麼了？我該怎麼辦？

一直等那難過的抽泣聲遠去，再也聽不到了，紀涼才終於正常喘了口氣，再一看掌心的冷汗，這簡直比他早年跟邪道中人交手差點喪命時還要令人驚恐。

下午飯點時，在房中打坐的紀涼不由得又豎起了耳朵。

四周靜悄悄的，一點動靜都沒有。

小女娃說到做到，說不會再來打擾他，果然就沒來了。

紀涼心裡一邊鬆了口氣，一邊又覺得怪怪的。

直到天黑，他才無聲無息離開房中，前往臨安殿。近日宋鶩瀾因為參破了即墨劍法，在劍術上又有新的心得，師徒倆常在夜裡論劍，鑽研劍道。

過去的時候，林非鹿也在。

她還是坐在她平日固定的小桌子那裡看書，垂著腦袋看起來有氣無力的，宋鶩瀾正在旁邊哄她：「松雨說妳晚膳也沒吃，我叫他們做些湯食來可好？」

她悶悶搖頭：「不要，不想吃。」

宋驚瀾無奈地摸摸她蔫蔫的小腦袋：「今日到底怎麼了？誰惹孤的皇后生氣了？」

剛進來的紀涼頓時感覺全身每一個毛孔都緊張起來。

林非鹿恰好抬頭，看到他之後，只愣了一小下，隨即朝他寬心一笑，那笑分明是在說：紀叔放心，我不會亂說什麼的。

紀涼：「……」

果然，他聽見小女娃努力笑著回答：「沒有啦，就是太熱了，有點沒胃口。紀叔來啦，我先回去了。」

紀涼：「……」

心裡這突如其來莫名其妙的愧疚是怎麼回事？

紀涼如臨大敵一般往後退了兩步，面無表情又有些乾巴巴地說：「我明日再來。」

說完，身影一閃就消失了，看起來大有落荒而逃的意思。

宋驚瀾若有所思瞇了瞇眼，再低頭一看眼裡閃過丁點得逞笑意的少女，忍不住笑起來，捏了下她軟乎乎的小臉：「妳是不是欺負紀叔了？」

林非鹿頓時大聲反駁：「我哪有！」

他把人抱起來放在腿上，手指捏著她柔軟的耳垂，眼角似笑非笑：「我聽宮人說，妳這幾日天天送飯給紀叔？」

林非鹿理直氣壯：「對啊！紀叔難得來一次，當然要對他好一點。」

他低頭咬她下巴，「孤都沒這待遇。」

林非鹿被他又親又咬得渾身發癢，一邊躲一邊拿手推他：「連紀叔的醋都吃，陛下是醋缸裡泡大的嗎？」

他閉著眼笑，睫毛從她側臉掃過，抱著她的手已經從善如流地解開她的腰帶，嗓音又低又啞：「嗯，是，皇后怎麼補償孤？」

話是這麼問，卻已經親手索取自己的補償。

前殿燭火通明，林非鹿半跪在他腿上，衣衫全部被剝落到腰間，羞得用手臂遮：「不准看！」

他低笑著，「屬於孤的，孤為什麼不能看？」

林非鹿被他的動作激得腳背都繃直了，雙手不自覺抱住他的頭，一邊輕顫一邊求饒：「我錯了——我就是饞紀叔的劍法，嚶……」

他親吻著，還能抽出時間笑問：「原來皇后想當孤的師妹？」

林非鹿被他親得雙眼迷離，水汽縈繞，後仰一點點，勾引似的看著他：「可以嗎，師兄？」

然後就感覺掐著自己腰的手指一下子收緊了。

她咯咯笑起來，一聲比一聲軟：「師兄——」

宋鶯瀾啞聲一笑。

於是林非鹿為自己的勾引付出了代價。

練了這麼久的即墨劍法，體力卻依舊跟不上，令人生氣。

因為紀涼的到來，宋鶯瀾的教學日常暫時擱置了。林非鹿覺得挺好的，她可以趁機追趕一下學霸的進度，每天除了練習已經學會的劍招，自己也會拿著即墨劍譜鑽研鑽研，自己學一學練一練。

但她不在永安宮練，而是去宮中的一片竹林裡。

竹海成浪，生機盎然，哪怕夏日也透著清透的涼爽，風過之時，竹葉翩飛，她便用竹葉試招，一套劍法練下來，劍上能串一串翠色竹葉。

最關鍵的是，這片竹林位處臨安殿和紀涼住的庭院之間，紀涼只要去臨安殿，就會從竹林附近經過。

以他的武功，自然能捕捉到竹林中練劍的動靜。

如此幾日，紀涼終於忍不住悄無聲息地靠近竹林，以他的身手，想不被人察覺，簡直輕而易舉。

竹海中的小女娃正盤腿坐在地上翻劍譜，神情嚴肅地看了半天，又站起來拿著劍練習。

紀涼看了一會兒，冷冷出聲：「不對。」

林非鹿被嚇到，朝聲音的方向看過來。待看見踩在一根彎竹上的身影，臉上溢出驚喜的笑容，朝他跑過來：「紀叔！」

剛跑了兩步，突然想到什麼，腳步停住了，臉上的笑也變得小心翼翼起來，她緩緩退回去，怯生生地小聲問：「紀叔，你怎麼來了？我……我吵到你了嗎？」

紀涼：「……」

啊！這該死的愧疚怎麼又冒出來了？

紀涼默了一會兒，在小女娃緊張的神情中飛了下來，隨手在地上撿了一根竹枝，沉聲道：「即墨劍法，重在出招詭譎，要快，要變，要反行其道。」

他將她剛才練的那幾招重現一遍，分明是一樣的招數，在他身上卻突然變得眼花繚亂起來，哪怕手上拿的只是一根竹枝，卻破開了風聲和竹葉。

林非鹿看得目不轉睛，心裡已經樂開了花。

天下第一劍客終於開始教自己練劍了！

紀涼示範了兩遍，轉頭看著旁邊被自己驚呆的小女娃，沉聲問：「會了嗎？」

她這才回過神來，水汪汪的大眼睛一閃一閃望著他，結結巴巴地說：「沒……沒有……」紀涼還沒說話，就見她垂了垂眸，紅著眼角特別難過地問：「紀叔，我是不是太笨了？」

紀涼：「……」

又要哭了！

他的毛孔都要炸開了，立即斬釘截鐵地說：「不笨！我再細教妳！」

她抿著唇可憐兮兮地看著自己，抬手揉了揉眼睛，這才壓著聲音認真地說：「紀叔，我會好好跟你學的！」

紀涼從來沒正經地教過徒弟，宋驚瀾天賦異稟，根本無需他手把手地教。現在卻開始每天來竹林指導小女娃劍法了，她練的雖是即墨劍法，但紀涼這種級別的劍客，只需一掃就能堪透其中劍道，教起剛入門的林非鹿輕而易舉。

他對劍法鑽研到了極致，練劍一道多有心得，傳授給林非鹿的全是精華。

林非鹿又不是真的笨，有這麼個高手日日指教，自然進步神速。

然後紀涼就發現，不知道從什麼時候開始，小女娃對自己的稱呼從紀叔變成了師父。

「師父，這一招我還是不太懂。」

「師父，喝口茶呀，是徒兒親手泡的！」

「師父，我學會十七招啦！超過小宋了哦！」

紀涼：「……」

唉，算了，師父就師父吧，自己要是不准她喊，說不定又要哭了。

天下第一劍客絲毫沒發覺，這套路跟當初宋驚瀾對他的稱呼從紀先生變為紀叔一模一樣。

他孤身一人，膝下無子，早已習慣獨來獨往無人問候，現在多了個徒兒每天噓寒問暖，師父來師父去的，倒讓他有了幾分女兒陪伴的感覺。

這感覺……還不錯！

他以往從未在皇宮中住過這麼長時間，這次卻一直從夏天待到了秋天。

國舅容珩之前被宋鷺瀾派去治理水患，一直到入秋終於回到臨城。本以為這次無緣和自己的好友相見了，沒想到進宮面聖的時候，得知紀涼居然還在宮中住著。

翌日，他便提著去年冬天埋在梅花樹下的兩壇酒興致勃勃去找紀涼。

紀涼見到好友，總是面無表情的臉上終於有了幾分笑意。兩人性格相投，少時又有過命的交情，否則當初容珩也請不動他下山前往大林皇宮保護宋鷺瀾。

兩人把酒言歡，談天論地好不快樂，臨近傍晚，外頭突然有人敲門。

容珩知道好友孤僻，喜好清靜，宮人得了吩咐從不來此，怎會有人來敲門？

正奇怪著，卻見紀涼面色自然地起身走出去開門了。

容珩端著酒杯跟到門口，倚著門框朝外看，待看見門外站的居然是林非鹿，一雙狐狸眼驚訝地挑了一下。

他跟林非鹿沒見過幾次面，雖是國舅，但畢竟前朝後宮有別，加之他的事情也多，宋鷺瀾信任他，宋國各地的政事都交由他處理，常年不在臨城，連帝后大婚都沒趕得及參加。

只不過這次回來，他去見了一次太后，太后說起這位小皇后時，一口一個小鹿，表現得極其喜愛，讓他有些驚訝。

本打算趁著此次回臨城，見一見那位被陛下放在心尖上的少女，沒想到會在這裡遇到她。

只聽紀涼問：「怎麼了？」

小皇后的聲音聽起來乖巧無比：「師父，這一招我還是不會。」

師父？

容珩驚訝。

更讓他震驚的是，好友居然就這麼丟下自己開始專心致志指導小皇后練劍，完全忘了自己還等在屋中。

容珩覺得有趣極了。

他慢悠悠喝完杯中酒，笑著走出去：「你何時收了個徒兒？」

林非鹿這才發現裡頭還有個人，劍式一收站在原地，待看見來人是誰，端莊一笑：「舅父。」

容珩朝她行了一禮：「皇后娘娘。」

林非鹿跟這位國舅雖少有接觸，但有關他的事蹟卻聽過不少，知道他是少有真心愛護宋驚瀾的人，心中對他還是十分尊敬的。面對那雙狐狸眼的打量面不改色，只笑道：「既然師父和舅父有約，我就先回去啦。」

紀涼點點頭，容珩卻道：「天色不早，我也該走了，改日再來同你喝酒。」

林非鹿不動聲色看了他一眼，什麼也沒表露。

告別之後，她往外走去，容珩果然不緊不慢地跟在她身後。

之前她就聽聞，國舅容珩心有七竅，當年能跟宋驚瀾裡應外合收服朝臣拉攏勢力，扶持他登基為帝，可見也是一位心機與謀略並存的厲害人物。

跟這種人打交道，那些小手段就完全沒必要了。

林非鹿頓住腳步轉過身去，笑吟吟問：「舅父，你可是有話要跟我說？」

容珩挑了下眉，狹長的狐狸眼看人時總有一種被他看透的無措感，但林非鹿還是鎮定自若，連笑容弧度都沒變。

過了片刻，才聽他笑著說：「倒也沒什麼別的話，只是皇后娘娘竟能讓天性淡薄的紀涼收妳為徒，著實令珩驚訝。」

林非鹿笑了一下。

在容珩的審視中從容不迫道：「為陛下永遠留住他，不好嗎？」

容珩喜歡跟聰明人打交道。

這小皇后出乎他意料的聰明，又一心為陛下著想。紀涼既收她為徒，從今往後自然有所牽掛，江湖人最重傳承，這種牽掛比紀涼和他的友情要穩固得多。

容珩打量的目光逐漸轉為讚許，略一拱手，又正色道：「皇后娘娘深謀遠慮，令人欽佩，但紀涼乃珩好友，還望娘娘切莫辜負好友赤子之心。」

林非鹿笑盈盈道：「舅父放心，一日為師終身為父的道理我懂的。」

容珩放心揮袖而去。

等他的身影消失在視線內，林非鹿才鬆了端莊笑意，捏著小拳頭拍了拍自己的臉。

舅父看起來怪聰明的，她饞師父劍法的事可千萬不能被發現了。

入秋之後，南方的天氣漸漸涼爽下來，林非鹿也終於學完了第一部分的劍法，學武宜精不宜多，紀涼也就沒繼續往下教了。他這次在皇宮待的時間最久，也到了離開的時候。

往年他都是悄無聲息地離開，招呼都不打。這一次本來打算趁著夜色走了，轉而又想起萬一明日徒兒來敲門怎麼辦？思及此，便多留了一夜，等第二日見到林非鹿了，才跟她說了自己要離開的事。

她果然問他：「那師父你什麼時候回來啊？」

紀涼說：「等妳熟練所學劍法之後，我自會回來。妳切莫懈怠，習武一道最重持之以恆。」

林非鹿趕緊點頭。

紀涼想了想又說：「待我回來，會試妳劍術，若無長進，自當受罰。」

林非鹿：「……好的！師父放心！我會努力的，奧力給！」

紀涼：？

算了，他今天說的話已經很多了，該走了。

紀淙在的時候，林非鹿自然是跟著他練劍，現在紀淙一走，她停了幾天，又開始纏著宋驚瀾了。她自覺自己大有長進，而且即墨劍法也學完了第一部分，超過了宋學霸的進度，迫不及待想試一試深淺。

秋陽高照，宮中遍地金菊，清香四溢，正應了那句「滿城盡帶黃金甲」。林非鹿穿了身黃裙，拿著劍躍躍欲試：「你不要讓著我哈，我要試試自己的真實水準！」

宋驚瀾笑著說：「好。」

她屏氣提劍，全神貫注，無比興奮又認真地期待著接下來的比試。

十招之後——

坐在地上的林非鹿：「我不想學劍了，這是一個沒有前途的夢想。」

宋驚瀾忍俊不禁，俯身去拉她：「師妹進步已經很大了。」

林非鹿面無表情：「人貴有自知之明，師兄不必安慰，我都懂。」

話是這麼說，宋驚瀾拉了兩下，沒能把人拉起來。她往下墜著身體，嘴噘得已經能掛水桶了。

他無聲一笑，把手中的劍放在一旁，雙手將人從地上抱了起來。林非鹿順勢摟住他脖子，埋在他頸窩嚶嚶了兩聲。

宋驚瀾低頭蹭蹭她鼻尖，忍著笑意：「怎麼了？」

她委委屈屈的：「不高興了。」

宋驚瀾輕啄她額頭：「我帶妳出宮去玩，嗯？」

她又嘆氣：「好玩的都玩過了，沒意思。」

宋驚若有所思，沒再多說什麼，把人抱回永安宮，在床上哄了幾個時辰，讓她沒力氣不高興。

林非鹿蔫了幾日，因為在宋驚瀾這裡受到的挫折太大，連每天去竹林練劍都不如之前有動力。過了沒幾天，宋驚瀾下朝之後換上了常服，說要帶她出宮去玩。

雖說宮外能玩的地方她都玩過了，但閒著也是閒著，外面總比宮內熱鬧，林非鹿也就點頭同意了。

只是梳洗換衣的時候，他笑著問：「想不想試試男裝？」

女扮男裝什麼的，她還沒試過，聽他這麼一說，起了些興趣，立刻讓松雨幫她把長髮綁了起來，用玉冠束好，又換上一件藍色衣衫。

男女的差別還是很明顯，不是穿件男裝就看不出來了，以前電視劇裡那些都是在鄙視觀眾的智商。林非鹿圍著銅鏡轉了一圈，對自己的裝扮很滿意，高高興興跟著宋驚瀾出宮了。

臨城一如既往的熱鬧。

宋驚瀾治下手段雖厲害，但在治理民生上還是頗有幾分仁君風範，宋國這些年農商文蓬勃發展，蒸蒸日上。

因為跟大林開通了商貿，互通有無，最近兩國工部還在合作修建連通淮河兩岸的長橋，兩國互利互惠，百姓的日子也越過越好。茶樓裡的說書先生們最愛講的就是大宋陛下領軍十萬提親永安公主，永安公主為蒼生捨己身，和親宋帝之後傳唱帝后佳話的故事。

林非鹿第一次出宮就在茶樓裡磕著瓜子聽了一下午自己的故事。聽著說書先生口若懸河把自己誇成了解救蒼生的再世活菩薩，她還怪不好意思的。

出宮多了，她也有了自己常去的幾個地方，吃喝玩樂一條龍。

兩人出宮時沒用午膳，留著肚子去她愛吃的那家淺醉樓。酒樓上至掌櫃下至小二都已經認識這對郎才女貌的小夫妻了，見他們一踏進來便熱情招呼：「二位好久沒來了，樓上請，還是老位子？」

老位子自然是林非鹿最喜歡的靠窗的位子。

眾所周知，古往今來，只有有身分的人，才敢坐這個位子！

酒樓地處鬧市，裝飾華麗，菜做得十分可口，宋驚瀾點菜的時候，林非鹿趴在窗前朝下看。

樓下車水馬龍，叫賣聲起伏，一派繁榮昌盛的景象。

不遠處三岔路口搭的一個臺子吸引了她的注意。

那臺子四周已經裡三層外三層圍了一群人，臺子最上方立著一個碩大的牌子，上書一個「擂」字，牌子下方擺著一張案桌，桌上放著一個玉質的大盒子。看那盒子的華麗程度，就知道裡頭裝的東西不簡單。

臺上站了個五大三粗的大漢，手持一把斧頭，正高傲地環視下方，旁邊站著主持人模樣的中年男子朗聲道：「第七局比試，這位壯士勝出，可還有人上臺挑戰？若沒有，這出自藏劍山莊的天蠶寶甲，可就歸這位壯士所有了。」

底下一陣騷動，不出片刻便有人跳上臺去，卻是個精瘦的像猴兒一樣的男子，微一拱手，笑嘻嘻道：「我來一試。」

底下開始叫好。

這精瘦男子看起來瘦瘦弱弱的，完全不是對面那壯漢的對手，但直到兩人交上手，眾人發現這精瘦男子的身手十分靈活，像隻猴兒一樣上躥下跳，那壯漢根本摸不到他一片衣角，不出片刻便被他一腳蹬在屁股上，踹下了擂臺。

林非鹿以前就聽聞過藏劍山莊的名聲，天下神兵寶甲皆出自此處。方才兩人交手她看得仔細，兩人確有幾分真功夫，這擂臺不是什麼小打小鬧的比試，敢上臺的都有底氣。

宋驚瀾點完菜，看她探著身子張望的模樣，笑著問：「一會兒吃完飯，妳要不要也去試一試？」

林非鹿沒想過，有點懷疑地指了下自己：「我啊？」

宋驚瀾倒了杯熱茶給她，悠悠道：「那天蠶寶甲能擋利器火燒，是不可多得的寶物。妳不是有一位行走江湖的朋友？贏下來，可送給她。」

「你是說硯心？」林非鹿眼裡發光，「好啊！那我去試一試！」

宋驚瀾笑道：「不急，先吃飯。妳沒打過擂臺，看看他們的套路，觀摩一番再說。」

林非鹿被他幾句話說得心潮澎湃。

她從小到大學武，還從未跟誰真正交過手，一時之間又期待又緊張。畢竟前不久剛在宋驚瀾劍下折了信心，對自己正處於極度不自信的時候。

這頓飯自然也就沒怎麼吃，一直關注著擂臺上的動靜，直到一個使劍的男子拿下這局比試，林非鹿頓時來精神了：「他使劍！我要去跟他打！」

宋驚瀾笑吟吟道：「那走吧。」

林非鹿生怕有人搶了先，一下樓便腳下生風地往擂臺跑。

但此時臺上的年輕男子並不是什麼簡單人物，劍法極其凌厲，一時之間根本無人敢上臺，林非鹿跑到跟前時，便聽主持人說：「沒人敢上臺挑戰這位公子嗎？那這天蠶寶甲……」

林非鹿大喊：「我來！」

她人太矮了，又綴在人群最後面，聲音飄上臺之後，大家四下尋找一番，愣是沒看見人在哪。

直到宋驚瀾在身後握著她的腰托了她一把，林非鹿凌空而起，飛上了擂臺。

雖是一身男裝打扮，但大家都不是瞎子，這清瘦的身材和秀緻的五官，看出來是位姑娘。

臺上持劍的男子眼中一亮，十分有風度地朝她拱手，笑容別有深意：「姑娘，刀劍無眼，不是兒戲，官某不願傷妳，還請下去吧。等官某拿下擂臺，再與姑娘把酒言歡不遲。」

林非鹿：「少廢話！給我把劍！」

臺下有人喊道：「姑娘，這位可是玉劍山莊的二公子官月輝，官公子劍法超群，妳就別自討苦吃了。」

玉劍山莊？官月輝？

這名字聽起來有點耳熟啊。

當初自己和林廷一起闖蕩江湖時，遇到的渣男官星然不就是玉劍山莊的少莊主嗎？

都姓官，看來這二人是兄弟了？

林非鹿一插腰，十分囂張：「打的就是你玉劍山莊的人！」

官月輝臉色一變，就算對面是位美人，也不由沉著臉道：「姑娘出言不遜，就別怪官某出招教訓了。」

底下不知哪位看熱鬧不嫌事大的圍觀群眾大喊道：「姑娘接劍！」

林非鹿一回身，便見有人扔了一把劍上來，她抬手接住，有些興奮地抿了下唇：「來吧！」

官月輝冷笑一聲：「未免旁人說我玉劍山莊欺凌弱小，我且讓妳五招。」

林非鹿愣了愣，遲疑著朝臺下看了一眼。

宋驚瀾不知道什麼時候已經站到前排來，正抄著手笑盈盈地看著她。見她投來詢問的目光，他動了動唇，無聲道：「無需他讓。」

林非鹿頓時像有了後臺似的，底氣十足大吼一聲：「無需你讓！看招！」

見她提劍攻來，出招毫無章法，官月輝輕視一笑，心道，就算妳說了無需我讓，那我也得讓，不然傳出去，我玉劍山莊二公子的名聲……

欸？我的劍呢？

官月輝根本不知道發生了什麼，手中長劍便被對方挑離。

她握著那把隨意扔上來的鐵劍，劍刃擱在他頸上，偏頭還能聞到鐵銹的味道。

四周鴉雀無聲。

對面女扮男裝的少女愕然地看著他，比他還驚訝：「就這？」

第三十五章　江湖擂臺

其實按照官月輝的真實水準，不至於這麼快被打掉武器。主要是他太過輕敵，又打著讓她幾招的心思，才被林非鹿攻了個措手不及。

但事已至此，對方的劍都架在他脖子上了，比試結果已定，四周經過短暫的靜默之後，瞬間爆發出拍手叫好興奮震驚的呼喊聲。

官月輝一張臉漲成了豬肝色，好好一個小白臉轉眼變關公，劍都來不及撿，身姿一掠就逃也似的衝下臺了。

林非鹿在身後喊：「你的劍！」

官月輝頭都沒回，轉瞬消失在人群中。

她看了手中的鐵劍一眼，又看了看地上品質上乘的寶劍，美滋滋地換了過來。比試結束得太快，她也有點雲裡霧裡的，但贏了比試總歸很開心，畢竟在宋學霸那裡受挫太多，這一場比試讓她重拾了信心。

林非鹿轉頭看向主持人：「我贏了吧？」

主持人還震驚著，聽她詢問才反應過來，趕緊走到臺中道：「第十九場比試，這位姑娘獲勝，可有人敢上臺挑戰？」

底下圍觀群眾面面相覷。

都是老江湖了，對玉劍山莊二公子的水準還是有所瞭解的，臺上這位姑娘卻在幾招之內制勝，令人震驚的同時，又有一絲懷疑。

畢竟眾人都能看出剛才官月輝的輕敵，這姑娘可能確實有幾分真材實料，但方才能贏得那麼輕鬆，也是帶了運氣成分，這麼一想，不少人就覺得自己又能行了。

一個瘦高的使刀的男子率先跳上擂臺，拱手道：「我來領姑娘劍招。」

林非鹿體內的武俠基因澎湃激昂：「請！」

有了官月輝這個前車之鑒，瘦高刀客自然不敢大意，全神貫注應付接下來的比試。

二十招之後——

寬刀脫手，林非鹿收劍拱手，笑吟吟道：「承讓。」

如果說之前圍觀人群只是起鬨，此刻便是真的被臺上這年紀輕輕的少女震到了。

接下來還有幾個人不信邪，紛紛上臺挑戰，最後都敗在林非鹿劍下。

而且她越打越順手，起先還需要幾十招才能制勝，後面十幾招就能把人逼到絕路。

時而爆出的哄鬧吸引了四周的注意，圍觀人群越來越多，不僅街上，最後連酒樓外廊和樹上都站滿了圍觀比試的人。

自從林宋兩國結盟之後，不僅促進了兩國的商貿經濟，江湖武學順勢蓬勃，融會貫通，江湖人士遍布天南地北，五湖四海。此刻在繁華的臨城中，就有不少武學造詣不低的俠客。

當林非鹿又贏下一場比試時，終於有人驚呼道：「好像是即墨劍法！」

即墨劍法已沉寂多年，當初陸家長子能被認出來，也是因為陸家本來就保管著劍法，所以格外被人注意。此刻林非鹿在臺上打了半天，認出劍法的人卻只敢說「好像」。

畢竟這太令人匪夷所思了。

一個年紀輕輕的陌生少女，如何會使即墨劍法？

眾所周知，即墨劍法如今為天下第一劍客紀涼所有。早些年，赤霄十三寨人去寨空，銷聲匿跡，再也沒在江湖上出現過。大家都默認是紀涼滅了十三寨，對他很是服氣。

這少女難不成……

底下有人忍不住問到：「姑娘，紀涼紀大俠是妳什麼人？」

終於到了這一步！

氣勢不能輸！必須給師父長臉！

只見臺上的少女朝底下一看，微抬著下巴，三分淡笑三分薄涼四分漫不經心地回答：

「是我師父。」

一石激起千層浪，四周頓時轟動了。

紀涼居然收了徒！

還是個小女娃！

還把即墨劍法傳給了她！

紀淙滅了赤霄十三寨，按照即墨大俠的遺言，這本絕世劍譜自然就歸他所有，也沒什麼好爭論的。不過紀淙自身劍術高超，大家都以為他不會再學前輩的劍術，還有些遺憾不能再觀即墨劍法的風采。

沒想到他居然收了個徒弟，教的還是即墨劍法！

大俠的腦迴路果然不是我等常人能懂的。

底下有人後知後覺地反應過來：「我觀這位姑娘的劍招，確有幾分紀大俠的影子，真是名師出高徒啊。」

又是紀淙的徒弟，又是即墨劍法的，哪有人敢再上臺跟她打，林非鹿如願贏到了這場比賽的獎品天蠶寶甲。

她抱著盒子跳下臺的時候，宋驚瀾站在下面笑盈盈地張開雙手接住她。

林非鹿撲進他懷裡，聲音裡滿是雀躍：「我贏啦！」

她一時之間不知道自己是更開心贏了獎品，還是更高興自己原來這麼厲害，激動得耳根泛紅。

宋驚瀾笑著摟住她：「我說過，師妹很厲害的。」

林非鹿哼了一聲：「都怪師兄太變態，搞得我平時那麼沒自信！」

他笑著親她額頭：「嗯，我的錯。」

她撲在他懷裡自顧高興著，沒發現四周想要靠近搭訕的人都被宋驚瀾掃過去的陰鷙眼神嚇跑了。

今日有了這麼一場擂臺賽，林非鹿可謂玩得酣暢淋漓，回宮的時候興奮情緒一直沒下來。她說錯了，宮外還是很好玩的！如果這樣的擂臺賽能再來幾場，那就更好玩了。

不知道是不是老天爺聽到她的心願，過了幾日之後，她再一次跟著宋驚瀾微服出宮的時候，又遇到了一場擂臺賽。

這次的擂臺賽跟上次有所不同，需要先報名，報名通過之後，再通過抽籤的方式隨機匹配對手，第一輪比試結束，勝者再繼續匹配，直至最後決出第一名。

這個賽制和規格更為複雜，相應獎品也就更厲害。

依舊出自藏劍山莊，是一件殺人於無形的暗器，叫做千針。江湖上曾有句傳言，說的是千針一現，必有命喪，可見其威力。

林非鹿迫不及待跑去報名了。

她本來擔心自己拿不下比賽，還鼓動宋驚瀾一起報，多一層保險。

結果宋驚瀾笑著問她：「如果最後交手的是我和妳，我是讓還是不讓呢？」

讓，她捨不得他當眾出醜。

不讓，她又不想眾目睽睽之下墮了紀涼的名聲。

於是只好放棄。

這次的擂臺賽較為複雜，分三天進行。第一天報名，第二天比第一輪，第三天決賽。所以林非鹿連著三天出宮，期間還把松雨春夏她們也帶上了。

不能讓她們只看到自己是怎麼被陛下虐的，也要讓她們看看皇后娘娘是怎麼虐別人的！

第一輪比賽她沒怎麼用力就拿下了，經過上一次的擂臺賽，有些人已經認識她了，議論決賽的名單時，大家都在說「紀涼的徒弟」。

林非鹿聽著，覺得這大概就是所謂的種子選手吧。

這一次比賽含金量比上一次要高很多，林非鹿比到後面時，便有些吃力了，畢竟實戰經驗少。

不過還是仗著有位大佬師父和身負絕世劍術，在最後的決賽中有驚無險拿下了第一，成功獲得暗器千針。

經過這幾場比試，林非鹿對自己的劍法和能力有了比較清晰的認知。跟宋驚瀾這種江湖英雄榜上的變態肯定是比不了，但比上不足比下有餘，屬於中等偏上吧。

革命尚未成功，大俠還需努力，自己的進步空間還是很大的。

不過她也明白，比起自己練劍，實戰的進步其實會更快，想想當初硯心滿天下尋找比刀的人就明白了。所以林非鹿現在有事沒事就愛往宮外跑，看能不能遇上擂臺賽讓自己打一打。

然後她發現，臨城的擂臺賽是真的多。

而且為什麼每一次的獎品都出自藏劍山莊？

藏劍山莊是在搞什麼批發嗎？

令人迷惑。

不過迷惑歸迷惑，擂臺還是要打的，就這麼打了一段時間，有輸也有贏，畢竟每次的獎品都是藏劍山莊的寶物，令人眼饞，時不時會吸引一些大佬。

不過輸了她也高興，經驗就是這麼一架一架打出來的嘛。

她進步神速，有關她的傳言早已傳遍江湖。

紀涼的關門弟子，傳承了即墨劍法，這兩句話隨便扔一句出去都是重磅炸彈。

而林非鹿完全不知道這些，入冬之後，臨城的擂臺賽漸漸沒了，她也玩得很盡興，打算趁著這個冬天溫故知新一下，來年再戰！

而且她這段時間沉迷練劍，對宋驚瀾多有忽視，雖然他沒說什麼，但林非鹿心裡還是有點過意不去的。

她決定好好補償一下小宋！

到了晚上，宋驚瀾忙完政事回到寢殿時，就發現裡頭有些不一樣。

床上的簾帳被兩根銀色彎鉤掛起，床前垂下了令人遐思的淡色輕紗。一扇玉色的翠屏靠牆而放，旁邊沐浴的大木桶裡已經裝滿了熱水，水面飄著宮裡近來開得正豔的梅花。

林非鹿披了件紗裙，長髮散在身前，曲線若隱若現，站在窗前羞答答地問他：「玉屏paly、沐浴paly、床上paly、窗戶paly，陛下你看你想來哪個呢？」

宋驚瀾雖然沒聽懂她後面說的那個詞是什麼意思，但他準確地抓住了她想表達的精髓。

他抬手把人捉到懷裡，笑著親她唇角：「不如每個都試一試。」

林非鹿只穿了件輕紗，轉眼就被剝落在地。

殿內燭火搖晃，她被他帶著一路後退，直到後背抵上了冰冷的玉屏，又被他轉身按上去，終於找到機會斷斷續續懇求道：「把燭滅了……」

宋驚瀾親她的蝴蝶骨，一路往上，灼熱的吻落在她耳側：「不，我想看著。」

整夜未眠的一個夜晚。

翌日，林非鹿在床上癱了一天，風雨無阻的練劍日常也缺席了一天。

這，就是補償的代價。

往年這個時候，大林已經開始下雪了。但宋國地處南方，氣溫雖降了下來，卻甚少落雪。今年滑不了雪有點遺憾，但能過一個溫暖的冬天林非鹿也很高興。

擂臺賽消失後，她就沒那麼頻繁的出宮了，但宋驚瀾已經養成了每隔幾日就要陪她出宮逛一逛的習慣。

他還在宮外置了一座宅子，不算大，也不算華麗，就是普普通通的小宅院。地處幽巷，門前是一顆辛夷花樹，巷子兩邊的牆垣上爬滿了不知名的藤蔓，開著紫粉色的小花，巷子最裡頭還有一間賣酒的鋪子。

有時候兩人會在宅子住上幾天，久而久之，跟鄰里也熟悉起來，大家和和睦睦地打招呼，並不知道這一對恩愛小夫妻的真實身分。

因為見過林非鹿不走正門，提著劍直接飛上牆垣，鄰居都覺得這一對夫妻是什麼武林高手，對於他們神出鬼沒的蹤跡見怪不怪，有時候兩人很長一段時間不在，鄰里人還會幫忙照看宅子。

之前林非鹿打完擂臺賽會回宅子歇一歇，對紀涼關門弟子好奇的人不在少數，偶爾遠遠地跟上一跟，漸漸大家知道那位紀大俠的徒弟，即墨劍法的傳人，就住在那條辛夷巷中。

臨近年關，朝中各項政事到了收尾回稟的階段，沒有宋驚瀾陪著，林非鹿不大願意自己一個人出宮去玩，是以最近有半月沒出過宮了。

一直等宋驚瀾忙完政事，趁著今日天晴風微，兩人換上常服，準備出宮逛一逛年底的廟會。

還未過年，宮外的年味卻已經很足了。

廟前整條街上都是人，求神拜佛舞獅雜耍，十分熱鬧。

林非鹿擔心這麼多人擠來擠去，她又愛看熱鬧，不注意會跟宋驚瀾走散，兩人便去月老廟求了一根紅繩，別人都是繫在心願袋上綁在樹上，他們卻用紅線繫住手腕。

紅線在皓腕之間纏了幾圈，不鬆不緊，輕輕一扯，就能感應到彼此的存在。

林非鹿很滿意，舉著手腕晃了晃：「你現在就是我的腕部綁定掛件啦。」

宋驚瀾笑著往回扯，她又扯回去，兩人你來我往扯來扯去，像兩個幼稚鬼，旁邊賣豆糕的小販都看不下去了：「兩位借過，麻煩不要擋我的生意好嗎？我還要努力賺錢娶妻呢！」

林非鹿一副我有錢的氣勢：「讓我為你的娶妻大業添磚加瓦！來十份豆糕！」

宋驚瀾失笑搖頭：「妳吃的完？」

林非鹿在小販喜逐顏開中掏出錢袋：「還可以帶回去給天冬他們嚐嚐嘛。」

於是宋驚瀾就一手提著包豆糕的黃油紙，一手牽著纏著紅線的手，逛起了廟會。

林非鹿最愛熱鬧，什麼都要停下來看一看，什麼都想嚐一嚐。吃完了東西，嘴巴一噘，宋驚瀾就笑著拿手帕幫她擦嘴。

廣場的空地上在表演舞獅，林非鹿一邊吃著零嘴一邊擠進去看，正看得津津有味，卻見對面人群中閃過一抹熟悉的身影。但人實在太多，待她細看時，又不見了蹤影。

宋驚瀾見她墊著腳打量，低頭問：「在找什麼？」

她皺了下鼻頭：「我好像看見硯心了，不過應該看錯了吧。」

話是這麼說，有了這個小插曲，後面逛的時候，她便仔細留意了。方才在人群中看到的那個紅衣背影確實跟硯心有幾分相像，雖然她會在此時來到此地的可能性只有百分之零點一，不過林非鹿還是抱著找小彩蛋的心情邊逛邊找起來。

廟會不僅雜耍多，吃食也多，春夏松雨她們一生未能出宮幾次，她每次在宮外遇到什麼好吃好玩的都會多買一些帶回去給她們嚐嚐看看。

前頭的小販推了一車的葫蘆，葫蘆裡裝的是自家釀的米酒，林非鹿嚐了兩口覺得還挺好喝的，興致勃勃地讓小販再來五個葫蘆，用線串起來，方便她拿。

正看著小販用線串葫蘆呢，旁邊賣棉花糖的攤販突然飄來一個熟悉的聲音：「小哥，我要一串棉花糖。」

林非鹿大腦反應過來之前，腦袋已經轉過去了。

穿著紅衣揹著寬刀的俠女正接過小販遞來的一大朵棉花糖，神色雖然淡漠，眼裡卻溢出丁點笑意。

林非鹿尖叫一聲：「硯心！」

硯心正低頭咬棉花糖，被這聲尖叫嚇得棉花糖差點掉了。她愕然一轉頭，林非鹿已經幾步併作一步衝到了她身邊，一把握住她的手腕激動地原地值跳：「硯心姐姐，妳怎麼來臨城啦？妳什麼時候來的？我哥來了嗎？」

硯心終於反應過來，淡漠的臉上露出驚喜，「小鹿，好久不見，我來了有幾日了，只有我一人，王爺沒有來。」

林非鹿激動到不知道說什麼才好，又轉過頭跟宋驚瀾說：「我就說我沒看錯吧！」

宋驚瀾笑著走過來，硯心雖未見過他，但見兩人姿態親密，也猜出了他的身分，略一拱手算作行禮。宋驚瀾伸手虛扶，笑吟吟道：「硯心姑娘，久聞大名。」

林非鹿怎麼也沒想到今日出宮居然會有這麼大的收穫，廟會也不想逛了，此處人多吵鬧，不是說話的地方，三人便朝外走去。

等嘈雜聲在身後遠去，她挽著硯心的胳膊開心地問：「硯心姐姐，妳怎麼來臨城啦？是來看我的嗎？」

硯心搖了搖頭，正色道：「我此番來臨城，是來尋人比刀的。」

林非鹿居然不覺得意外。

這才是武癡硯心嘛。

她笑吟吟地問：「不知是哪位厲害人物，值得妳跑這麼遠來比試？」

硯心語氣裡不無嚮往：「近來江湖傳言，紀涼紀大俠的嫡傳弟子現身臨城，妳可還記得當年陸家交出的那本《即墨劍譜》？如今便是這位姑娘傳承了絕世劍術，實乃我輩豪傑。我此番前來，就是為了找她比試。」

林非鹿：「……」

笑容逐漸僵硬。

硯心說完，轉頭認真地問她：「我聽聞，那位姑娘就住在臨城之中的辛夷巷，我這幾日都在巷中尋找，卻未見她蹤影，妳可聽過她的消息？」

林非鹿：「……確實是聽過。」

硯心臉上一喜：「那妳可知她如今在何處？」

林非鹿：「就在妳面前。」

硯心：？

林非鹿：「……」

羞恥又尷尬。

硯心看了她好一會兒，確認自己沒有聽錯，臉上的茫然逐漸化作震驚，遲疑道：「小鹿……妳……」

林非鹿語氣沉重：「對，沒錯，傳說中的妳輩豪傑，就是我。」

回辛夷巷的路上，林非鹿把自己拜師紀涼學習劍法，又為何會打擂臺賽的事逐一說了一遍，硯心總算知道了事情的來龍去脈，一時之間啼笑皆非。

她尋了那麼久的人，沒想到竟會是自己認識的人。

她當時聽聞消息決定來臨城尋人時，林廷還囑咐她：「若是找不到人，可去國舅府拜見宋國國舅容珩，言明妳與小鹿的關係，他應當會帶妳入宮，屆時便可讓小鹿幫妳打探。」

她不是個愛麻煩別人的性子，雖然這幾日沒找到人，也只想著再多蹲幾天，看能不能遇到。

走到巷中時，玩彈弓的小男孩看見她，遠遠便喊：「大姐姐妳又來啦？妳找到妳要找的人了嗎？」

硯心笑著說：「找到了。」

正值冬天，辛夷花樹還沒開花，樹枝光禿禿的，伸展在清澈的藍天下，卻別有一番景致。

兩人許久沒出宮，院子裡落了一層灰，宋驚瀾溫聲說：「妳們先在院中敘舊，我進去打掃一番。」

林非鹿點頭：「快點昂，我腿腿痛。」

他笑著說好。

硯心在旁邊看著，唇角不由得帶了笑意，等宋驚瀾走了才低聲說：「他待妳很好，王爺若是知道也當安心了。」

林非鹿笑彎了眼，正想問一問林廷和林瞻遠的情況，就見硯心一收笑意，拔出了背後寬刀，正色道：「事不宜遲，我們現在就來比一場吧。」

林非鹿：「……」

開始笑不出來。

她抱著她的胳膊撒嬌：「我打不過妳，那些傳言都太誇張啦，其實我只是個小菜雞。」

硯心不為所動：「紀大俠既收妳為徒，自然是看中妳的天賦，我相信他的眼光不會錯。」

林非鹿：「……」

妳不明白事情的真相，我也無法跟妳解釋什麼叫綠茶大法。

沒辦法，拗不過武癡。

林非鹿只好道：「我今日有些累了，而且也沒帶兵器，等今日在此歇一晚，明日妳和我一道入宮，我們再比如何？」

硯心這才笑起來：「好。」

於是第二日，林非鹿開開心心帶著硯心進宮了。

記得上一次在大林，她帶她參觀過皇宮，那次就像景點一日遊，這一次卻像是在帶好姐妹參觀自己的家一樣，又開心又滿足。

宋國皇宮沒個兩三日是參觀不完的，硯心見她興高采烈地介紹各處，不好打斷她的興致，便也沒提比試的事。

直到三日之後，就連皇宮廁所都參觀了一遍，實在找不出參觀的地方了，林非鹿不得不硬著頭皮接受硯心的比武邀請。

冬日的風捲起竹林的落葉，林非鹿提著劍看著對面的紅衣女俠，腦子裡開始迴盪「風蕭蕭兮易水寒，壯士一去兮不復還」。

她只是一個剛剛入門的小弱雞罷了，為什麼都要來虐她？

英雄榜上排名第十的人物，打她不是跟王者打青銅一樣嗎？

硯心等了半天，見她一直站在原地不動，便沉聲道：「那我先出招了。」

林非鹿大呼一聲：「等等！」

硯心刀勢已去，不由得又收回來，還把自己震了一下，「怎麼了？」

林非鹿重重嘆了一聲氣，十分沉重道：「事到如今，我不得不告訴妳這個祕密了。」

硯心不由緊張起來：「什麼祕密？」

只見對面的少女飛快轉身把劍扔給不遠處觀戰的宋驚瀾，扔下一句「其實他才是紀大俠的嫡傳大弟子妳跟他打吧」，然後腳下生風地溜了。

硯心：「……」

宋驚瀾：「……」

竹林的風一時之間彷彿靜止了。

半晌，硯心噗的一聲笑出來，有些抱歉地問宋驚瀾：「我是不是嚇到她了？」

宋驚瀾也笑了下，撿起地上那把劍，溫聲道：「我替她比試吧。」

硯心本以為林非鹿剛才那句話只是託辭，但小鹿不願意比，她自然不會逼她，見宋驚瀾提劍走來，便友好地點頭：「好，切磋武藝，點到為止。」

直到交上手，她被對方手裡那把劍逼得連連後退，幾乎沒有招架的餘地，硯心才知道原來小鹿所言非虛。

片刻之後，還是宋驚瀾先收了劍，抱拳道：「承讓。」

硯心凝神看著他，沉聲道：「我見過你，你是當年酒樓行刺的那個面具人。」

宋鷩瀾挑了下眉。

硯心拱手，目光敬重：「你的劍法比當年厲害了很多，當年我仍有一戰之力，如今卻已無力招架，是我眼拙了。」

宋鷩瀾微微一笑，溫聲問：「硯心姑娘打算在臨城待多久？」

硯心一愣，想了想才回答：「我此番前來便是為了比試，如今已經比過，也是時候離去了。」

宋鷩瀾神情溫和，將手裡的劍挽了個劍花：「姑娘若是願意在宮中多待些時日，我可每日與姑娘比武論劍，修妳心道與刀法，如何？」

與高手論武，最能提升自身，這種機緣可遇不可求，硯心不由臉上一喜：「當真？」

宋鷩瀾頷首一笑：「自然。」

硯心喜道：「好，那我便多留些時日！」她頓了頓，不由問道：「你是想我留下來多陪陪小鹿嗎？」

眼前的男子一點也不像傳說中殺人如麻手段殘忍的暴君。

他低笑著，說到她時，眉眼都是溫柔：「是，有妳在，她很開心。」

林非鹿不願意跟硯心打，一方面是不想丟臉，一方面也是清楚自己這個不正宗的傳人給不了硯心多大的幫助，還不如讓她跟宋驚瀾討教，對提升刀法更有作用。

她瞭解硯心的性子，她既為比武而來，比完之後也自當離開了。

回到永安宮後，林非鹿將打擂贏來的獎品都打包起來，除了天蠶寶甲，還有一些暗器丹藥之類的，反正她也用不上，打算一併送給硯心。

打包完禮物，她讓松雨拿了筆墨紙硯過來，準備寫封信給林廷，連著準備給林瞻遠的小玩具，讓硯心一起帶回去。

正寫著，硯心就回來了。

林非鹿一邊寫一邊笑著問：「硯心姐姐，比試結果如何？」

硯心坐到她身邊：「自然是他贏了，我受益匪淺，今後這段時日還要多多討教。」

林非鹿手一頓，驚訝地抬頭看過來：「欸？妳不走啦？」

她笑了笑：「暫時不走。」

林非鹿果然雙眼發光，把筆一扔撲過來抱她：「太好啦！還以為妳明日就要離開，連臨別禮物都準備好了呢。」

硯心不由好奇：「是什麼禮物？」

林非鹿便將自己贏來的獎品獻寶似的遞給她看，「這是天蠶寶甲，這是千針，這是百花解毒丸，都是我打擂臺贏來的哦！」

硯心接過來一一打量，目光露出幾分疑惑。

林非鹿不由問：「怎麼啦？不喜歡嗎？」

硯心搖搖頭，「謝謝小鹿，我很喜歡，只是……」她想了想才道：「天蠶寶甲和千針都是出自藏劍山莊的絕品，已消失於江湖多年了。我記得我曾聽師父說過，這兩件寶物歸了宋國皇室，收歸國庫之中，如今卻成為妳打擂的獎品，實在令人奇怪。」

林非鹿一愣，結合她的話，又回想起那段時間層出不窮的擂臺賽，頓時反應過來。心中一時又暖又甜。

這個人真是，連國庫的寶物都捨得拿出來打擂臺。

就沒想過萬一她輸了怎麼辦？豈不白白被外人贏走寶物？

哼，真是個不會持家的男人！

一邊哼哼一邊忍不住笑，硯心在旁邊看著覺得小鹿奇怪極了。

她進宮這幾日都住在永安宮，林非鹿向來沒有什麼身分有別的顧慮，跟硯心睡同一張床，像閨蜜一樣聊天笑鬧才合她心意。

宋驚瀾也沒有多說什麼，雖然這是他們大婚之後第一次分房，但只要她開心，他一向沒什麼意見。兩人每日一起用個午膳，其餘時間她都跟硯心待在一起。

連伺候的宮人都說：「皇后娘娘不來臨安殿，總感覺少了點什麼。」

今日用過晚膳之後，宋驚瀾摒退下人，又批摺子批到深夜，才回寢殿就寢。臨近年關，他希望過年的時候能清閒一些多陪陪她，把政事都集中到最近處理。

寢殿內靜悄悄的，他滅了燭火躺上床去，手臂下意識摸了摸旁邊空蕩蕩的位置，又搖頭一哂。

片刻之後，外頭傳來窸窸窣窣的聲音。

宋鷺瀾在黑暗中睜開眼，聽見寢殿的門悄悄地被推開，有人貓著身子輕手輕腳地走了過來。

他無聲笑了笑。

下一刻，有個冰涼的小身子鑽進被窩裡，往他懷裡拱。

宋鷺瀾順勢把人抱住。

她身上還殘留著冬夜的冷香，趴在他胸口笑咪咪問：「給你的驚喜，開不開心呀？」

他笑著親她下頷：「開心。」

她從他懷裡翻下來，躺進他臂窩，用手摟住他的腰，親親他的嘴角：「我來陪小宋睡覺啦。」

宋鷺瀾順著她的唇親回去，用熾熱驅散她身體的涼意，才終於滿足地把人按進懷裡：「乖，睡吧。」

過了一會兒，懷裡的小腦袋往外拱了拱，貼近他耳邊，小聲說：「謝謝你的擂臺賽，我很喜歡。」

黑暗中，他沒說話，只是笑了笑，把人按回懷裡。

硯心在宮中待了半月，每日除了和宋鷺瀾比試，就是陪著林非鹿宮內宮外到處閒逛，直到年關逼近，才不得不離開了。

林非鹿心裡雖然不捨，但總不好一直把大嫂扣在這，讓大哥獨守空房嘛，便也沒多說什麼。未免硯心不忍心，面上沒表露離別的悵然，只是將為大家準備的東西一一打包了一遍。

宋鷺瀾這幾日越發忙得不見人影，有時候她半夜偷偷溜去臨安殿想摸上床再給他一個驚喜，卻發現他根本沒睡，還在前殿看摺子。

林非鹿也不好再去打擾。為了方便送硯心離開，兩人前一日就出宮去了辛夷巷的宅子，宮人把她提前備好的馬和盤纏都送來了，兩人在宅中過了一夜，翌日一早林非鹿便送她出城。

剛出門，就看見宋鷺瀾拎著包裹牽著馬站在辛夷花樹下笑盈盈等著。

林非鹿沒反應過來：「你怎麼來啦？我送她就好了。」

宋鷺瀾笑著說：「不如與她同去？」

林非鹿愣了一會兒，以為自己聽錯了：「同去哪裡？」

他走近兩步，把人從臺階上拉下來，摸摸充滿疑惑又不敢相信的小腦袋，溫聲說：「就快過年了，我們去秦山和他們一起過年可好？」

天還沒亮，身後的天色霧濛濛的，遠處連綿的山頭溢出一縷熹光。

林非鹿定定看了他好一會兒，一頭撲進他懷裡。

宋驚瀾不得不放開韁繩接住懷裡的小姑娘，還好那馬聽話，被放開之後只是原地踱步沒有跑走。

她在他頸窩蹭了好一會兒，抬頭在他動脈處咬了一口，「不早點告訴我！」

宋驚瀾笑著問：「給妳的驚喜，開不開心？」

她哼了一聲，又吧唧在他微冒鬍渣的下巴上親了一口。

硯心聽說兩人要與她一起前去，自然極為開心，轉而又有些擔憂問宋驚瀾：「陛下無需處理國事嗎？」

林非鹿坐上那匹黑色大馬：「他這段時間忙得不見人影，肯定都處理完啦。」

宋驚瀾笑著點頭：「她說的對。」

硯心喜道：「那便好，此去可多住些時日！師兄們也一直記掛著妳，見妳去了定然高興。」

宋驚瀾微偏頭，林非鹿趕緊說：「我跟他們不熟的，我也不知道他們為什麼要記掛我！」

硯心：「……」

宋驚瀾忍不住笑起來。

天還未亮，三人騎馬同去。林非鹿和宋驚瀾同騎一匹，冬日的風雖然寒冷，她縮在他懷裡，卻覺得莫名的溫暖。

秦山臨近南方，距離宋國邊境很近，過邊境之後如若快馬加鞭不過一日就能到。

為了給林廷和林瞻遠一個驚喜，硯心沒有提前去信，三人掐著過年的時間緊趕慢趕，在過年的前兩日來到了秦山腳下。

上次來是春天，正值播種勞作的時節，到處生機勃勃。這一次卻是冬天，乾涸的農田裡紮著幾個破破爛爛的稻草人，但四周的村莊卻比上一次繁華了很多，炊煙嫋嫋，喜氣洋洋，一派人間煙火氣息。

林傾繼位之後，處理完當時堆積的政事和與宋國的外交後，便開始著手國內政務。

林廷就是在那時被分封到此處，秦山一帶成了他治下的封地。雖然此處偏遠又不繁華，看起來像是林傾對這位兄長的忌憚和針對，實則是他給這位皇兄最好的禮物。

如今秦山一帶在林廷的治理下欣欣向榮，加之有秦山上的千刃派作為後盾，無論江湖人士還是達官貴人都不敢在此鬧事造次，仿若成了一處世外桃源。

硯心不在時，林廷就住在山下的王府中。

齊王府本該修在城中，但林廷卻將其搬到了秦山山腳，每日跟周圍的農戶們日出而起日落而歸，生活十分愜意。

林非鹿跟在硯心身後邊走邊看，聽她介紹這一切的改變，驚嘆連連。

走過路口的門樓時，不遠處擺著幾個石磨臺的打穀場上正蹲著一群孩童在玩彈珠，一群幾歲大的稚童之中，卻蹲著一個清瘦俊俏的少年，興致勃勃地參與其中，好不歡樂。

林非鹿頓時激動起來，拍了拍宋驚瀾牽著韁繩環住她的手。

宋驚瀾會意，鬆開手臂，林非鹿便從馬背上跳下去。

她沒立刻喊他，而是繞到一邊藏到那座石磨臺後面，然後撿了幾顆小石頭，偷偷朝蹲在地上的少年的後背扔去。

少年疑惑地回過頭，什麼也沒看到，又轉過去專心致志彈彈珠。

林非鹿又扔了一個，他又回過頭來。

如此幾番之後，少年氣呼呼地站起身，插著腰大喊：「是誰打我？」

林非鹿笑得肚子疼，躲在石磨後說：「你猜！」

少年一愣，本就漂亮清澈的眼睛瞪得更大，白淨的一張臉都脹紅了，激動道：「是妹妹的聲音！是妹妹！是妹妹！」

林非鹿笑著從石磨後面鑽出來，張開手臂：「哥哥！」

林瞻遠尖叫著朝她撲來，一頭埋進她懷裡。

兩人抱著又叫又跳。

「妹妹！」

「哥哥！」

「妹妹！」

「哥哥！」

林瞻遠高興得滿面通紅，拉著她朝那群小孩跑去，熱情地介紹：「是我妹妹！妹妹，她叫小鹿！」

小孩們仰起髒兮兮的小臉，笑容卻格外純粹，齊聲喊：「小鹿姐姐！」

林非鹿笑咪咪從懷裡摸出在路上買的沒吃完的糖，分給這些小朋友們。林瞻遠看得眼饞，著急地伸手來拿，林非鹿在他手背拍了一下，「哥哥手髒，不准摸！」

他委屈地收回手，又張開嘴湊過來：「啊──」

林非鹿笑著餵了他兩顆糖。

他高興了，笑得眼睛彎彎的，林非鹿摸摸他的腦袋，輕聲問：「哥哥，在這裡過得開心嗎？」

林瞻遠重重地點頭：「開心！好玩的！好多朋友！」他頓了頓，又吸吸鼻子，委委屈屈說：「就是想妹妹了。」

林非鹿俯身抱抱他：「妹妹來啦，妹妹以後每年都來看你呀。」

他有些不好意思地扭了下身子：「只給妹妹抱一下哦，我長大了，不能抱妹妹的。」

林非鹿忍不住笑起來。

第三十六章　新生

宋鷺瀾牽著馬走近。

林瞻遠羞答答離開妹妹的懷抱，一抬頭，看見旁邊笑盈盈的人，高興一指：「是七弟！」

他沒有見過很多人，也沒有遇到太多事，在他單純的一生中，對他好的人他都記得。

林非鹿糾正他：「說過多少次啦，不是七弟！」

林瞻遠還是像以前一樣，指指自己：「六！」又指指宋鷺瀾：「七！」

然後十分理直氣壯地喊：「七弟！」

宋鷺瀾笑吟吟點頭：「嗯，六哥。」

林瞻遠高興極了，轉頭跟林非鹿說：「對吧！」

林非鹿：「對對對，哥哥說得都對。」

林瞻遠搖頭晃腦，本來想伸手去牽妹妹，但又想起自己剛才玩彈珠手上都是灰髒兮兮的，於是在衣服上蹭了蹭，改牽住林非鹿垂落的袖口：「妹妹，帶妳去看小動物哦！」

林非鹿笑著問：「有哪些小動物呀？」

林瞻遠邊走邊掰手指：「有很多的！小狗、小貓、兔兔、狐狸、猴子，還有好多刺刺的！是新來的！」

林非鹿一臉配合：「哇，是小刺蝟嗎？」

其實林瞻遠不知道秦山上的師兄們新送來的那隻小動物叫什麼名字，不過妹妹說是，那就是吧。

於是他認真地點點頭：「是的，是小刺蝟！」

齊王府建在村莊的後面，背靠著秦山，自山澗流下的一條溪流匯入旁邊的湖泊中，湖面浮著幾隻水鳥白鵝，湖邊用柵欄圈著一塊很大的空地，裡頭布滿木屋假山，儼然是一座動物居舍。

林非鹿遠遠就看見一隻猴子在樹枝上蕩來蕩去，追著一隻上爬下竄的毛茸茸松鼠。她雙手放在嘴邊捧著小喇叭喊：「空空！」

小猴子循聲看來，認出林非鹿後，頓時不追那隻松鼠了，從樹上遠遠一蕩，跳出柵欄後，一溜煙竄上林非鹿的肩。

牠長大了很多，也重了很多，林非鹿不得不用手拖住牠的紅屁股。

她轉頭有些得意地跟宋驚瀾介紹：「這是我養的小猴子。」她清清嗓子：「空空，跟小宋敬個禮。」

小猴子已經很久沒有執行過這項指示，愣了愣，才遲疑地舉起小爪爪放在腦袋邊撓了撓。

林非鹿痛心疾首：「空空，你變笨了！」

空空抱著腦袋吱吱叫了一聲，像在反駁。

宋驚瀾看著這一人一猴，失笑搖了搖頭。

齊王府門口沒有站崗的侍衛，裡頭伺候的人也不多，大多數時候，林廷喜歡親力親為。只是從小一直跟著他的小廝和當初在京中的王府老管家跟了過來，聽到外頭笑鬧的聲音，正在院中幫花圃除草的小廝跑出來一看，頓時欣喜道：「五公主！」

他匆匆行了一禮，林非鹿還未說話，小廝已經轉身興奮地跑進去報信了：「王爺！硯心姑娘把五公主搶回來了！」

林非鹿：？

這個搶字用得很靈性。

林廷很快走了出來。

他向來是溫和從容的，一舉一動給人沐浴春風的感覺，此刻匆匆趕來的身影卻難掩急切。看到門外笑盈盈的少女，還未說話，眼眶已經先紅了。

不過他很是知禮，看見站在林非鹿身邊的宋驚瀾，很快掩去失態，拱手朝宋驚瀾行了一禮。

宋驚瀾笑道：「齊王別來無恙。」

林非鹿已經蹦了過去，「大皇兄，有沒有被我嚇到！」

林廷笑著搖搖頭：「怎會被嚇到，這是天大的驚喜。」他接過硯心手裡的包袱，一邊往裡走一邊問：「趕路很累吧，先回府梳洗休整一番，這次回來打算待多少時日？」

林非鹿說：「起碼過完年吧！」

林廷難掩喜悅：「好，我們一起過年。」

比起京中的齊王府，秦山腳下這座王府顯得十分簡樸，更像歸隱之後的農家小院，充滿了生活氣息。林廷把兩人帶到別院，院子裡種著兩顆核桃樹，雖然冬天枯了枝芽，但看盤根交纏的樹枝也能想像到季節之後它們能結出多大的核桃。

府中沒有伺候的下人，林廷倒是習慣了，有些抱歉地對宋驚瀾說：「居室簡陋，不比皇宮，還望海涵。」

宋驚瀾溫和道：「我與小鹿在臨城中也置了一處宅院，與你這座鄉間別院倒有異曲同工之妙。」

林廷這才放下心來。

小廝燒了熱水送來，他現在才知道原來跟在五公主身邊的那名男子就是宋國的皇帝，想到自己聽到的那些傳言，再想想自己剛才說的那句話，提水過來的時候雙腿都在打顫，送完水之後就忙不迭跑了。

為了早日到達秦山，這一路快馬加鞭確實有些疲憊。

為了讓他們好好休整一番，林廷把林瞻遠也帶走了。小朋友好哄，說要帶他去買給妹妹的新年禮物，一下子就同意了。

林非鹿泡了個熱水澡之後就上床癱著，等宋驚瀾洗浴完過來時，床上已經傳出熟睡的呼吸聲。

他沒叫醒她，輕手輕腳地躺上床去，將嬌軟的小身子摟到懷裡，閉上眼睛。

外頭天還沒黑，黃昏的光影透過窗戶漫進來，柔軟的淺金色光芒將這張床籠罩，好像連時間都慢了下來。她在他懷裡皺了皺眉，似乎因為光有些刺眼而睡得不安穩。

她睡覺一向不喜歡太亮。

宋驚瀾微微抬手，擋在她眉眼的位置，擋住了黃昏的光，她終於安心睡去。

這一覺並沒有睡太久，大約半個時辰林非鹿就醒來了。

院外還有一縷橘紅色的夕陽，照在那兩顆核桃樹上，隱隱能聽見遠處犬吠，大人叫小孩回家吃飯的聲音。

林非鹿伸了個懶腰，往他懷裡擠了擠，嗓音透著幾分懶懶的沙啞：「我好喜歡這裡呀。」

宋驚瀾手掌撫著她的背，輕輕撫摸著：「那以後我們每年都來。」

林非鹿微微抬頭，額頭蹭著他的下巴，笑嘻嘻問：「宋國陛下老往大林跑，不怕被刺殺呀？」

頭頂傳來他的低笑：「皇后這麼厲害，會保護好孤的。」

林非鹿說：「那萬一我打不過刺客怎麼辦？」

宋驚瀾想了想，沉吟道：「那孤就只能自我保護了。」

懷裡的小東西一邊扭一邊哼哼：「說來說去，陛下就是非要跟著我一起來囉。」

他捏了下她的耳垂：「嗯，皇后去哪，孤就去哪。」

林非鹿感嘆：「真是個昏君啊。」

宋驚瀾笑了一聲，捏了捏她的後頸：「起來吧，小六過來了。」

林非鹿凝神去聽，什麼都沒聽到，不過他都這麼說了，肯定沒錯，於是一溜煙從他懷裡爬起來，跳下床去穿衣服。果然，剛穿完衣服，就聽見踢嗒踢嗒的腳步聲由遠及近，緊接著房門被大力敲響，傳來林瞻遠氣喘吁吁的聲音：「妹妹！妹妹！」

林非鹿跑過去打開門，林瞻遠懷裡抱著一個盒子，高興地遞過來：「給妹妹的禮物！」

不遠處傳來林廷無奈的聲音：「小六，我說過要等到過年那一天才可以給妹妹。」

林瞻遠轉過頭氣呼呼地說：「等不及了！我現在就要給妹妹！」

房中宋驚瀾緩步走近，笑著問：「六哥，我的呢？」

林瞻遠一回頭，緊張兮兮看著他，手指絞著袖口，心虛地說：「我……我沒有買給七弟……我的錢不夠……」

宋驚瀾一臉難過地嘆了聲氣。

林瞻遠頓時說：「我現在就去買！」

話落，轉頭就跑了。

林非鹿笑得不行，轉身打他。

吃晚飯時林瞻遠才回來，手裡捧著一個袋子，直奔宋驚瀾面前，獻寶似的：「七弟，你的禮物！」

宋驚瀾挑了下眉，笑著接過來：「這是什麼？」

林瞻遠驕傲插腰：「是我最喜歡的哦！」

宋驚瀾打開袋子一看，裡頭裝滿了五顏六色的彈珠，林瞻遠墊著腳湊過來，悄悄地說：「你現在是我們這裡有最多彈珠的人哦！我才只有三十、三十二個。」

他指了指袋子，用小氣音無比羨慕地說：「這裡面有五十個哦！」

宋驚瀾把沉甸甸的袋子收起來，放進袖口，一轉頭，看見林瞻遠還看著自己，不由笑道：「怎麼了？」

他眨眨眼睛，神情像極了林非鹿：「你不玩嗎？」

宋驚瀾若有所思，又把袋子拿出來，「那就玩一局吧。」

林瞻遠興高采烈點頭：「好！」

於是等林廷和林非鹿過來的時候，就看見大宋皇帝蹲在地上跟小傻子彈彈珠。

小傻子還嫌棄他：「七弟你的彈珠都要被我贏光了！」

宋驚瀾嘆了嘆氣：「六哥讓讓我吧。」

林瞻遠扭捏了一下，「好吧，那我就讓讓弟弟吧。」他一臉捨不得地看了看手中的彈珠，又自言自語鼓勵自己：「妹妹說過，謙讓是一種美德！」

林非鹿笑著走過來：「明天再玩吧，準備吃飯啦。」

林瞻遠看看七弟，又看看妹妹，最後詢問認真地：「七弟，我明天再讓你好嗎？」

宋驚瀾笑著站起身：「好。」

兩人玩了這麼一會兒手上都是灰，林非鹿一手牽著一個帶他們去洗手。

她以前教過林瞻遠洗手歌，他從小到大養成了習慣，每次都會按照妹妹教的步驟來洗。等他一邊唱一遍洗完手，轉頭一看，正好看到七弟笑著親了下妹妹。

林瞻遠頓時尖叫著衝過來擋在兩人之間，張開手臂大喊道：「不可以親妹妹！男孩子不可以親妹妹！」

林非鹿站在他身後笑到肚子疼。

林瞻遠憤怒質問對面的七弟：「你為什麼要親妹妹！」

宋驚瀾好整以暇地說：「因為我是你妹妹的夫君。」

他愣了一會兒，轉頭遲疑著問林非鹿：「妹妹的夫君是什麼？」

林非鹿摸摸他的腦袋，軟聲說：「是和妹妹相伴一生白頭到老的人呀。」

大年三十這一天，千刃派的師兄們在門派內的練武場上搞了一個超大的篝火團年宴。

這當然是林非鹿的主意。

千刃派弟子中有許多都是孤兒，長在門派，家在門派，到了闔家團圓的這一天，親人只有師兄弟們。練刀的大老爺們過得太粗糙，往年都是廚子做幾桌子菜，大家隨便吃吃喝喝，吃完各自回房睡覺，半點過年的氣氛都沒有。

林非鹿來了之後就帶著宋驚瀾和林瞻遠逛鬧市買年貨，像個批發商一樣買了幾百盞燈籠，幾百張窗花年畫，最後拿都拿不下，還是讓村裡的小胖墩回去報信，通知了秦山上的師兄們來幫忙運貨。

過年的前一天，幾百名弟子頭一次沒有練刀，掛燈籠的掛燈籠，貼窗花的貼窗花，整個千刃派變得喜氣洋洋。

林非鹿跟派中炊事班的師兄們溝通了一下，讓他們瞭解了篝火晚宴的精髓，然後就美滋滋地去挑選食材了。

她饞那個烤野豬肉很多年了。

當年那頭野豬體型又長大了一圈，再一次被人類貪婪的目光鎖定，頓時將青面獠牙的腦袋埋進了灌木叢裡，只露出一個瑟瑟發抖的屁股。

林非鹿站在柵欄外吞了好一會兒口水，轉頭遺憾地問林瞻遠：「真的不可以吃牠嗎？」

林瞻遠頭一次這麼堅定地反駁妹妹，插著腰大聲道：「不可以吃大黑！」

林非鹿嘆了聲氣：「唉，好吧，那我就只能吃點烤五花了。」

林瞻遠贊同地點頭，一臉嚴肅：「可以吃花花！我去摘花花給妹妹吃！」

於是林非鹿收到了一把野花。

野豬是吃不成了，家養的禽類也還不錯啦。炊事班的師兄們把一切準備齊全，蔬菜果實肉類分門別類切好放在架子上，林非鹿親手調了幾盆燒烤的醬料，雖然缺了些孜然味，但整體還是不錯的。

天將將黑，演武場上燃起了巨大的篝火，火焰直衝而上，將這個冬夜照得溫暖又亮堂。

林非鹿之前跟硯心偷偷合計過，找了一些弟子排練節目。唱歌跳舞自然是不會了，不過十幾個人站成一個方陣齊刷刷表演千刃刀法，還是很有看頭。

大家從未過過這樣的新年，不僅有燒烤吃有酒喝，還有節目看，喝到最後盡了興，還有人主動上前表演節目。

林廷也在大家的起鬨下被林非鹿推出去吹了一曲簫，清幽的簫聲響在熱鬧喧囂之中，就像是每個人行走煙火人間時，心中仍保留的那一方淨土。

林非鹿喝了幾杯酒，又被篝火烤著，臉頰顯得紅撲撲的。她發現宋驚瀾的手有些涼，就拉過他的手按在自己臉上，笑咪咪問他：「暖不暖和？」

她皮膚嫩，每次他一使力就是一道紅印。掌心繭子多，他的手掌貼著她臉頰沒有動，只是微微勾起大拇指，撫了下她濃密的睫毛：「暖和，喝了幾杯了？」

林非鹿想了想，伸手比了三根手指，嘴上卻說：「四杯了！」

宋驚瀾忍著笑意：「還能喝幾杯？」

林非鹿十分囂張：「你不知道我有個外號叫千杯不醉嗎！」她在宋驚瀾笑吟吟的打量下鼓起腮幫子：「你是不是不信！」

宋驚瀾說：「我信。」

林非鹿不依不饒：「你臉上明明就寫著我不信三個字！不行，我必須證明給你看！」

她放開他的手跑去倒酒。

硯心在旁邊耿直地說：「她已經醉了。」

醉而不自知的林非鹿又喝了三杯酒，才徹底暈了，倒在宋驚瀾懷裡拽著他的領子哼哼唧唧。

他低笑著重複：「千杯不醉？」

她醉暈了還知道反駁他，氣呼呼地說：「是這裡的酒不行！我千杯雞尾酒不醉！」

篝火場上已經醉倒了很多人，但沒人回去睡覺，因為大家約好了一起守歲。弟子們不停地添柴架火，篝火越燃越大，周圍熱烘烘的，加之都喝了不少酒，一點也不冷。

林非鹿蜷在宋驚瀾懷裡睡了一會兒。

周圍喧鬧不止，喝多了酒的大老爺們嗓門大，嘻嘻哈哈攪亂夜色。而她在他懷裡卻睡得十分安穩，好像只要有他在，不管身處何地，她都能無比安心。

過了午夜，有弟子敲響了林非鹿提前準備好的銅鐘。

她在鐘聲中迷迷糊糊睜開眼，一眼就看到垂眸注視自己的人。

見她醒來，他溫柔的眼裡溢出了笑意。

林非鹿往上伸手，他配合地低下頭來，她摟住他的脖子，微微抬身，親了親他的唇角，開心地說：「新年快樂呀，這是我們在一起過的第一個新年耶。」

宋驚瀾貼著她額頭，笑意溫存：「嗯，今後我們還要一起過很多個新年。」

半醉半醒的林非鹿從他懷裡蹦起來，抱起旁邊的酒罈子張牙舞爪：「都醒醒！起來嗨！」

篝火晚宴一直鬧到凌晨，天濛濛亮時，大家才彼此攙扶連拖帶拽地各自回房了。

宋驚瀾抱著林非鹿回到房中，她身上又有酒味又有煙燻燒烤味，他先把人放在床上，然後出門去燒熱水讓她洗澡。

鬧騰一整夜的秦山在此刻顯得無比靜謐，偌大的千刃派只聽得到山間鳥雀的聲音。

擔心她著涼，他等屋內的碳爐燃了起來才把人從被窩裡抱出來。林非鹿軟綿綿趴在他懷裡，任由他幫自己脫完衣服，又泡進水中。

宋驚瀾挽著袖口站在一旁，拿著毛巾輕輕拭擦她的身子。她就像個頑劣的小孩，半坐在水裡，瞇著眼用手指往他身上彈水。

他笑著抓住那雙不安分的手，「別鬧了，洗好了就睡覺。」

林非鹿醉醺醺地瞅著他，突然使壞似的笑了一下，小手扒著他的領子，軟著聲音說：

「宋驚瀾，我想要——」

他手頓了頓，無奈地摸摸她的腦袋：「乖一點，馬上就好了。」

他手都還沒從她頭上收回來，又聽到水裡的少女說：「夫君，我想要——」

宋驚瀾默了默。

然後把人從水裡撈了出來。

日出漸漸躍過山頭，晨光從窗戶稀稀疏疏透進房中。

他胸膛貼著她汗淋淋後背，趴在她耳後問：「還要不要？」

自作孽不可活的人哭唧唧：「不要了不要了！放我去睡覺吧嗚嗚嗚……」

這個新年過得格外盡興又疲憊。

大年初一，秦山腳下的村戶們開始挨家挨戶串門走親戚，民間的新年總是比宮中更為熱鬧和豐富多彩。

因為林廷的治理，當地百姓的日子越過越好，大家敬重這位溫潤的齊王，每家都往王府送禮物。或是自家做的吃食，或是新手縫的衣裳，不是什麼貴重物品，勝在心意。

林非鹿每天跟著林瞻遠到處瘋玩。

他在這裡住了這麼久，山上山下都竄遍了，儼然是個孩子王。當地的人知道他的身分，也知道他是個傻子，但此地民風淳樸，林瞻遠又生得俊俏可愛，誰見了都喜愛。

林非鹿一路走來，看他跟每個人打招呼，看每個人笑吟吟回應他。他視每個人為親人，而每個人待他為小孩。

他可以這樣一直純粹又快樂，就是她最大的心願。

幾日之後，林非鹿拎著宋驚瀾那袋彈珠，跟著林瞻遠一起在村口的壩子裡跟小朋友們玩彈珠，勢必要把小宋輸掉的尊嚴全部贏回來！

山腳下長長延伸出去的大路遠遠行來一隊馬車。

打頭的那匹黑馬上坐著一名錦衣華裘的男子，林非鹿福至心靈，站上石磨臺墊著腳打量著揮了揮手。黑馬上的人看到她，雙腿一蹬馬兒便撒蹄子飛奔過來。

越跑越近，穿過那道門樓後，林非鹿聽到熟悉的聲音：「小鹿！」

她站在石磨臺上又笑又跳地招手：「景淵哥哥！」

林景淵跑近，猛勒韁繩，馬兒嘶鳴一聲揚起前蹄，他從馬背跳了下來，直奔她面前：「小鹿！啊啊啊小鹿！」

林非鹿笑得不行：「景淵哥哥，你冷靜一點。」

林景淵：「不！我冷靜不了！妳好不好？在那邊吃得好嗎？睡得好嗎？過得好嗎？聽說妳當皇后啦！後宮有沒有美人欺負妳？宋國太后對妳好嗎？」

一連串問題砸出來，林非鹿完全顧不上回答。

她朝漸行漸近的那隊馬車打量：「還有誰來了？」

林景淵賣了個關子：「一會兒妳就知道了！」

林非鹿心裡隱隱有猜測，牽著林瞻遠朝前跑過去，馬車行至門樓前停下，打先跳下來的是名活潑的少女，尖叫著往她懷裡撲：「五姐！啊啊啊啊五姐！蔚蔚好想妳啊！」

林非鹿不敢置信地看著她：「妳為什麼比我還高了？」

林蔚：「嘿嘿。」

林非鹿：「……」

窒息！

兩姐妹還在敘舊，後頭的馬車又走下來兩名打扮樸素但難掩貌美的婦女，林非鹿聽到身後哽咽的聲音：「鹿兒、遠兒。」

林非鹿和林瞻遠同時跑過去：「娘親！」

蕭嵐滿臉眼淚，一手摟住一個孩子，一時之間淚如雨下。

站在旁邊的蘇嬪還是如以前一樣，淡聲安慰：「見到孩子了，該高興才是，哭什麼。」

林蔚說：「娘親，妳就讓嵐妃娘娘哭嘛，她都憋了一路了！」

蕭嵐又哭又笑，這才抹了眼淚。

他們的到來是林非鹿最大的驚喜。

信是林廷年前送去京城的，林非鹿來的那天他就讓人把信送出去了。本以為還需要些時日，沒想到接到信的林景淵迫不及待就把人帶來了。

如今的蕭嵐已是太妃，跟先皇的嬪妃都住在行宮別苑，因為林非鹿的原因，林傾對她格外優待。她有幾個真心交好的姐妹，蘇嬪就是其中一個，這一次出行來見女兒，林蔚聽說後也吵著要來，蘇嬪想著多年未出過宮，便也一道跟來了。

林念知本也想一起來，但因為懷著身孕不宜遠行，只能讓林蔚帶了一封信給小五，還附帶了一串超複雜的九連環。心中言明，她懷孕後腦子變遲鈍，實在是解不開這個九連環了，讓林非鹿在走之前解開，再讓林蔚帶回去給她。

除了林念知，林傾、司妙然、牧停雲，還有好多人都帶了東西給她。

每個人都惦記著她。

蕭嵐沒有見過宋驚瀾。

哪怕知道他對女兒好，還封女兒為后，可聽著那些傳言，心裡總歸是不安的。

直到今日見到這位溫和含笑的男子。

林非鹿有種第一次領著男朋友見父母的羞恥感：「娘親，這就是小宋！」

蕭嵐被這個稱呼震得一時間沒說出話來。

但這位宋國陛下一點也不生氣，看女兒的眼神裡，不掩溫柔寵溺。蕭嵐心中的擔憂就在這一個眼神中煙消雲散了。

齊王府頓時變得擁擠又熱鬧。

林非鹿跑去跟林廷提意見：「大皇兄，等過完年，你再擴修一下王府吧。」

林廷說：「只是如今擠一些，平日還是夠住的。」

林非鹿噘嘴：「那不是以後每年都要擠一擠？」

林廷遲疑著看向旁邊的宋驚瀾：「每年？」

林非鹿轉頭看過去，插著腰問：「對吧！」

宋驚瀾笑著一點頭：「對，每年。」

林廷再一次被這位宋國陛下沒有底線的縱容刷新了認知。但他縱容的對象是自己妹妹，所以其實還是挺高興的……

別人家的新年已經過了一半，他們的新年好像才剛剛開始。

王府因為林景淵和林蔚的到來，加上一個如今性子活躍不少的林瞻遠，從熱熱鬧鬧變成了雞飛狗跳。

明明都已經是長大成婚的人了，卻在此時露出年少模樣。

林非鹿站在廊下看著他們打跳鬥嘴，蕭嵐和蘇嬪坐在一旁繡著針線說著話，有那麼一瞬間，好像回到了小時候。

那個時候，剛見到他們的時候，她一定沒想過，他們今後會變成自己生命中如此重要的人。

宋驚瀾拿著一件斗篷過來披在她肩上，然後把人拉到懷裡，笑著問：「在看什麼？」

林非鹿偏著腦袋靠在他手臂上，好半天才低聲說：「在看老天贈我的禮物。」

上一世死的時候她曾想，這是她「為非作歹」的代價，是老天給她的報應，所以她對死亡欣然接受。

直到現在她才知道，那不是報應。

是老天補償給她的新生。

她曾經缺失的一切，都在這裡得到了補償。

黃昏的光讓時間都慢了下來。

好一會兒，宋驚瀾低頭親了親她，他說：「妳也是老天贈我的禮物。」

林非鹿歪過頭看他，眨眨眼睛，「那你有多喜歡這份禮物？」

宋驚瀾笑著：「妳不知道嗎？」

林非鹿哼了一聲：「我才不知道。」

他重新把她的小腦袋按進懷裡，低笑著說：「以後妳會知道的。」

他還有一生的時間讓她知道，他有多愛她。

——《滿級綠茶穿成小可憐》正文完——

番外一、宋小瀾

林非鹿是在成婚第五年有身孕的。

對於懷孕這件事，她一直持著順其自然的心態，畢竟這個時代避孕措施不好做，一切只能聽天由命。不過她偶爾還是會在心裡偷偷念叨，老天爺你可千萬別讓我太早懷寶寶啊，讓她多享受幾年的兩人世界吧。

老天爺似乎真的聽到了她的心願，於是這個孩子在滿宮期待中來得算遲了。

因為陛下只有這麼一位皇后，所以滿朝文武百官以及大宋百姓的目光都鎖定在林非鹿的肚子上。

這些年有關永安公主的風言風語早已在宋驚瀾的鐵血手段下消失殆盡，現在大家對流有大林皇室血脈的皇后生下皇儲這件事已經毫無異議了。

大家只希望她早點生，快點生，生個儲君下來，大家趁著宋國正值巔峰，陛下正當壯年，百官欣欣向榮之際，好好栽培這位儲君。

這幾年林宋兩國睦鄰友好，前些年大林的皇帝還來宋國都城拜訪過。沒有誰不熱愛和平，以此發展下去，哪怕今後陛下退位，流著大林血脈的皇儲繼位，兩國繁榮仍可延續下去。

百年和平，在這個時代實在太可遇不可求了。
大家伸長脖子等啊盼啊，終於在這個冬天，等來了皇后娘娘有孕的消息。
滿朝官員比當爹的宋驚瀾還激動。
林非鹿在請太醫來看之前就隱隱有預感，其實沒有什麼預兆，她經期推遲是常有的事，沒有孕吐，顯懷就更不可能了。但她某個早晨天還沒亮時突然醒來，就有種自己有了的強烈直覺。
宋驚瀾還睡著，手臂摟著她的腰，呼吸一下又一下輕輕拂著她的睫毛。
林非鹿躺在他臂彎裡，用手掌按著自己的小腹，過了一會兒，拿鼻尖去蹭他的臉。
宋驚瀾緊了緊手臂，把人往懷裡按了按，睡聲沙啞：「怎麼了？」
林非鹿聲音嚴肅：「小宋，我懷疑你要當爹了。」
宋驚瀾緩緩睜開眼。
兩人大眼瞪小眼，片刻，宋驚瀾迅速起身披上單衣走到門口，沉聲喊：「天冬！」
天冬在門外應了一聲。
宋驚瀾說：「宣太醫。」
於是天不亮，太醫就一路小跑來到了臨安殿，替神情嚴肅的皇后娘娘把脈。
林非鹿的直覺得到了證實，她確實有了。
才一個多月，脈象平穩，太醫喜不自禁，連磕了三個響頭，就下去開安胎藥了。

林非鹿盤腿坐在床上，低頭看自己平坦的小腹，有點愣，又有點迷茫，還有點莫名的期待和開心。宋驚瀾掩門走過來，摸摸她的腦袋問：「還睏嗎？」

林非鹿順勢打了個哈欠，「有一點。」

他抱著人躺下來，輕輕撫拍她的後背：「那繼續睡吧。」

林非鹿在被窩裡摸了摸，摸到他的手，然後抓住他的手掌，輕輕按在自己小腹上，用小氣音問他：「開心嗎？」

隔著一層薄薄的衣服，他掌心滾燙，低下頭親了親她凌亂的鬢間：「很開心。」

林非鹿感覺自己睡不著了，換了個平躺的姿勢，把他的手和自己的手都按在小腹上，聲音有些雀躍：「小宋，我們幫他取什麼名字呀？」

宋驚瀾還沒回答，她又說：「你猜是個男孩還是女孩呀？你喜歡男孩還是女孩？」

他笑著，親她的眼睛，親她的鼻尖，親她彎彎的唇角：「都喜歡，都好。」

林非鹿想了想，繼續雀躍地問：「如果是個男孩小名就叫宋小灡，女孩就叫宋小鹿，怎麼樣？」

他忍不住笑起來：「好。」

皇后有孕成為今年最大的喜事。

林非鹿身體好，胎兒也生長得很好，她雖然是第一次懷孕，但當年有個姐妹懷了孕她陪著一起去上過幾次課，知道孕婦不應該一直躺著，適當的運動和瑜伽反而更利於胎兒出生。

畢竟在這個醫療器械不健全的時代，生孩子是件很危險的事。

於是永安宮的宮人們每天心驚膽戰地看著皇后娘娘在墊子上做出各種奇怪的動作。別的女子懷了孕，恨不得十個月都躺在床上才好，自家娘娘卻這麼折騰，宮人們又怕又擔心，松雨勸不住，偷偷跑去找宋驚瀾。

然後林非鹿就給趕來的小宋陛下上了半個時辰的孕婦瑜伽課。

他早知她柔韌度好，又聽她說得頭頭是道，不由得好笑，雖然相信了她的說法，但為了保險，還是再去請教了太醫。太醫雖是第一次聽說什麼瑜伽，但結合醫學理念，給出了無害的結論，宋驚瀾才澈底放心了。

因為有孕，這個年就不能再去秦山跟大家一起過了。

林非鹿給林廷去了信，之後收起了好玩的心思，安安心心在宮中養胎。

不過養胎的日子並不悶，宋驚瀾知道她很喜歡看話本小說，便請了臨城中的一個戲班子進宮來演給她看。於是林非鹿過上了每天看真人版連續劇的幸福生活。

她閒得無聊，還把《射雕英雄傳》寫了出來，對於一個看過所有版射雕影視劇還不只看了一遍的人，默寫大部分經典劇情和臺詞簡直輕而易舉。

寫完劇本，書上金庸老爺子的大名，她把臨城中所有的名角都叫進宮來，選拔演員，然後把本子交給班主，每天看他拍戲。

大家什麼時候見過這種白話劇本，故事還如此精彩，表演形式新奇，戲劇衝突強烈，又十分具有觀賞性，於是金庸老爺子的名字迅速響徹臨城文曲界。

後來大家都知道，宮中有一位話本大佬，是皇后娘娘的御用話本大師！

林非鹿在懷孕期間好好過了一把導演編劇加製片人的癮，當然胎教也沒落下，每天都讓宋驚瀾對著她的肚子彈琴吹簫讀四書五經。

萬眾期待之中，第二年秋天，宋小瀾出生了。

林非鹿生產十分順利，宋驚瀾提前備好的針對各種危險情況的太醫以及民間大夫都沒用上，產婆進去一刻鐘之後，房中就傳出了嬰兒啼哭的聲音。

因為皇后娘娘這個先例，後來孕婦瑜伽推行到了民間，女子在懷孕期間增加適當鍛煉，一定程度上減少了林宋兩國女子生產時死亡的幾率。本來就因為和親而被百姓稱為活菩薩的林非鹿又一次無形中增加了自己在民間的聲望。

當然這都是後話。

宋小瀾剛生下來時，是個紅紅嫩嫩的醜猴子。

林非鹿第一次見到剛出生的嬰兒，第一眼就被醜到了。

她氣都還沒喘勻，差點哭出來，對坐在床邊握著她手的宋驚瀾說：「怎麼這麼醜啊？是不是變異了啊？」

宋驚瀾：「……」

還在繈褓中的宋小瀾哭聲更大了。

剛出生就被母后嫌棄長得醜的宋小瀾發憤圖強，終於在半個多月後，變好看了。

小嬰兒聽到殿外傳來腳步聲，還有母后身上熟悉的奶香味，一時間睜大了眼睛，小手無意識在空中晃著。

他終於變好看啦！

母后該誇他了吧！

簾帳被掀開，女子俯身探進來低下頭，一大一小對視了半天，林非鹿尖叫：「松雨！我的醜兒子去哪了？這是誰的孩子為什麼躺在我醜兒子的搖搖床上！」

宋小瀾：「……」

小嬰兒滿月之後，五官和肌膚慢慢長開了。

白白淨淨，黑眼紅唇，可愛得能把人的心萌化。

他平時還是很高冷的，雖然不哭不鬧，但宮女嬤嬤們逗他時他也不笑，只有當林非鹿在時，小嬰兒就會做出各種萌死人不償命的可愛表情。

林非鹿捂心：「啊！我兒子太可愛了，啊，好可愛啊！」

宋小瀾對此很滿意。

他就喜歡看母后被他可愛到的樣子！

宋小瀾跟他父皇長得很像，眉眼像是同一個模子刻出來的，但他的臉型和唇形隨了母后，所以五官顯得更為可愛柔和一些。

等到他會說話的時候，每天問林非鹿最多的一句話就是：「母后，我可愛嗎？」

林非鹿斬釘截鐵：「宋小瀾是這個世上最可愛的小朋友！」

宋小瀾看了旁邊低頭批閱奏摺的父皇一眼，又爬到林非鹿懷裡抱著她的脖子，湊近她耳邊偷偷問：「那是我可愛還是父皇可愛？」

林非鹿說：「當然是你啦！」她也湊在他耳邊偷偷說：「父皇是不可以用可愛來形容的，他是英俊帥氣！」

正在批摺子的宋驚瀾抬頭看過來，朝自己兒子緩緩笑了一下。

機智的宋小瀾從父皇的笑容裡察覺出某種意味，於是正在識字的他開始查閱可愛和英俊帥氣的差別。

查完之後發現，英俊帥氣不僅比可愛多了兩個字，誇讚成分也比可愛更重！

這本書不知道是誰寫的，上面居然還說，當你不知道如何誇一個人時，就誇他可愛。

這太讓人委屈了！

原來母后一直誇自己可愛，是因為她找不到別的誇獎詞了！

宋小瀾氣憤地哭訴：「我再也不要可愛了！」

於是林非鹿發現萌萌的奶團子成天板著一張小臉，小腰杆挺得筆直，也不穿她做的那些小恐龍皮卡丘衣服了。

宋驚瀾做什麼，他就在旁邊神情嚴肅地跟著學，穿跟父皇一樣顏色的衣服，梳一樣的髮型。

宋鶩瀾瞄了旁邊縮小版的自己一眼，斜著身子用手指支額頭。

宋小瀾立刻照做，結果因為身子和手臂太短，實在是搆不著，一頭從床上栽了下去。摔得哇哇大哭。

宋鶩瀾嗤了一聲，在林非鹿衝過來之前，伸手把奶團子撈起來，放在自己腿上，淡聲問：「你做什麼呢？」

宋小瀾抽抽搭搭說：「我……我在學父皇……」

林非鹿走到來擦擦他髒兮兮的小臉：「為什麼要學父皇呀？」

宋小瀾看看父皇，又看看母后，越想越委屈，仰著小腦袋嗷嗷直哭：「我也想像父皇一樣英俊帥氣，可是我根本學不會，嗚嗚嗚嗚嗚這太難了——」

番外二、我的妹妹這麼可愛

宋小瀾五歲那年被立為了太子。

他性格更多隨了林非鹿，外向又爛漫，逢人便笑，大眼睛一笑就彎成了月牙形狀，顯得粉雕玉琢人畜無害。人又聰明，兩歲開始識字，三歲就能背四書五經了，比他那個四舅舅強了不知道多少倍。

林非鹿一開始也以為兒子更像自己，直到有一天她看到宋小瀾小朋友為了多吃一根冰棒，可憐兮兮騙取松雨的同情之後，拿著冰棒在廊簷下偷偷露出了小狐狸一樣的笑容。

原來這還是個小芝麻湯圓？

一時之間竟不知他更像自己還是更像宋驚瀾。

哦不對，自己以前好像也經常幹這種事……

反正，繼承了父母智商以及性格的宋小瀾小朋友，成為了全宮乃至全朝乃至整個臨城百姓都寵愛的小太子。

除了父皇母后之外，宋小瀾最喜歡的人就是自己的小舅舅了。他三歲那年，大舅舅帶著小舅舅來皇宮做客，宋小瀾第一次見到母后常常提起的林瞻遠小舅舅。

宋小瀾在宮中不缺玩伴。

因為林非鹿在宮中開設了皇家幼稚園，讓文武百官們同齡的子女每隔幾日就來宮中上學。皇家義務教育，又有玩的又有吃的還能學知識，打小結識各界權貴，普通人進不來，朝官們擠破腦袋都想把孩子送進皇后娘娘創辦的春田花花幼稚園。

宋小瀾作為太子，是春田花花幼稚園裡最尊貴的小朋友。

朝官們每天送子女上學時都會百般叮囑，要對太子殿下恭敬，行事說話不可逾越，萬萬不能失了禮數。

所以儘管宋小瀾有很多同齡玩伴，可總是隔著身分地位，不能放開了玩，他一點都不喜歡這樣。

直到小舅舅的出現！

小舅舅不會因為他是太子就束手束腳，他做什麼小舅舅都願意跟他一起玩，而且比他還興奮。

小舅舅和父皇母后一樣對他好，他能從小舅舅的眼神和語氣裡感受到他對自己的喜歡。

宋小瀾這麼聰明，跟林瞻遠接觸沒多久就發現他跟尋常人不一樣。

他怕母后難過，於是偷偷問了父皇。

父皇說，小舅舅小時候被壞人下了毒，所以他永遠也長不大，永遠都是一個小朋友。

宋小瀾覺得這樣也沒什麼不好。

永遠當一個小朋友，多快樂呀！

宋小瀾被立為太子的第二年春天，林非鹿和宋驚瀾帶他去秦山玩。

這是宋小瀾第一次踏上母后的故土，也是他第一次離宮這麼遠。

他見到小舅舅跟他說起過的喜歡玩彈珠的朋友們，見到了大舅舅的動物園。鄉野風情不比皇宮華麗，卻讓他感覺自己像遨遊在天上鳥兒一樣自由自在。

正是栽種的季節，農民們每天日出而作日落而息，來時平坦空曠的農田裡沒過幾日就栽滿了綠油油的農作物。

田坎上開滿了迎風飛舞的野花，宋小瀾牽著林非鹿的手從縱橫交錯的小路上走過，像個好奇寶寶。

「母后，那是什麼？」

「是水稻，就是我們吃的米飯。」

「那這是什麼？」

「是南瓜。」

「哇，是我最愛吃的南瓜糕的南瓜！」

他第一次看見糧食的栽種，覺得一切新鮮極了。百姓們在農田裡忙忙碌碌，弓著腰插秧栽苗，宋小瀾看了好一會兒，轉頭跟林非鹿說：「母后，我以後會乖乖用膳的，再也不浪費了。」

他比大多數孩子聰明，很快體會到林非鹿帶來他看這些的用意。

如今的林宋兩國和平富饒，將來宋驚瀾把皇位交到他手上時，也會交給他一個無需擔憂繁榮昌盛的天下。

這一路行來，他看到過繁華的城鎮，也見過貧瘠的村莊。他要知道這天下不都如他所在的皇宮一樣奢華，也需知道他應有盡有的一切是來自何方。

不至於將來步宋國先皇的後塵，發出「何不食肉糜」的荒唐言論。

教育要從娃娃抓起，林非鹿深刻奉行了這個道理。

一家三口在秦山待了半月，過了半月閒雲野鶴的隱居生活，然後打道回宮了。

走的時候宋小瀾還不願意。

對於小朋友而言，比起華麗的皇宮，他還是更喜歡這種無拘無束上山下河的山野童趣生活。林非鹿抱著小朋友哄了好一會兒，答應以後每年都帶他來秦山度假，小朋友才終於抽抽噎噎同意了。

回程的路上，林非鹿一直沒什麼精神，時而犯睏。

她一開始還以為是因為馬車坐久了，舟車勞頓才導致自己嗜睡，直到回到宮中，睏意不減，招來太醫一看，才知道自己又有身孕了。

這一次跟懷宋小瀾的輕鬆不一樣，妊娠反應比上一次嚴重一些。小腹顯懷也很明顯，林非鹿每天都覺得身子重死了，又重又累又睏，瑜伽也不想練了，每天只想躺著。

宋鶩瀾每天監督她練瑜伽，不練也要拉著她在宮中走一走逛一逛。她多走幾步都不願意，回來的路程就讓他抱。她懷著身孕，重了不少，但宋鶩瀾抱她還是跟以前一樣輕輕鬆鬆。

直到月份大了之後，太醫才把出脈來，皇后娘娘這一胎，懷的是雙胞胎，難怪各種反應如此明顯。

林非鹿驚呆了。

原來自己還有這個天賦嗎！

她是挺高興的，宋小瀾知道自己即將擁有兩個弟弟或者兩個妹妹，也很高興，只有宋鶩瀾聽聞這個消息後眼神有些沉。

生育本來就有風險，而雙胞胎的生產風險更大。

雖然太醫一再保證，以皇后娘娘的身體情況來看，出現難產的可能性很小，但所有可能會有風險的事，他都不希望她去經歷。

宋鶩瀾摒退了臨安殿的宮人，只留下太醫一人。

殿中燭火通明，映在陛下晦暗的臉色上，嚇得太醫瑟瑟發抖，以為自己就要命不久矣。

誰知卻聽前方淡聲問：「可有使男子絕育的藥？」

太醫撲通一聲跪下了，連連磕頭：「陛下萬萬不可！陛下真龍天子，千金之軀，萬萬不可啊！」

腳步聲傾軋而近，太醫伏在地上，只看見一雙墨靴，頭頂的聲音淡又冷：「有，還是沒有？」

太醫簡直老淚縱橫。

片刻之後，宋驚瀾揮手讓他退下，臨走前，淡聲交代：「這件事，不可為第三人道。」

太醫瑟瑟發抖：「微臣知道，微臣就是死也會將此祕密帶進棺材裡！」

林非鹿並不知道這些，她還在安安心心養胎。只是每天進行胎教的人從宋驚瀾換成了宋小瀾。

他以前聽母后說過，他以前在母后肚子裡時，就是父皇每日吹簫讀書對他進行胎教。現在他長大了，也該輪到他施展自己畢生所學了！

於是小朋友每天坐在小板凳上，對著母后鼓起的小腹背四書五經。他還會彈古琴，小小的人兒端坐在古琴前，指尖一撥，就是錚錚琴音。每次看著他，林非鹿都會想到當年在翠竹居的小漂亮。

生產在深秋月桂浮香的時候。

林非鹿順利誕下兩個女兒，於是皇宮中又多了兩位小公主。

既是兩個女兒，之前想好的名字就不好再用了。

一個叫宋小鹿，另一個難道要叫宋小非嗎？實在太過敷衍！讀者都看不下去了！

於是林非鹿以「思慕」為名，姐姐叫宋小思，妹妹叫宋小慕。

嗯，完美。

妹妹剛出生時，期待已久的宋小瀾迫不及待來看望了。兩個小嬰兒睡在並排的搖搖床上，宋小瀾扒著床沿探頭往裡一看，一眼就驚呆了。

他抬頭看看旁邊坐在軟榻上解姑姑不遠千里送來的九連環的母后，再低頭看看搖搖床上的兩個妹妹，最後語重心長地嘆氣道：「母后，我知道為什麼妳以前嫌我醜了，我以前也像妹妹這麼醜吧？」

睜著一雙水汪汪眼睛的宋小思頓時哇哇大哭。

林非鹿說：「快跟妹妹道歉！」

宋小瀾：「妹妹對不起！哥哥錯了！妹妹是世界上最好看的女孩子！」

話是這麼說，離開永安宮之後，宋小瀾偷偷問從小照顧自己的婢女，他以前是什麼時候開始變好看的？婢女說是半月之後，於是宋小瀾便掐著時間，每天都來看一看妹妹的變化。

半月之後，宋小思和宋小慕還是那副皺巴巴醜兮兮的樣子。

宋小瀾急了。

時間到了啊！為什麼妹妹還沒變好看！難道要一直這麼醜下去了嗎？

寢殿內燃著暖和的銀碳，林非鹿靠著軟榻睡著了，宋小瀾扒在搖搖床上拿著波浪滾逗妹妹玩了一會兒，最後視線在她們臉上來來回回掃來掃去，最後握拳保證：「妹妹放心！就算妳們一直這麼醜，今後哥哥也一定會把天底下最英俊的男子送到妳們面前，任由妳們挑選！」

宋小思伸著小拳頭亂舞，咯咯地笑，口水都笑出來了。

宋小慕較為安靜，睜著圓溜溜的大眼睛看著哥哥，企圖聽明白他不停在動的嘴巴裡到底在說什麼。

當然，宋小瀾的擔憂都是多餘的，醜是不可能醜下去的。

美貌可能會遲到，但永遠不會缺席。

一月之後，兩個小公主變成了冰雪奶團子，又白又軟又萌，每日關注著妹妹變化的宋小瀾成功體會了一把母后當年的心情。

啊！我的妹妹太可愛了，啊，好可愛啊！

宋小瀾氣憤地在當年自己翻閱的那本書上批註。

——可愛才不是無詞可誇時的敷衍之語！可愛是世上最好最可愛的誇讚！

我和我的妹妹們，都很可愛！

宋小思和宋小慕三歲的時候，進入春田花花幼稚園上學。

這個時候的宋小瀾已經入太學讀書了，皇家幼稚園的小朋友們也換了一批，但師資教育以及幼兒教學系統在林非鹿的多年實踐之下更加完善了。

無論是大林還是宋國，以前從無女子當官的先例。

男尊女卑的古代，女子不做官，不從文，除去貴族子女外，民間女子亦不可進書院。

直到宋驚瀾在林非鹿的建議下，新設了「幼師官」這一官職，凡幼師官，皆由女子擔任。雖然品階低微，但算是開了有史以來女子當官的先例，震驚天下。

不過與其說是官職，幼師官其實更像教習幼兒的女先生。

她們無需學富五車，博古通今，只需品性溫良，認字識字，有一技之長，真心喜愛孩童便可參與選拔。

宋驚瀾一開始推行此事時，照例是受到了守舊派的阻攔。但宋國向來是他的一言堂，阻攔對他而言就跟雲霧一樣，伸手一撥就散了。

只不過最初的選拔有些困難，因為應召的女先生實在是少。

林非鹿並不想在這樣的時代搞什麼男女平等，她只是希望在力所能及的範圍內，讓女子的地位和生活更加優善一些。

當初她大婚之後，宋驚瀾就下令將宮中美人全部送出宮去，但其中有幾位美人是被家族作為棋子送進宮來的，一旦離宮，她們對於家族的價值就完全失去了，出宮後的日子恐怕會十分艱難。

而且太后當時也希望能留幾人在宮中陪伴自己，林非鹿畢竟不能天天去陪老人家說話，得知情況後便讓宋驚瀾只將願意出宮的送走了，剩下的幾人便留在了重華宮常伴太后。

推行幼師官之後，起初沒有女子來應召，林非鹿思來想去，覺得得先給大家開個先例做個表率，便將留下來的這四位美人召到永安宮，問她們是否願意應召。

既能被家族選中送入皇宮，琴棋書畫自然是樣樣精通，後來又能在宋驚瀾的「暴虐」手段下活下來，可見也是安分守己的。

她們在宮中的日子平淡又無聊，除了重華宮四周，平時不敢往別的地方去，生怕衝撞了帝后。對於家族而言她們已成棄子，如今皇后娘娘仁慈，竟讓她們做官，能改變日復一日死水一般的生活，哪還有不願意的。

於是第一批幼師官誕生了。

林非鹿幫她們集訓了一段時間，四位美人便自此成為幼師官，開啟了在春田花花幼稚園當老師的快樂生活。

比起之前那些滿口之乎者也的夫子先生，經歷過職業培訓再上崗的幼師官明顯更適合教導這些小豆丁們。

當初朝官們雖然都想把子女送入皇家幼稚園，但其中有不少小朋友每次都哭鬧著不想上學。直到幼稚園中的先生換成了幼師官，小朋友們每天最期待的事就變成了上學。

著統一宮裝的幼師官們能歌善舞，教小朋友們背九九乘法表，帶他們玩遊戲，又溫柔又漂亮，沒有小朋友不喜歡！

於是一傳十十傳百，推行成功的幼師官開始慢慢被人接受。

應召的女子也逐漸增多。

皇家行事向來是百姓們的風向標杆，皇家幼稚園開辦得紅紅火火，朝官無不以子女進入皇幼為榮。民間百姓進不去皇幼，當然也有自己的辦法，於是私立的民間幼稚園應時而生。

民間女子自此多了一條當官的路，夫子先生也終於不再局限於男子。

宋小思和宋小慕已經是春田花花幼稚園不知道第幾批學生了。

宮中備受寵愛的兩位小公主來上學，幼師官們自然不敢怠慢，生怕在園期間磕著絆著，或者被貴族子弟中某些混世魔王欺負了，園長專門派了兩位幼師官全程照看，確保萬無一失。

結果一日下來，幼師官發現完全不用擔心。

大公主乖巧可愛，冰雪聰明，幾句話就讓平日那些混世小魔王乖乖聽她差遣。

小公主靦腆內向，又萌又軟，雖然不愛說話，但用一雙紫葡萄似的眼睛望著你時，只想讓人捧在手心好好愛護，生不出半點欺負之心。

兩姐妹的幼稚園團寵生涯就此開啟。

其實她們長大之後，林非鹿發現這兩小團子的性格完全不一樣。

簡單點來形容，就是一黑一白。

宋小思比她哥哥還黑，宋小慕則像一家四口缺失的白都被她補上了。

自己和小宋陛下居然能生出一個傻白甜，林非鹿對此感到很驚訝。

宋小瀾為此很擔憂，每隔幾日便囑咐宋小思，「小思，妳在幼稚園要看好小慕，別讓她被那些混小子騙走了！」

宋小思彎眼一笑：「哥哥放心，只有我把別人騙回來的份。」

宋小瀾：「……倒也不必如此。」

林非鹿每日看著自己這三個性格迥異的孩子，覺得連續劇都不用看了，看他們就夠有趣了。

擼孩子比擼貓貓狗狗幸福多了。

翻年之後，宋小瀾就要滿十歲了。其實在林非鹿眼中，兒子還只是個小朋友，但宋驚瀾已經開始教他參政。有時候林非鹿領著兩個女兒坐在一旁玩飛行棋，就聽見旁邊宋驚瀾在問兒子：「這件事若是交給你去辦，你會如何做？」

宋小瀾看旁邊的飛行棋一眼，然後背著手在父皇的逼視下努力作答。

晚上就寢時，林非鹿拿手指戳宋驚瀾的腰，「小瀾還小，你不要給他太大的壓力呀！晚幾年再學也來得及。」

宋驚瀾握住那雙不安分的手放到胸口，嗓音有些懶，「早日學，早日接手政事。」

林非鹿拍了他一下：「要那麼早學做什麼？你還沒老呢，難不成這麼快就把皇位傳給他啊？」

宋驚瀾笑著「嗯」了一聲。

林非鹿不依不饒地推他：「嗯什麼嗯！宋驚瀾我跟你講，孩子的童年是很重要的，你不可以剝奪兒子的童年樂趣！不然我跟你沒完！」

宋驚瀾摟著她的腰緩緩低下頭來，要笑不笑地問：「妳要為了他和我沒完？」

於是第二天，宋小瀾震驚地發現，自己的課業又加重了。

天啊！這是為什麼啊！

宋國小太子簡直太難了。

林非鹿發現這件事之後真是又氣又好笑，晚上睡覺背對著這個連自己兒子都不放過的大魔王。

宋驚瀾哄了好一會兒沒把人哄過來，只好嘆著氣妥協：「近日政事清閒，舅舅又剛好在城中，明日我們帶他出宮遊玩幾日可好？」

林非鹿這才哼了一聲，慢騰騰轉過來躺進他臂窩。

翌日得知將要出宮遊玩的宋小瀾果然很驚喜。

林非鹿本來以為只是在臨城中玩一玩逛一逛，沒想到宋驚瀾安排好了車馬隨侍，竟是要一路下江陵。正值暮春，江陵的櫻花開得正好，宋小思和宋小慕還未去過那麼遠的地方，於是林非鹿把兩個女兒也帶上，一家五口出宮旅遊。

宋國官員的執行能力在宋驚瀾的治理下一向很強，這一路遊玩路線確定之後，沿途安排了暗中護駕的侍衛和接待的官員。

林非鹿只帶了松雨和拾夏，方便照顧三個孩子，一家人就像普通的富貴人家，離開臨城一路遊玩至江陵。

沿途春光無限好，宋小瀾自小學習騎射，這一路不跟妹妹們一起坐馬車，而是騎著自己養的駿馬，昂首挺胸地跑在前面。

宋小思扒著窗口看著哥哥一騎絕塵跑沒了影，慢騰騰坐回來，看了在一旁看話本的母后一眼，撐著小下巴悵然地嘆了一聲氣，「好羨慕哥哥哦。」

林非鹿：「有話直說。」

宋小思：「我也想學騎馬。」

林非鹿：「等妳再長大一歲就學。」

宋小思高興極了，撲過來抱著母后親了一口。

馬車行至傍晚歇腳的城鎮時，城門外排著長隊，是城中商戶在收糧食。

宋小瀾一馬當先走在前面，經過隊伍時，正看到稱糧的小廝將賣糧百姓遞上來的袋子摔在地上。

麻布袋裡的糧食灑落一地，地上都是泥灰，賣糧的老人頓時急切地去撿，卻被小廝推了一掌，惡聲道：「沾了灰的糧食我們可不再收了！」

他稱了稱剩下的半袋糧食：「十斤，去旁邊領錢吧。」

老人心疼地看著地上的糧食，哀求道：「我在家中稱的是十五斤，足灑了五斤，這是你方才失手才……」

這話沒說完，那小廝便橫眉怒目：「分明是你自己沒拿穩，竟敢怪到我頭上？你們誰看到是我弄灑了糧食？」

後頭的百姓哪敢出聲，紛紛低下頭。

老人的眼淚都快下來了，但又無能為力，只好顫巍巍去旁邊領錢，身後突然傳來一聲稚嫩的聲音：「我看到了！」

眾人一回頭，見是一名端坐駿馬之上的錦衣少年，模樣略顯稚嫩，但滿身貴氣，正憤怒地指著稱糧那小廝：「我看到是你灑了這位老伯的糧食！還不趕緊賠錢！」

小廝見他眼生，看他身後車馬，便知是外地來的，俗話說強龍不壓地頭蛇，他主家在城中富甲一方，作威作福慣了，當即便道：「我甄家的事可輪不到你來插手，識相的就趕緊滾！」

宋小瀾哪見過這麼倡狂的人，當即大怒，手中馬鞭往前一擲，便將小廝團團捆住，再往後一扯，小廝摔翻在地。

他跳下馬來，看起來清瘦，力氣卻不小，一把拎住小廝的領口，怒道：「隨我去見官！我今日必須與你好好說道！」

旁邊的老人著急道：「少俠一番好意老朽心領了，少俠不必為了老朽與甄家為敵。」
卻聽少年擲地有聲：「管他甄家假家，大宋律法之下，我看有誰敢混淆黑白！走！」
他身後還跟著幾名侍衛，甄家的小廝想圍上來，紛紛被踢飛，於是一行人便往城中去。
宋小思趴在窗口看完這一幕，回頭不無興奮：「哥哥好帥啊！」
林非鹿淡定吃著宋驚瀾剝好餵過來的葡萄：「嗯，頗有為母當年風範。」
事情結果不言而喻。
跟來圍觀的百姓們得知這少年竟是當朝太子，震驚之後紛紛跪拜高呼「太子千歲」。處理完此事，叫小廝賠了錢，宋小瀾才想起自己在氣頭上把父皇母后丟下了，趕緊回身去找。
就見馬車在縣衙外面等著。
他一上車，兩個妹妹撲過來一左一右抱住他的胳膊：「哥哥太帥啦！哥哥好棒！」
小少年還怪不好意思的。
偷偷看了父皇一眼。
宋驚瀾在幫林非鹿剝水果，垂著眸淡聲說了句：「做得不錯。」
宋小瀾頓時更開心了。
卻聽他又問：「接下來還該做什麼？」
宋小瀾畢竟才十歲，愣了一會兒，遲疑地說：「甄家小廝如此倡狂，可見甄家平日在城中行事就很囂張，我應該……再將甄家主人訓誡一番，叫他今後有所收斂，不敢魚肉百姓。」

宋鷺瀾剝完葡萄，見他還站在前頭，拿起帕子擦了下手：「不去還站在這做什麼？」

宋小瀾這高高興興地去了。

吃著水果的林非鹿後知後覺地覺出不對來，她戳戳宋鷺瀾的肩窩：「我們這次出行是來做什麼的？」

宋鷺瀾笑著把水果餵到她嘴裡：「遊玩。」

林非鹿眯著眼看他：「我怎麼感覺你是換了種方式找事給兒子做？」

直覺在這一路得到了驗證。

每到一個地方都會遇到不平事，然後宋小瀾就要出面解決。

於是不久之後民間便盛傳，太子正在微服出巡，體察民情，解決民怨，不少有冤的百姓甚至攔路伸冤，宋小瀾這一路沒閒下來過。

雖然他自己還挺高興，也在無形中積累了太子在民間的聲望，但林非鹿還是很生氣！

可又不能攔著宋小瀾不讓他為百姓做好事，最後只能找宋鷺瀾算帳：「你居然連自己兒子都套路！我跟你沒完！」

宋鷺瀾笑著把人按在床上，親到她沒脾氣沒力氣，最後還問：「怎麼個沒完法，嗯？」

林非鹿：「……」

兒子，娘真的已經盡力了！

番外三、校草與女神

高二上學期開學沒幾天，高二七班轉來一個轉學生。

海市七中是明星中學，七班又是明星中學裡的火箭班，只能靠成績考進來，走後門攀關係的手段在這沒用，哪怕是市長、首富的子女來了，也必須實實在在地考一場才行。

但這個轉學生轉來的悄無聲息，根本沒人知道他到底有沒有考試。還是班長去辦公室交作業的時候聽到另一個班的老師問自己的班導師：「你班上那轉學生今天就要來報到了吧？」

七班的學生們才知道這件事。

海七的學霸們擠破腦袋都想進七班，也不是人人都能如願，這轉學生是什麼來頭，居然輕輕鬆鬆就轉進來了？

火箭班的學霸們對這位轉學生表示了極大的好奇和質疑。

大家紛紛表示，火箭班的傳統和原則不能被打破！如果這位轉學生的成績不符合七班的要求，那大家就要聯名向班導師請願，絕不能讓社會上浮躁的風氣影響學霸們的世界！

早上第二節課上課鐘響後，下課期間議論紛紛的教室瞬間安靜下來。

這一節是班導師陳麗的課，學生們早已拿出課本和筆記，翻到已經預習好的那一頁。高二才剛開學，其他班都還在學第一章，七班的進度卻已經學完三分之一了。

這，就是火箭班的實力！

伴隨著叮鈴鈴的鐘聲，陳麗抱著教科書踏進了教室，而她身後，跟著一個穿白襯衫的高個子少年。

晨起的陽光透過教室的玻璃窗落在他漆黑的碎髮上，好像在頭髮鍍上了一層蓬蓬的柔軟金色。他站在講臺上，個子被黑板襯得很高，身段清瘦，五官有種令人驚豔的帥氣。

班導師開口道：「今天我們班上轉來了一個新同學，下面讓他跟大家做個自我介紹。」

少年抬眸，看向底下直愣愣的同學們，然後彎唇一笑，聲音又溫柔又乾淨：「我叫宋鷺瀾，今後希望和大家相處愉快。」

全班女生包括部分男生，在這個溫柔又漂亮的笑容中倒吸了一口涼氣。

靠！這個轉學生是從天上轉來的吧？怎麼能帥到這個地步？

啊？什麼傳統？什麼原則？原則就是拿來打破的！

陳麗點點頭，指著第二排靠窗的空位：「你先坐那裡吧，等過兩天入學考試的成績出來了再重新排位。」

宋鷺瀾單肩搭著書包走了過去。

全班的視線跟著他移動。

他似乎一點也沒察覺這些露骨的注視，走到第二排，朝著瞪大眼睛看著他的同學微微一笑，然後坐了下來。

陳麗開始講課。

宋鷺瀾把書拿出來，想把書包放進抽屜裡，才發現裡面已經裝的滿滿當當，像是在宣告這個位子早有主人。

他把書包丟在腳邊。

翻開書準備聽課時，看到書桌的左上角用紅色的馬克筆寫了一個「小」字，字周圍還畫了些彎彎繞繞的藤蔓裝飾。

宋鷺瀾不動聲色看向右上角。

那裡寫著一個「鹿」字。

他往後靠了靠，低頭看見下方的兩個桌角分別寫著「專屬」。

連起來就是：小鹿專屬。

他神色淺淡收回視線，投向黑板上。

不愧是火箭班的同學，自制力就是強，就算被轉學生驚豔到，上課期間還是專專心心聽課，直到下課鐘聲響起，老師走出教室，全班的目光再次不約而同落在了宋鷺瀾身上。

他闔上筆記本，偏頭看見同學正直直看著自己，想搭話又不敢，彎唇一笑，溫聲問：「我坐的這個位子有人嗎？」

同學趕緊點頭：「有的有的！是小鹿的位子，不過她去B市參加物理競賽了，要後天才回來！」

他神色透出幾分顧慮：「那我坐了她的位子，她會不會不高興？」

同桌連連搖頭：「不會不會，小鹿很好說話的！」

宋驚瀾笑了下：「那就好。」

第三節課是英語，他還沒領新書，上一節課用的書是陳麗剛才在辦公室找的舊書，同學見狀便道：「你先用小鹿的吧。」

見他有些遲疑，同學熱情地趴過來在課桌裡翻找一番，然後把英語課本抽了出來，「你先用著吧，小鹿是學藝股長，平時大家有什麼學業上的困難她都會幫忙的，她是我們班的女神，嘿嘿。」

宋驚瀾看著那本半新不舊的英語課本，笑著點了下頭。

英語老師已經走上講臺，他翻開書，看見扉頁上娟秀的三個字：林非鹿。

英語課的進度已經上到了第四章，宋驚瀾一頁一頁翻過去，看到課本每一頁的空白處都有主人的塗鴉。她似乎很喜歡這些花花綠綠彎彎繞繞的藤蔓，把空白的頁邊都畫滿了。筆記反而很少，多是一些沒有營養的隨筆。

——『剛在數學書上打完醬油的小明又來到了英語書中，讓我們期待他接下來的表現。』

——『今晚吃紅燒排骨還是回鍋肉呢？』

——『好煩，為什麼這麼多人喜歡我。』

——『唉，像我這樣的小可愛，誰不喜歡呢？』

——『唉，天生麗質難自棄，我要是生在古代，一定是個妖妃吧！』

——『每天都想跟娜娜米搶巴衛。』

——『呵，學習這個磨人的小妖精。』

宋鶩瀾腦子裡對這個位子的主人有了立體的形象。應該是乖乖的，小小的，可愛又活潑，愛笑又容易炸毛。

講臺上的老師講到了文中語法重點。

他想了想，還是拿起筆將重點筆記寫在書上。

接下來一整天的課程，他都用著座位原主人的課本，為了回報借書之恩，宋鶩瀾將每一堂課的重點筆記條理清晰地寫在了課本上。

一天時間下來，七班轉學生的消息傳遍整個年級，校草之位當天易主，各班學生都跑到七班門窗外偷看大帥哥。

之前的質疑都沒了，大家紛紛表示：長得這麼帥，成績一定也很好吧！唉，就算成績不好也沒關係，畢竟長得這麼帥了，成績如果還很好，那老天爺也太不公平了吧！

七班同學迅速接納這位轉學生。

還生怕他跟不上本班的學習進度，每節下課都要過來問問他需不需要幫助。

畢竟如果成績太差，是會被踢出去的！

七班的女生們在女生群組裡斬釘截鐵：『不可以讓校草流落到其他班！必須留下他！』

剛下飛機還在等車的林非鹿看著群組內迷惑發言，打了個哈欠。

第二天，缺席幾天課程的林非鹿回到學校上課。

她來的挺早，畢竟課程落下這麼多天，想著早點來整理一下。走進教室時，卻發現自己的座位上已經坐了一個人。

他穿著七中藍白色的校服，碎髮薄薄地搭在額前，正低頭看一本英語習題。因低著頭，未能看清長相，只是上半身挺直，半袖之下的手臂隱約可見勁瘦的線條。

林非鹿走過去，敲了敲桌角：「同學，你是不是坐錯位子了？」

少年抬頭看來。

一眼就讓人淪陷。

外貌協會成員林非鹿瞬間就不行了。

卻見漂亮少年溫柔一笑，半疑問半肯定，聲音好聽到能讓人耳朵懷孕：「小鹿？」

聽！是誰家的小鹿撞死了？

啊！是我家的！

林非鹿悄悄咽了下口水，讓自己穩住，不失高冷道：「這是我的位子。」

他笑著點了下頭：「嗯，這是妳的位子。」

宋鷺瀾發現這個位子的主人跟自己想像的完全不一樣。

她不小，看起來也不乖，五官有種近乎侵略性的美，是讓人見之不忘的漂亮。平凡的校服也難掩長腿細腰，一把黑髮高綁在腦後，青春靚麗，又不掩淡定。

很難想像這樣的少女會在書上寫下「我怎麼這麼可愛」這種話。

宋鷺瀾拎著書包站起來，林非鹿這才發現他很高，自己要仰著頭才能看他，聽到他略帶歉意地說：「這幾天我暫時坐在妳的位子，抱歉。」

啊，又帥又有禮貌，絕品！

難怪這幾天班上女生群組訊息每天都 999+，她能理解她們的激動了。

不過自己高冷女神人設不能崩，林非鹿淡然一點頭：「沒關係。」

宋鷺瀾：「還借用了妳的課本。」

林非鹿：「……」

宋鷺瀾微笑：「老師講的重點我都幫妳記在書上，妳可以再整理一下。」

等等，他應該沒有看到自己那些胡言亂語吧？

她企圖從少年漂亮的五官上找出蛛絲馬跡。

但他只是溫柔地笑著，垂眸看著她時，又長又密的睫毛微微垂下來，讓她有種被溫柔注視的錯覺。

林非鹿看了半天，乾巴巴地說：「哦，謝謝。」

宋驚瀾笑了下，拎著書包走向教室後排。

她盯著他的背影看。

修長挺直的背影，肩寬腰窄，腿出奇的長，明明只是一件普通常見的校服，卻被他穿出了高奢訂製款的感覺。

林非鹿感覺自己心中的小鹿活了又死，死了又活。

宋驚瀾走到後排，坐在平日大家畫黑板報的位子。他後背微微靠著牆，腳蹬在椅子的橫欄上，繼續看那本習題冊。

林非鹿看了半天，覺得怪可憐的。

她取下書包放好，慢騰騰走過去。

看書的少年抬頭，黑瞳裡映出她遲疑的模樣。

他微偏著頭：「怎麼了？」

林非鹿說：「要不然你還是坐我那裡吧。」

宋驚瀾笑起來：「那妳呢？」

林非鹿面不改色：「我們可以共用一個桌子。」她說完又補了一句，「我是學藝股長，應該的。」

宋驚瀾接受她的建議。

七班只有四十個學生，但教室並不小，所以課桌之間的空隙還是很寬敞的，放兩張椅子綽綽有餘。只不過林非鹿靠隔壁更近，把大部分的空間都留給了他。

早自習是英語。

林非鹿拿出了自己的英語課本，翻到最新一章。

上面果然字跡清晰寫滿了筆記。

她又翻到前面看了看，心想，他應該沒看見這些自己鬼畫符吧？

林非鹿偷偷看了旁邊的少年一眼，他正在默寫單字，察覺她的目光，他偏頭看來，視線對上之後，又看向她手中的英語書，最後挑唇笑了笑：「藤蔓畫得很漂亮。」

林非鹿：「……」

啊啊啊她的女神人設是不是崩了！

早自習結束，班導師就把入學考試的成績單貼到黑板旁邊的宣傳欄裡，然後指揮班幹部帶領學生們重調座位。

這也是火箭班的傳統，每學期入學考試之後，都會根據成績安排這一學期新的座位。所以林非鹿只跟新來的校草同桌了一個早自習，就要被迫分開了。

生氣！她本來還打算趁機挽救一下人設的！

唉，也不知大帥哥要便宜哪個幸運兒了。

林非鹿內心戲一大串，表面上還是淡淡然然，收拾好自己的東西，準備搬新位子。

隔壁桌依依不捨：「小鹿，我好想繼續跟妳坐一起啊，跟妳坐的這一學期我的物理成績提高了好多！我以後還可以來問妳不會的題目嗎？」

林非鹿大方一笑：「當然可以。」

教室裡忙忙碌碌，大家都去班長那裡認領了自己的新位子，開始搬座位。林非鹿先用濕巾紙把桌上「小鹿專屬」四個字偷偷擦掉，然後才抱著東西坐到了新位子。

正在整理抽屜，旁邊的座位有人坐了下來。一偏頭，就看見校草坐在她身邊，見她愕然望來，挑唇笑了下。

我就是那個幸運兒！

林非鹿看著自己的新鄰居，心潮澎湃，但面上絲毫不做顯露，也朝他大方一笑：「以後我們就是鄰居了。」

宋驚瀾笑著點頭，「嗯，以後要互幫互助。」

大家在十分鐘之內搬好了新座位，上課鐘聲響起時，物理老師拿著課本走了進來。林非鹿還在把課本和練習冊分門別類，就聽見物理老師站在講臺喜悅道：「我們班的林非鹿同學這次在全國物理競賽中取得了第二名的好成績，讓我們幫她鼓掌！」

教室頓時響起熱烈的掌聲。

學藝股長長得漂亮，成績好性格也好，是大家眼中不染煙火氣息的女神，無論男同學還是女同學都特別喜歡她，所以鼓掌格外賣力。

林非鹿往常都是淡然謙虛地笑一笑，顯得十分榮辱不驚，但這一次，餘光看見校草同桌也在旁邊鼓起了掌，她莫名感到一股羞澀，耳根有些泛紅。

好在物理老師沒有過多繼續這個話題，很快開始講課。

現在的物理課程對她而言再簡單不過，聽不聽課影響不大。她用堆在桌上的那疊輔導書擋著，拿著紅色馬克筆偷偷在左下角寫字畫藤蔓。

寫完「專」，又偷偷移到右邊寫「屬」，正寫著，餘光突然察覺一抹打量的視線。

林非鹿偏頭一看，校草果然側低著頭，目光裡有淺淺的笑意，盯著她畫了一半的藤蔓看。林非鹿臉都紅了，抬起胳膊放在上面，擋住自己沒畫完的藤蔓，裝模作樣開始聽課。

等下課鐘一響，她看宋驚瀾起身出去了，趕緊掏出濕紙巾想把右下角的藤蔓和字擦掉。擦到一半，旁邊突然傳來他溫柔的聲音：「畫得很好看，擦了做什麼？」

林非鹿抬頭看了他一眼，乾笑：「……有點幼稚哈。」

宋驚瀾笑著坐下來，拿出下節課的課本：「不幼稚，很可愛。」

還從來沒有人用可愛形容過她。

林非鹿摸了下頭髮，一時之間擦也不是不擦也不是。好在有同學過來幫她解了圍，拿著筆記本興致勃勃地問：「宋驚瀾，上節物理課你有沒聽懂的地方嗎？這是我做的筆記，你要不要看看？」

他笑著搖了下頭：「謝謝，不過有小鹿在，我不懂的可以問她。」

同學趕緊點頭：「哦哦，對，小鹿的物理最好了，那你有什麼不懂的記得問啊，我們班課程進度很快的，一個地方卡住了，後面的就跟不上了。」

等同學走了，林非鹿才從剛才的尷尬中掙扎出來，拿出物理課本翻到上一節課講到的地方，試探著問他：「你有哪裡沒聽懂嗎？」

宋驚瀾將視線從書移到她眼睛，笑著搖搖頭：「沒有。」

林非鹿以為他不好意思，拿出平時跟同學講解的那副淡然高冷的樣子：「我是學藝股長，你不懂都可以問我。開學已經一週了，還有三週就要進行第一次月考，我們班進度很快，你要抓緊時間追上來。」

宋驚瀾看著少女明亮的雙眸，勾了勾唇角：「好，有不懂的我一定問妳。」

話是這麼說，但一天課下來，林非鹿發現他一次也沒問過自己。反倒是每節課下課，都有其他同學過來讓自己講解。林非鹿覺得這個校草臉皮還挺薄的。

想到女生群組裡大家說要幫助轉學生留下來的討論，林非鹿頓時覺得自己肩上的擔子更重了。

於是她不再等宋驚瀾開口，而是主動問他：「剛剛那節課你有不懂的地方嗎？」

宋驚瀾正在做習題，聞言偏頭看過來笑了笑：「沒有。」

第二節下課，林非鹿又問：「剛剛陳老師講的有點快，你都聽懂了嗎？」

宋鷺瀾還是笑著：「聽懂了。」

第三節下課，林非鹿：「上節課的重點你都掌握了嗎？」

宋鷺瀾：「掌握了。」

林非鹿：「哦……」

宋鷺瀾停下筆，偏頭看了趴在桌上塗塗畫畫的少女一眼，覺得她看起來挺失望，不由得有些好笑。於是等下午的課程結束後，他不等林非鹿問，就主動說：「小鹿，可以把妳的課堂筆記借給我看一看嗎？」

林非鹿頓時說：「可以！」

她飛快把自己的筆記本遞過去，看他認真翻看，又在自己本子上補充的認真神情，心裡終於生出一絲滿足感。

之後每天放學前，宋鷺瀾都會提出借她筆記看看的要求。

有時候其他班和其他年級的學生會慕名前來看新晉校草。看到校草居然跟年級女神坐在一起，大家一時之間竟不知該羨慕誰。

一邊羨慕著，一邊感嘆女神不愧是女神，跟校草坐一起居然還能保持目不斜視的淡然，實在令人欽佩！

全然不知道女神心中的小鹿每天撞得死去活來。

其他班都是希望體育課不被霸占，只有火箭班主動要求不要上體育課，改為自習或者講試卷。好學是好事，不過身體也很重要，班導師陳麗還是會保證班上的學生們每週上一次體育課。

然後火箭班的女生們有幸在體育課上看到了校草打籃球。

從此大家再也不說不想上體育課的話了。

校草的腰不是腰！奪命三郎的彎刀！

校草的腿不是腿！塞納河畔的春水！

校草殺我！

完成一個灌籃的校草撩起T恤下擺擦了下汗水，在一片熾熱眼神中對坐在臺階上看書的少女說：「小鹿，把球踢過來。」

那籃球蹦蹦跳跳滾到林非鹿腳下，她手上拿著一本英語單字本，聽到聲音身子一顫，不知道自己假裝看書其實在偷看他打籃球的行為是不是被發現了，只好在眾目睽睽之下一臉淡漠地把籃球踢了回去。

旁邊議論紛紛：「女神真厲害！不看宋驚瀾看英語書，定力非我輩能及！」

林非鹿鎮定自若翻著單字本。

等籃球場上又爆發出叫好哄鬧聲，才終於慢慢抬頭，繼續偷偷摸摸看向場上運球飛奔的少年。

少年一躍而起，黑髮在空中揚起好看的弧度，籃球哐噹一聲砸進框中，四周一片尖叫，他卻在落地時回頭，笑著看向臺階的方向。

偷看的林非鹿猝不及防跟他對視，慌忙低下頭去，欲蓋彌彰：「abandon，a-b-a-n-d-o-n，abandon！」

第一次月考很快到來。

月考之後，會有一次分班，主要是針對火箭班的學生。如果成績實在跟不上，會被調到普通班去。

林非鹿難得有一次考試這麼緊張，卻不是為了自己，認真地問宋驚瀾：「各科重點都掌握了吧？還有哪裡不懂的地方嗎？我今晚有時間，可以幫你突擊一下。」

宋驚瀾收拾好書包，看了看少女殷切的眼神，垂眸笑了下，起身道：「那去圖書館吧。」

於是兩人一起在學校外的飯店吃了晚飯，然後又一起去了圖書館。

這是她第一次單獨跟他出來。

明明自己是為了幫他補習，此時卻生出一種借此約會的羞愧感。

這個時候的圖書館沒多少人，黃昏的光溶溶落在透窗上。林非鹿拿出筆記本，偷偷看了旁邊的少年一眼，把那些綺麗的小心思壓下去，正襟危坐地開口：「你哪一科最弱？我們從弱項開始。」

宋驚瀾想了想：「那就物理吧。」

物理是自己的強項啊！

林非鹿瞬間有了精神，翻開筆記本開始跟他講解這一次月考的重點。

她拿著筆講得用心，目光一直在筆記本上，沒注意到宋驚瀾一直看著她。他比她高出很多，這樣坐著，從上而下凝望的姿勢。可以看見她微垂的睫毛，隨著她說話而可愛地顫動。

直到講完重點，林非鹿才抬頭問：「還有哪裡不懂嗎？」

對上少年凝視的視線。

林非鹿一愣，下意識抬手摸了摸自己的臉：「我臉上有什麼嗎？」

宋驚瀾笑了下：「沒有，口渴嗎？」

林非鹿吞了下口水：「有一點。」

他笑著，拽過身後的書包，從裡面拿出了一瓶養樂多，插上吸管後遞給她。

林非鹿茫然地接過來，都喝到嘴裡了，才想起來問：「你怎麼知道我喜歡喝養樂多？」

宋驚瀾笑了下沒說話，低頭去看筆記本。

林非鹿突然想起來，自己在課本上畫過養樂多，旁邊還配了一行字：我是喝養樂多長大的小可愛！

為什麼要讓她想起來！窒息！

兩人一直補習到圖書館關門，宋驚瀾將她送上計程車。

她扒著車窗交代：「今晚早點睡，不要複習得太晚，精神狀態對考試也很重要。」

宋驚瀾笑著點頭。

第二天，月考開始。

考試對於學生而言，實在再尋常不過。兩天時間一晃而過，考完試老師批改的速度也很快，一天之後分數出來了。

之前還擔心校草會離開火箭班的同學們驚掉了下巴。

年級第一：宋驚瀾。

強迫同學看了一個月自己的課堂筆記的林非鹿：？？？！！！

你明明是學神，裝什麼學渣？

宋驚瀾接收到少女質問的眼神，有些無奈地笑了下：「我說過我都會。」

林非鹿：「……」

對哦，他說他都聽得懂，是自己不信，還非要拉著他補習。

啊，太窒息了。

她在校草跟前的人設已經崩到馬里亞納海溝，再也救不回來了。

不過再也不用擔心他會離開火箭班，可以繼續安心當同學了，林非鹿內心還是很高興的。

少年不僅溫柔好看學習好，還有禮貌很教養很紳士。她經痛他會拿著她的水杯去裝熱水，她沒吃早飯他會幫她買麵包和養樂多，以前都是她幫別人講題，現在他也會幫她講題。

一學期的時間就這麼幸福又快速地過去了。

假期過後，很快又迎來了入學考試。

這次考試之後，又要重新調座位。

一想到自己要離絕美少年而去，林非鹿就心痛得無法呼吸。

但她什麼也不說，什麼也不表露，還是大家眼中那個高冷的女神，只有宋驚瀾知道她一害羞就紅耳朵的特徵。

早自習之後，班導師拿著成績單走進來，開始安排班幹部調座位。

還在默默心痛收拾書包的林非鹿突然看到班導師走過來責問：「宋驚瀾，你的入學考試很不理想，跟上學期期末考試比差了三十多分，這個假期是不是只顧著玩了？已經高二下學期了，你千萬不能鬆懈，知道嗎？」

宋驚瀾禮貌地點頭：「知道，我會在下一次月考補回來的。」

林非鹿這才發現當了一學期年級第一的同學這次入學考試的排名竟然排在第六，跟第七的自己在一起。

於是他們又成了隔壁桌，只是從中間換到了靠窗的位子。

林非鹿心裡有些高興，又有些奇怪，趁著自習偷偷問：「你的成績怎麼下降了這麼多？假期我們不是一直在圖書館補習嗎？」

宋驚瀾把插上吸管的養樂多放在她桌子右上角寫著的那個「鹿」字上，偏頭朝她笑了下。

他說：「又可以繼續當隔壁桌，不好嗎？」

林非鹿微微瞪大眼睛，一動也不動看著他，耳根又開始偷偷發燙。

她小聲說：「那下學期不是又要調座位。」

宋驚瀾笑著：「只要妳想，我們就可以一直坐一起。」他手指轉著筆，微微斜下身子，低笑著問：「小鹿想一直和我坐嗎？」

故作高冷的林非鹿：糟糕，小鹿又死了！

誰能想到，他們不僅現在坐一起，以後還同房了呢。

真是世事難料呀。

番外四、黑白雙煞

大宋天啟二十七年，宋驚瀾退位，太子繼位，改年號為朔。

宋驚瀾這一舉動，震驚天下人，因為歷朝歷代，沒有哪個皇帝會在正當壯年的時候退位讓賢。皇位之爭歷來腥風血雨，就算宋國只有唯一一位儲君，可誰會嫌皇位坐得太久？

不是皇帝當得越久越不願意退位嗎？

宋國太子如今才十七歲，說小不小，說大也不大，以宋驚瀾的年紀和手段，至少再當十年的皇帝也是沒問題的。滿朝文武百官在早朝之上聽陛下不急不緩說出準備退位的消息時，靈魂都被震出竅了。

反應過來陛下沒有在開玩笑後，百官下跪，痛哭流涕，請求陛下收回成命。

哪怕當年的宋驚瀾手段暴虐，皇位來得名不正言不順，到如今民間仍有暴君之名。但他在位的這幾十年，宋國恢復了中原霸主的地位，與大林的聯姻又維持了穩固的和平和繁榮，曾經荒淫無道苟延殘喘的朝堂彷彿只是一場噩夢。

百官畏懼他，可也敬仰他。

每次看著高位之上風華絕代的帝王，都會覺得有他在，天下皆安。

如今陛下居然說要退位，文武百官感覺自己的主心骨都沒了！都不用風吹，走兩步就要散了！

哭歸哭，散歸散，陛下決定的事，一向沒有改變的餘地。

好在太子是他們看著長大的，從小精心教導，能文善武，仁義謙和，在民間的聲望也很高，百官們在心痛之後，就開始準備迎接新的陛下和新的朝堂了。

反倒是宋小瀾自己有些不願意，纏著宋驚瀾鬧了好幾次：「父皇，是皇位坐得不舒服嗎？為什麼要這麼早讓給我啊？」

宋驚瀾微笑：「皇位這麼舒服，讓給你不好嗎？」

宋小瀾：「不要以為我不知道你就是想跟母后去雲遊江湖才把皇位甩給我！」

林非鹿：「……」

請問皇位是什麼燙手山芋嗎？

你們父子把皇位當做皮球一樣踢來踢去的樣子好他媽魔幻啊！

晚上睡覺的時候，林非鹿躺在宋驚瀾臂窩，戳戳他勁瘦的腰腹問：「你真的不當皇帝啦？」

宋驚瀾斜靠在床上，正在翻一本遊記，聞言鼻尖「嗯」了一聲。

林非鹿從他臂彎裡爬起來，雙手扒著他的肩膀搖了搖：「好不容易奪來的皇位，就這麼退位，是不是有點可惜啊？」

宋驚瀾把書往下放了放，看著跪坐在身側的女子，笑著把人拉到懷裡來親了親。這麼多年過去，他親她的姿勢一如既往的溫柔，手掌撫著她的臉頰，溫聲說：「我奪皇位，是因為我想得到我想要的。如今我想要的一切都已經在懷裡，皇位不重要了。」

林非鹿明知故問，扒著他胸口眨眼睛：「你想要的是什麼呀？」

宋驚瀾笑了一聲，手指捏捏她的下巴，然後把人掀到身下。欲望交纏中，她聽到他低啞的聲音：「想要妳。」

退位那天是司天監選出來的吉日，天晴風和，監禮官宣讀了退位詔書，太子皇冕加冠，正式接過玉璽，成為大宋新一任皇帝。

於是林非鹿成了最年輕的太后。

聽著宮人的稱呼從皇后娘娘變成了太后娘娘，她還怪不習慣的。

宋小瀾也不習慣，雖然這些年一直跟著父皇學習政事，但新皇即位，他還是有些忐忑，想著自己要多跟父皇請教一下才行。結果退位沒兩天，父皇就跟母后雙雙出宮，人影都找不著了！

宋小瀾悲憤地想：我只是一個被拋棄的小皇帝罷了。

林非鹿騎著馬出城了，才憂心忡忡地問：「我們就這樣把三個孩子扔在皇宮，會不會不太好啊？」

話是這麼說，騎馬的速度可一點也沒慢下來。

宋驚瀾面不改色：「他們都長大了，不需要父母擔心。」

林非鹿若有所思地點點頭，看著遠處連綿青山，餘暉萬丈，對兒子僅有的一絲愧疚瞬間煙消雲散，興奮地問：「我們先去哪裡呀？」

宋驚瀾笑著道：「我之前在遊記上看到，在南境有一座望蘇山，山中有雲霧金頂的奇景，想不想去看看？」

林非鹿突然想起，前段時間他一直在看遊記類的書本。

原來就是在做旅遊攻略嗎。

她開心地點點頭，想到接下來無拘無束的生活，心潮有點澎湃，想了想又說：「我們現在在外闖蕩，是該取個藝名了。」

宋驚瀾挑了下眉：「黑白雙俠？」

林非鹿愣了一下，轉頭看旁邊騎在黑馬上的男子，噗的一聲笑出來，「多少年前的戲言啦，你還記得呀。」

他笑著望她：「嗯，妳說過的話，我都記得。」

等將來武功學成，便去仗劍江湖，策馬同遊，快意恩仇，大口吃肉，大口喝酒。

她的夢想，她的嚮往，他都記得。

並在這一生中一一為她實現。

林非鹿勒著韁繩，看看他，又看看遠闊前路，眼裡都是亮閃閃的笑意：「黑白雙俠是我們行俠仗義時的藝名！從現在開始我就叫黃蓉啦！」

宋驚瀾笑著問：「那我呢？」

林非鹿：「當然是郭靖啊！」她朝他拋去一個媚眼：「靖哥哥——！」

宋驚瀾沉吟了一下，配合她：「蓉妹妹？」

林非鹿看了他幾眼，搖著頭唉聲嘆氣：「你一點也不像老實木訥的靖哥哥。」

她懷孕的時候在宮中不僅排過郭靖黃蓉的話本，還排過楊過小龍女的師徒戀以及張無忌的Z角戀，宋驚瀾自然都看過，慢悠悠策著馬問：「那我像誰？楊過？張無忌？」

林非鹿說：「都不像。」她朝他招招手，宋驚瀾便策馬靠近一些，坐在馬背上側身聽來，聽到她悄悄笑著說：「你是獨一無二的小宋！」

望蘇山在南境，以前屬於周邊小國，後來這些小國被宋驚瀾打下來，如今是大宋領土。說近不近，說遠也不算遠。

比起少時帶林廷離京散心，這一次的江湖旅途才算是真正實現了她闖蕩江湖的夢想。

如今兩個人的武功造詣都很高了。

這些年林非鹿不僅將即墨劍法全部掌握，還傳承了紀涼的劍法，兩套絕世劍法融會貫通，她又尤擅輕功，自成飄逸靈動的身法，之前跟硯心比試時，已經能接住硯心幾套刀法了。

硯心這些年刀法進步飛快，當年在英雄榜上排第十，前兩年已經排到了第五，儼然已是刀法一脈的宗師了。

而宋驚瀾就更不用說，江湖英雄榜上雖無他的名字，但每次比試硯心都會輸在他的劍下。他若是想，想必江湖英雄榜上的排名就該重排了。

兩人這一路行來，凡遇不平事必拔劍相助。

什麼揍地主啦，殺山賊啦，教訓惡霸啦，林非鹿看到壞蛋就跟貓見了魚狼見了肉一般，提著劍便興奮地撲上去了。

打不過怎麼辦？

不存在，打不過不還有靖哥哥嗎？

黑白雙俠的威名不脛而走。

喂，聽說了嗎，最近江湖上出現了一對懲惡揚善的俠士，一男一女，女的穿黑裙，男的穿白衣，自稱黑白雙俠。女俠還放話說要殺盡天下不平事，最近連攔路打劫的山賊都不敢下山了呢！山賊們生計困難，寨主不得不帶著山上小弟集體下山要飯，真是世風……哦不！大快人心啊！

山腳下的茶棚裡走腳商和江湖人議論紛紛，全然沒發現他們議論的當事人就坐在旁邊那桌喝茶。

林非鹿一邊捧著茶杯一邊豎起耳朵偷聽，對於這種怡然自得聽著別人猛誇自己的行為，她已經駕輕就熟了。

宋鷺瀾笑意盈盈地看著她：「這麼開心？」

她抿著唇狂點頭。

簡直不要太開心好嗎！她終於過上了她夢寐以求的武俠劇本，從小到大的武俠夢得以實現，人都要飄起來了！

宋鷺瀾搖頭笑了下，兩根手指按住她準備往嘴裡送的茶盞，「再告訴妳一件更開心的事，茶裡有藥，這茶攤應該不乾淨……」

林非鹿雙眼一睜，還不等他說完，當即把茶盞往地上一摔。

清脆的碎裂聲將茶棚裡的視線吸引過來。

卻見一位白裙黑髮的漂亮女子一腳踢翻了矮茶桌，將旁邊提著茶壺的小二按在凳子上，大喝道：「說！茶裡下了什麼藥！」

周圍一驚，紛紛看向自己手中的茶杯。

後頭煮茶的另一個人見狀不對即刻便想跑，才剛邁出一步，一把劍凌空而來，直直刺進他面前的木樁，逼人劍氣擋住他的去路。

被按住的小二掙扎了兩下沒掙開，憤憤道：「妳是誰？我奉勸你不要多管閒事，山上可都是我們的兄弟！」

林非鹿抬手在他後腦勺搧了兩巴掌，打得他嗷嗷叫：「把你的兄弟都叫來，我一塊收拾了，免得今後為禍四方！」

小二轉著頭看著她，不知想到什麼，又驚恐地看向一旁淡漠的黑衣男子，突然失聲道：「是……是你們？你們是黑白雙俠？」

周圍一片震驚！

林非鹿：「現在才認出來？」

小二崩潰地大喊：「你們不是男穿白女穿黑嗎？為什麼換了啊！」

林非鹿捶他後腦勺：「要！你！管！」

於是江湖上又少了一群下蒙汗藥偷搶錢財的土匪。

山腳下的茶棚被一把火燒了，火光映紅了後面的綠樹青山。

林非鹿翻身上馬，對旁邊的宋驚瀾說：「走啦，去下一個地方懲惡揚善。」

他笑著點頭，眼眸裡映著火光，也映著她的模樣。

這江湖逍遙，前路漫長，處處是不平，處處平不平。

副本剛剛開始，大俠仍需努力。

——《滿級綠茶穿成小可憐》番外完——

——《滿級綠茶穿成小可憐》全文完——

高寶書版集團
gobooks.com.tw

YE 029
滿級綠茶穿成小可憐（下）

作　　者　春刀寒
責任編輯　吳培禎
封面設計　虫羊氏
內頁排版　賴姵均
企　　劃　何嘉雯

發 行 人　朱凱蕾
出　　版　英屬維京群島商高寶國際有限公司台灣分公司
Global Group Holdings, Ltd.
地　　址　台北市內湖區洲子街88號3樓
網　　址　gobooks.com.tw
電　　話　(02) 27992788
電　　郵　readers@gobooks.com.tw（讀者服務部）
傳　　真　出版部(02)27990909　行銷部(02)27993088
郵政劃撥　19394552
戶　　名　英屬維京群島商高寶國際有限公司台灣分公司
發　　行　英屬維京群島商高寶國際有限公司台灣分公司
初　　版　2023年01月

本著作物《滿級綠茶穿成小可憐》，作者：春刀寒，由北京晉江原創網絡科技有限公司授權出版。

國家圖書館出版品預行編目(CIP)資料

滿級綠茶穿成小可憐/春刀寒著. -- 初版. -- 臺北市
: 英屬維京群島商高寶國際有限公司臺灣分公司,
2023.01
冊；　公分. --

ISBN 978-986-506-629-1(上冊：平裝). --
ISBN 978-986-506-630-7(中冊：平裝). --
ISBN 978-986-506-631-4(下冊：平裝). --
ISBN 978-986-506-632-1(全套：平裝)

857.7　　111021627